U0141280

上

閩海王鄭芝龍

含冤闖蕩東瀛

劉峻谷——著

目次

上 含冤闖蕩東瀛

01 康熙聖旨

閃電霹靂，驚雷滾滾，滂沱大雨打在紫禁城養心殿金色瓦片，雨水順著瓦片從屋簷滴落形成一道雨簾。

議政王與貝勒大臣會議甫結束，大學士王熙奉旨在上書房寫聖旨：

奉

天承運

皇帝詔曰同安侯鄭芝龍在獄與逆子鄭成功往來通信，密行事款，經家人舉首，鞫勘俱實，法當處斬，理難留存。著梅勒章京覺羅阿克善將鄭芝龍並其弟左都督鄭芝豹，與子世忠、世恩、世蔭、世默即刻押解回京，聽候正法，不得有誤。

欽此

順治十八年七月初六日

王熙寫完擱筆再看一遍詔令，檢查是否有錯字，眼光停在「法當處斬，理難留存」八字，嘆口氣，喃喃自語：「鄭芝龍終究難逃一死！」

聖旨蓋上「皇帝之寶」印，送到軍機處加註「馬上飛遞」。

「詔令，八百里加急，快！」皇華驛官員大喊：「往北，寧古塔。」*

---

*順治皇帝於順治十八年正月初七（一六六一年二月五日）病逝，玄燁登基時，只有八歲，由輔政四大臣主政。年號仍維持順治，至次年正月（一六六二年二月）正式宣布新年號為康熙。

02 議政王鰲拜的手札

詔令用一層油紙密封後放進木盒，木盒縫隙加蠟密封再放進細柔的羊皮袋，最後裝進粗厚牛皮革袋，由一名身披蓑衣的馬兵背著，跨上馬背，頂著大雨馳出北京皇華驛，馬蹄濺起水花，馬尾甩出水珠飛奔山海關。詔令包裹從一個驛站傳到下個驛站，一個馬兵遞給下一個馬兵，日行八百里直衝寧古塔。

清朝傳驛，如果軍機處在公文註明「馬上飛遞」，規定日行三百里，如遇緊急情況可日行四百里、五百里，甚至六百里，最快速達八百里，謂之「六百里加急」、「八百里加急」。

快馬飛奔第三天下午。

「噠嗒！噠嗒！噠嗒！」馬的鬃毛像波浪甩動，尾巴筆直，像箭似的急馳狂奔下山丘，越過平原直衝寧古塔城。

「停！」城門口跑出三個帶刀兵丁擋在門口：「什麼人？」

黃衣人從馬背翻下來，掏出一塊令牌，「京城，兵部，我要見梅勒章京大人。」

順治皇帝的聖旨是給覺羅阿克善，覺羅阿克善只要照旨辦事即可，毋須向鄭芝龍等人說明。覺羅阿克善再三思量，這返京路程遙遠，多屬偏鄉野嶺，爲免發生劫囚意外，也爲安定囚心，故向鄭芝龍等人犯宣詔，但只說了一半，其他的就僅他知悉，連他的副將、隨侍馬弁也不予聞問。

覺羅阿克善調派到寧古塔大營看管鄭芝龍兩年有餘，爲了善盡監管大責，每日三次點卯從不假手他人，必定到牢裡眼見爲憑。每天見三次，少不得幾句問候，鄭芝龍也識得大體，每年三節多有餽贈，以示尊敬。兩人雖無深交，也建立些許情感，看著鄭芝龍身上的三道鐵鍊，鄭芝豹和鄭世忠叔姪的手銬、腳鐐在腳踝和手肘磨出一層層結痂和結繭，令他心生不忍。

四年前，順治十四年四月初五日，議政王大臣會議，認定鄭芝龍寄書與伊逆子鄭成功，並無歸順意，上奏芝龍與子世忠、世恩等等俱應正法。此一建議被順治帝擱下，改爲將鄭芝龍父子流徙寧古塔監禁。

同年的八月初五日，群臣再議：鄭芝龍一日不死，鄭成功之心一日不死，應敕令將鄭芝龍父子在寧古塔就地正法。此議又被順治帝擋下，但以寧古塔地近黑龍江，舟船易入，爲防海賊鄭成功乘船突入劫囚，命將鄭芝龍加三道鐵鍊縛身，手足杻鐐，嚴加看管；鄭芝豹與鄭芝龍的兒子世忠、世恩、世蔭、世默則加腳鐐、手銬日夜縛身已逾四年！

「侯爺，咱這就護送您啟程回京。」覺羅阿克善說罷，下令：「解鎖。」

三名士兵解開鄭芝龍身上的三道鐵鍊和腳鐐，押著他從大營官廳經迴廊走到校場的木籠囚車，這短短的距離，鄭芝龍刻意慢慢走，半瞇著眼感受身無長物的輕快，風吹臉龐，看樹葉飄落，小池塘反射耀眼陽光，波光粼粼。

「爹！」、「爹！」鄭世忠和鄭世蔭身穿囚服走來，同聲喊四年不見的親爹。

「大哥！」鄭芝豹哀嚎地叫著：「大哥啊！」

鄭芝龍尋聲轉頭看到小弟鄭芝豹被押解走過來。四年不見，芝豹也老了，頭髮有些灰白，皺紋爬滿額頭，眼袋下垂，只有慌張的眼神沒變。

「大哥！這次回京……恐怕，恐怕……大限到了？」鄭芝豹走進囚車前說。

「啐！」覺羅阿克善大喝：「禁語。」

鄭芝龍和鄭芝豹各乘一輛囚車；鄭世忠、世恩搭同一輛囚車；鄭世蔭和世默合乘一輛。

鄭芝龍淚眼含笑輪番看著四個陪他吃苦的兒子；世忠、世恩與世蔭、世默則彼此互望，用眼神傳達手足之間的關心。

鄭芝龍爬進囚車，坐在木板上看著兵卒鎖上腳鐐，再用一條長鐵鍊繞身兩匝兩端鎖在木柱，待鎖定了，他再挪挪身子，騰出一個鐵鍊不緊壓著鎖骨的空間，讓身子舒坦些。

「咋！」押解車隊的小校翻上馬背大喝：「走！」

四輛馬拉囚車在六十騎兵護衛下離開寧古塔大營，取道南下。

傍晚，囚車隊停在一個荒山小驛站，鄭芝龍獨囚一室，依然鐵鍊加身。

入夜，一個小兵入室送飯。飯就兩個硬得跟石頭一樣的窩窩頭（饅頭）沾一碗熱水軟化了吃。覺羅阿克善跟著走進來。

「梅勒章京大人！」鄭芝龍拉動鐵鍊鏗鏗鏘鏘地欠身行禮。

「侯爺請起。」覺羅阿克善右手按劍柄，左手做了個請的手勢。

「梅勒章京大人，這趟回京路途遙遠，有勞您護送，感激不盡。」鄭芝龍頷首拱手。

「侯爺不用客氣，咱也是奉旨辦事，只要您跟伯爺和四位公子路上配合，不要妄想脫逃，不要刁難咱等官兵，咱保您一路平安回京。」覺羅阿克善又說：「咱奉旨密行回京，明天起會在囚車圍上黑布，途中進入村鄉市集或縣城大街，或者有些好奇的人湊近問話，您老一概不許回答，否則休怪咱無情，依法處置。」

「是！」鄭芝龍低頭回答：「一切聽大人吩咐。」

如此曉行夜宿，車隊一路向南緩行，每到州縣交界就有當地官兵接手護衛，倒也安全周密。覺羅阿克善每晚飯後就來找鄭芝龍談話，名爲問候，實爲警告，兼以觀察動靜，因爲鄭成功在閩南的勢力仍令淸朝投鼠忌器，必得防範劫囚。

經過多天相處，覺羅阿克善言語不再冰冷嚴峻，有時會將沒有喝完的酒賞給鄭芝龍。這天正值七月十五月圓，月亮像個銀盤高懸夜空，北地的夏夜沁涼，覺羅阿克善拎著酒壺和一包花生逕入驛站囚房，命小兵在房內升一盆火暖酒也暖身。

「侯爺，咱自奉命看管您兩年有餘，一直沒有機會向您討教討教。」

「不敢！」鄭芝龍欠身拱手：「罪臣待命之身，不值得將軍關心。」

「我久聞侯爺盛名，在閩南帆船數千艘，養兵數十萬甲，自發薪餉，人稱閩海王，威震江南，自是一方之霸。」覺羅阿克善說：「咱心底十分敬佩，只是礙於職責所在，無法與侯爺暢談。」

「不敢，不敢！」鄭芝龍往後退縮，「就算往昔博得一些虛名，也只是一條翻江龍，逃不過皇上的如來掌心。」

「撇開皇上跟侯爺的關係不談，你我都是武將，都在軍中砥礪磨練，自有相同的見識。」覺羅阿克善斟杯酒遞給鄭芝龍，「實不相瞞，幾天前接到議政王手諭，要我善待您和諸位爺，還吩咐我向您討教行軍布陣的方法，請您老指導。」

「議政王？可是……可是……」鄭芝龍一拱手：「可是鰲拜大人？」

「是，正是咱滿洲第一勇士議政王鰲拜大人。」覺羅阿克善也向上一拱手，臉上充滿欣羨的表情：「咱是何許人，竟能得到議政王爺的手諭。」

「喔，是這樣。」鄭芝龍聽到鰲拜的名字，心神稍定，臉上的線條柔和許多。

「侯爺跟議政王可是……」

「我們是舊識，當年在朝為官，經常相見。」鄭芝龍思量著，停了一會兒才說：「除此之外，當年我初見議政王時他還是少年，是太祖皇帝（努爾哈赤）的貼身侍衛，當時已經有英明神武的氣概。」

「喔！那可有二十年以上的交情。」聽得覺羅阿克善又敬又畏。

「是，是。」鄭芝龍半瞇眼搖頭晃腦半晌：「嗯，三十多年了，我已逾花甲，那是快四十年前的事。」

「那可是老交情了！」覺羅阿克善一臉歡喜。

「是啊，不過也是陳年往事，不值得再提。」鄭芝龍欠身道：「在下待罪獄中不聞行伍之事久矣，早已生疏，不敢說是指導，僅有些經驗或許將軍可以當故事聽聽，請將軍吩咐。」

「請教侯爺，可是少年時入伍從軍？」

「不是，家父是前朝泉州府的財吏，負責稅收和管理府庫的官員，家境尚稱小康，我是長子，五歲便被送到私塾讀書，父親希望我將來考秀才、考進士，像他一樣當官，光宗耀祖。」

「所以，您老考中進士？」

「沒有。」鄭芝龍喝一口酒，「我不喜歡念書，看到書就頭痛。」

「爲何投身行伍？」

「這要從我遇到一位大人說起……那年我十二歲，我最喜歡和小孩玩遊戲，我總是當孩子王。」鄭芝龍說：「有一天，我們在一棵有橘紅葉子的大樹下玩耍，這棵樹緊靠著泉州府圍牆，我們在圍牆上豎著幾段高低不一的木塊當標靶，一群孩子站在離圍牆二十步的地方朝木塊擲石，另有幾個小孩跨坐在圍牆看熱鬧，我們在玩扔石頭擊落木頭的遊戲，比誰擲得準……」鄭芝龍看著火盆，火焰在他的眼中跳躍，那橘黃翻飛的火焰逐漸擴大、擴大，變成一樹橘紅葉子在風中飛舞。

§

「換我了，看我的厲害。」我手握一顆雞蛋大的石頭，瞄準目標比畫兩次，用力一擲，「咔！」打掉木塊。

「喔！」跨坐圍牆的小孩喝彩。

那顆石子擊落木塊打到後面的樹幹，斜彈出去落入府中，竟然不偏不倚地打落在府內行走的泉州府尹蔡善繼烏紗帽。圍牆上的小孩看到此事：「啊！」的一聲尖叫，紛紛跳下牆一溜煙跑了。我和其他小孩不知道發生什麼事，一時愣住了。

幾個衙役從小門衝出來，喝道：「誰丟的？打到知府老爺的頭啦！」和我同站在圍牆下的一夥小孩聞聲，霎時作鳥獸散，我則嚇得腿軟釘在地上。衙役攔下我和幾個跑得慢的小孩，扭送進府內。

「跪下。」衙役咆哮。

我和幾個小孩匍匐在府尹蔡善繼跟前，「頭抬起來。」衙役拿著一顆石頭問：「這塊石頭是誰扔的？打落老爺的帽子。」

幾個小孩同時轉頭看我，我心想：「完了，石頭打到府尹大老爺，鐵定會被下令打死，不然也會被爹打死。」我磕頭說：「是我丟的，大老爺，失禮。」

「失禮？打落大老爺的烏紗帽，說失禮就夠了嗎？」衙役掄起木棍正要落下。「好了，退下。」蔡善繼喝阻：「只是小孩愛玩闖禍，又不是海賊大盜，何必棍責，讓我來問問。」

「你起來。」蔡善繼說：「你叫什麼名字？父親是誰？」

「大……大老爺，我叫鄭芝龍，家父是鄭紹祖。」我站起來腳還抖個不停。

「哦！是財吏鄭紹祖嗎？」

「啟稟老爺，他正是鄭紹祖的長子，小名一官。」此時認識我的泉州府禮房（專責送往迎來等知客差事）黃昌奇趕緊幫腔：「一官聰明調皮，是這群小孩的孩子王，扔石頭闖禍，應非故意，請老爺寬宥。」

「你，你正帶著他們玩遊戲嗎？」

「是，稟報……老爺。」我學著衙役的口吻，突然靈光一閃：「我們正在玩北宋司馬光打破水缸救溺童的故事，玩得正高興，敲缸的石塊一時失手扔過牆頭。」我磕頭如搗蒜：「請……請老爺宥恕、宥恕，我再也不敢了。」

這時在衙門裡當班的父親接到通知，趕到現場下跪：「啊！大老爺請恕罪，大老爺請恕罪，小犬桀驁難馴，小的教子無方。有得罪大老爺之處，鄭某願代子受罪，請大老爺恕罪。」

「紹祖請起。」蔡善繼捻鬚而笑：「既然是玩破缸救溺的遊戲扔出石塊，必屬無心之過，還好我也沒有受傷，這樣吧，責由紹祖帶回管教。」蔡善繼對我說：「一官，不可再犯！」說罷離去。

父親直到府尹走了才站起來，揪著我的衣領回家，門上大門，拿出藤條大喝：「轉過去！」我轉身雙手扶門趴著，父親藤條如雨下鞭打臀部和大腿，邊打邊罵：「你好大膽，扔石頭打落蔡老爺的烏紗帽，烏紗帽落地象徵罷官免職，是多麼不吉利的事？如果不是蔡老爺寬宏大量，你今天就死定了。」我痛得哀嚎站不住，扶著門板半趴半跪。

父親正在氣頭上，繼續打繼續罵：「如果打傷府尹的頭，你沒了命不打緊，也會害我被拔掉烏紗帽，鄭家老小喝西北風！」

「好了，老爺，不要再打了。」二媽黃荷攔住父親的藤條：「一官知錯了，他以後不敢了。」二媽拉起我，按下我的頭：「快向阿爹道歉。」

「阿爹，我不敢了。」我涕淚齊流。

父親瞪著我怒氣未消，二媽見機推他一把：「衙門不是還有事？再打下去會耽誤公事。」她打開門：「快回衙門吧，免得蔡老爺有公事找不到你。」

「哼！」父親撩起袍子跨出大門，回頭指著我：「等我下了衙門再跟你算帳。」

爹出門了，我全身癱軟，倒在地上。

二媽是我父親的妾，嫁到我家七年，沒有生小孩。我母親生我、二弟芝虎、三弟早夭，四弟芝鳳、五弟芝豹。母親生芝豹時染了產疾，半身不遂，長年臥病在床，父親因此再娶黃荷為妾，代替母親照顧我們兄弟，我們兄弟都是她帶大的。

§

「後來呢？」覺羅阿克善追問。

「那天父親回家，沒有再提這件事。」鄭芝龍乾了酒杯，覺羅阿克善立即替他斟滿，「我知道沒事了，但也不敢再提起此事。數個月後才聽父親的同僚說，那天蔡老爺不但沒有因我的事責怪父親，反而向我父親說，『宋人司馬光破缸救童，展現過人機智，姑且不論一官是否眞的在玩破缸救童的遊戲，他能有這番說詞，亦屬急中生智，小小年紀有此膽識十分難得』，誇獎我一番。他眞是我的救命恩人，這是我童年最難忘的一件事。後來我入伍從軍也是蔡老爺推薦，此是後話。」

「縣府老太爺既然不追究，侯爺必享後福。」覺羅阿克善喝口酒又問：「後來呢？」

「後來，我去澳門，因爲我又闖了禍。」鄭芝龍說完，默默放下酒杯，剝開花生殼，將花生仁在手裡捏了又捏才放進嘴裡：「我要說的是一件令我難爲情的事，這可是我第一次說出這件事，請將軍姑且聽之。」

鄭芝龍看著炙熱的炭火：「我在私塾讀了十年書，十五歲那年二月考過南安縣試、四月考過泉州府試成爲童生。接著考院試，但我落第，沒考上秀才，父親看我不喜讀書，改送我去拜師學武術、打拳，要我三年後考武秀才、武舉人和武進士，身體必須練得精壯，是我習武的開始。」

前朝武舉必先考武秀才，「先之以謀略，次之以武藝」，也就是要文考及格再考武試。文考是考武經七書：《孫子兵法》、《吳起兵法》、姜子牙的《六韜》、《司馬法》、黃石公的《三略》、《尉繚子兵法》、《李衛公問對》。考三題，兩題策試、一題武經默寫。文考對我來說不難，從四書五經改成讀兵書，我覺得容易和有趣多了。

武考是馬上箭、步下箭和拉硬弓、舞刀、舉石。前項比騎馬射箭，後項比力氣。

漸復原，探問：「將來有何打算？」

我沉默以對。

「你爹要你三年後再考。」

「我不是讀書的料，也不是練武的料。」我搖頭：「這陣子我深切思之，養牲畜，手無縛雞之力；要種田，肩不能挑，腰不能彎。我不知道我還能做什麼？」

「大丈夫志在四方，豈能僅因兩次考試落第就自毀前程？」二媽說：「考試不第，功名不就，不會種田，不會畜養牲畜，還有經商一途。」

「經商？」

「經商也能成就大事，春秋『陶朱公』范蠡、西晉巨富石崇、唐玄宗朝的富商王元寶都是榜樣。」二媽說：「經商要識字、會算術，你都會，只剩下『勤』一字。有道是『天下無難事，只怕有心人』，只要專心一志，勤研此道，積深日久，總有出頭的一天，一樣可以光宗耀祖。」

「當大商人也可以光宗耀祖？」

「這是當然，你自深思，范蠡不僅富可敵國，甚至左右朝廷命運，留下許多商訓、經商法則，不但被後人尊爲『商聖』，司馬遷也在《史記》記載他的事蹟，多所讚美。如果你想經商，我可助你一臂之力。」二媽提醒我：「記得我二哥黃程嗎？」

「記得，二舅不是在澳門嗎？」

「對，你可以去澳門投靠二舅，學經商，有朝一日東山再起。」

「東山再起！」我突然間覺得充滿力量，二媽一席話讓我重燃鬥志，令我左思右想，琢磨再三。

我翻出《史記》，細看范蠡的事蹟，原來他曾幫助越王勾踐復國，又曾三次隱姓埋名經商致富。找來傳說是范蠡寫的商訓：「物以稀爲貴，人棄我取，人取我棄。囤積貨物，壟斷居奇，把握時機，聚散適宜。」

論價格曰：「論其有餘與不足，則知貴賤；貴上極則反賤，賤下極則反貴。貴出如糞土，賤取如珠玉。」論經商之道曰：「君子愛財，取之有道。」

讀罷，難怪司馬遷在《史記》稱讚他「范蠡三徙，累十九年三致千金，財聚巨萬」，說他的一生「忠以爲國，智以保身，商以致富，成名天下」。愈讀愈欽佩范蠡，令我心生嚮往。

「我也想像范蠡一樣，經商致富，成名天下。」我告訴二媽：「我決定棄文武，放下四書、武經，改讀商訓、商略走上從商之路。」但是，我父親不答應。

「男子漢豈可被一兩次挫折打敗？應當愈挫愈勇，益發專心一志，發揮滴水穿石工夫，方能考取功名。棄四書、棄武經改行經商，乃懦夫逃避失敗之藉口耳。」父親令我：「三年後再考！」

了決心，同時告訴自己必須打起精神，才能上岸尋黃程舅舅。

澳門媽宮碼頭人潮熙來攘往，挑夫湧到船邊，排隊上船搬貨，一筐筐黃耆、枸杞、當歸卸下碼頭，瀰漫著中藥材的清香味；兩人一組，用扁擔挑著一簍簍用稻草包裹的陶碗、瓷盤走下竹梯，將花瓶、水盆羅列在碼頭空地。

我踩著竹梯走下船，感到身體像紙片般飄飄然，踏上陸地竟感到地面還在搖晃。

「請問……」我攔了一個挑夫問：「黃程，這個地址……」

挑夫沒有看紙上的地址，自顧自地大聲說著我聽不懂的話，我愣了一下，心想：「這是廣東話嗎？」挑夫看我沒有反應，不耐地推開我就走，隨即轉身指指我手上的字條，比比自己的眼睛，搖搖手，指指站在遠處一名穿藍衫、約莫三十歲的男人。我明白挑夫的意思，他不識字，我拱手答謝，走向藍衫男子。他正在清點船上卸下的生絲擔。

我拱手致意再遞上字條，「請問，這位先生，我要找黃程這個人？」

藍衫男子先退後兩步，一雙小眼睛上下打量我，比我高半個頭，瘦削的兩頰泛著刮鬍鬚後的青色皮膚，他帶著福州腔說河洛話：「你福建來？泉州？」講話大聲又帶著指使人的味道。

我聽到鄉音如見家人，雖是福州腔，我還是樂得猛點頭：「泉州府南安縣石井村，黃程是我二舅。不知伊住在哪裡，請先生指點。」

「我本來可以帶你去，但是我現在忙著點貨，有勞你自己去找。」他雖然盡量保持客氣，仍然盛氣凌人：「走出碼頭之後直直行，看到媽祖宮口，正手邊（右手邊）一排中藥店，去那裡問就有。」

「多謝指點，有緣再會，我一定報答你。」我背上行李欲走：「啊！差一點忘了，請問大哥貴姓大名？」

「我姓許，名心素，我住福州府。」許心素一臉嚴肅問：「你呢？」

「我姓鄭，單名一，鄭一，大家都叫我第一啦！」我擔心有人知道我在泉州考試落第的糗事，想跟泉州府的鄭芝龍切割，從澳門重新出發，臨時捏造了個假名，但是這也不完全算是假名，鄭一也可被稱爲鄭一官。

我離開碼頭，路邊兩旁都是高大的磚屋，由白色或灰色的石頭堆疊砌成，一棟連著一棟，中間穿插著一般唐式木屋或瓦屋，大多是商店，街道用卵石鋪成，整齊乾淨，走沒多遠就看到媽祖宮。

宮前有三個金頭髮藍眼睛的洋人走過，兩個高壯的男人穿紅色呢格子燈籠褲，綠色的短上衣；一個年輕人穿白色長袍，又瘦又高。他們的鼻子高挺，眼睛深陷，眼珠子藍得嚇人，看得我失神，腳被放在中藥鋪外的竹簍絆倒，結結實實摔在泥地上，引得坐在藥鋪外切藥材的老婆子、晒藥材的少年一陣笑聲，嘰哩咕嚕說著我聽不懂的話。

三個洋人也停下腳步，指著我哈哈大笑。

穿白袍的年輕洋人走近我，朝我伸出白皙修長的手，我盯著他的藍眼睛看呆了，半晌才回神，伸手握住洋人的手，讓他拉我起來。

「多謝。」我拱手道謝，拍拍衣褲上的塵土。

洋人嘰哩咕嚕回話，聲音聽起來一直重複同樣的一句話。

我雖然聽不懂，但意會他似乎在問我是哪裡人？叫什麼名字？我指著自己大聲說：「鄭一、鄭一，福建。」

那個洋人雙手一攤，用右手點額、胸和兩肩，畫了個十字，笑著說了一句話，離開。

這應該就是傳說中的佛朗機人（葡萄牙人），原來佛朗機人長這個樣子，我心想如果有個佛朗機朋友，足以令我誇耀鄉里，如果我能講佛朗機話就更好了。

洋人走遠，我揉揉肩膀，撿起兩件行李，正要找人問地址，竟見白底黑字一行招牌「黃程商鋪」。我樂得衝進店裡，問道：「請問，黃程，黃先生在哪裡？伊是我舅舅。」

正在切藥片的一名光頭少年聞言，抬頭看看我，站起來推開一扇門走進去。一會兒，黃程從門後探頭看了看我，眼神顯得疑惑。

「阿舅，我是一官。」我大叫，「泉州府鄭紹祖的大漢後生，黃荷是我二媽，你不認得我了嗎？」

黃程走近打量我，好一會兒才驚呼：「真的是你哦！一官，五年前我離開福建時去你家告別，你才十二、十三歲，現在長大了，我差一點認不出來。」四十歲出頭的黃程，瞇著眼湊近我，邊看邊說：「跟你爹一樣的粗眉毛，大圓眼；這白臉紅薄唇，和你娘還沒臥床時真像，個子不高不矮，喔，手掌細，沒有種莊稼的手，我記得你的右邊琵琶骨有個像痣的黑斑。」說著拉開我的衣襟，指著黑斑：「有了，沒錯，你是一官。」他接著問：「你不是一直在讀冊嗎？怎麼沒有在泉州考功名，跑來這裡做什麼？」

我被問得抓頭搔耳，小聲回答：「阿舅，我對讀冊沒興趣，沒有考上秀才，我喜歡做生意，二媽叫我來找你，向你學做生意，這是二媽給你的信。」我將信遞給他。

在船上我看過二媽的信，她寫的就是我說的內容。她一定知道我會偷看，故意不封緘，讓我知道信的內容，我再封緘。

黃程舅舅接過信，拿把剪刀剪開封口，抽出信紙。

「阿舅，我爹逼我考秀才，我落第了。」我紅著臉，愈說愈小聲：「他掄起扁擔揍我，被二媽攔下，我跟二媽說，我不想讀書，想要做生意，男兒志在四方，我不想窩在泉州。」

「好啦，既然男兒志在四方，你想學做生意，就要不怕吃苦。」舅舅說：「讀冊不是唯一出路，做生意賺大錢，一樣可以光宗耀祖，這裡就有幾個大生意人，學問和財產都比讀書人強。」

「對，我就是想做那樣的大生意人，我不怕吃苦！」我挺起胸膛，「我要衣錦還鄉，給我爹看。」

「好！」舅舅用力拍了我的背，「但是，我這個小店現在沒有多餘的工作可以給你做，我看，我先幫你找碼頭的搬貨工。這幾天，你就先留在店裡幫忙料理藥材和記帳，往後幾天會進一批碗和瓷盤子，你可以幫忙搬貨和點貨。」舅舅倒了一碗水遞給我，繼續說：「你暫時住我這裡，吃住不用錢，但你幫忙店裡的工作也沒有工錢，要賺錢就要去碼頭扛碗搬貨。」

「搬貨？」我一聽到當挑夫，遠大志氣頓時消了一半。

「是啊，搬貨。」舅舅說，「像你這種外地來的少年，都先去搬貨，等待時機和機會再做其他的頭路。你有讀冊，識字，應該會有機會找其他的頭路。」

一想到負重荷物，我就垂頭沉肩，沉默不語。

「你如果怕吃苦，就回泉州去吧！」

「不要，阿舅，我去搬貨。」我瞪大了眼：「我不要回泉州。」

「一官，吃得苦中苦，方為人上人。」

❖　❖　❖

二舅黃程五年前到澳門，在碼頭扛了兩年貨，存了一點錢，跟同鄉的廈門商人李旦借錢，開了這間小店，從福建省泉州府德化縣、漳州府和平縣、江西省景德鎮購買陶碗、瓷碗、碟子、盤子、青花瓷、花瓶，運到澳門轉賣給佛朗機人。

「五年了，一直沒空回泉州。」舅舅看到我來，高興得像看到他的兒子，晚上在媽祖宮口的酒店款待我，算是接風，「你來了，以後幫我看店，我有閒想回家一趟。」

「阿舅，你賣碗盤給佛朗機人，他們買了碗盤做什麼？」

「佛朗機人再把碗盤轉銷日本，也賣給西班牙人占領的馬尼拉，或運回遙遠的歐什麼洲的葡萄牙。」舅舅說：「葡萄牙是佛朗機人來的地方。佛朗機人不會做瓷碗和瓷盤，運回葡萄牙可以賣好幾倍價錢。」

「不會做瓷碗、瓷盤，但是他們卻會製作大船，那麼大的船。」我兩手全張開，形容我在港口看到佛朗機人的葡萄牙大帆船，飄揚著白色大帆布，「這麼大的船一定很難造，舅舅，從葡萄牙到澳門要多久？」

「聽說要好幾個月，甚至一年，嗯……到底多久，我也不清楚。」舅舅喝一口酒說：「但是，我看過從他們船上拿下來的千里鏡，從小筒子看出去，可以看到很遠的地方，還有他們的火砲爆炸聲響會嚇死人，被炸到一定屍骨無存。」

「我下午看到三個奇怪的佛朗機男人，嗯……應該叫葡萄牙人吧！兩個穿寬寬的燈籠褲，一個穿白長袍。」我問：「澳門有多少葡萄牙人？」

「多囉！」舅舅吃一口蚵仔煎蛋，加九層塔爆得香味十足，「起碼有六、七百人，總共快兩百個家庭，有女人也有小孩。他們還從非洲和印度抓黑人奴隸。你以後看到全身黑得像黑炭的人，比較黑的是非洲的黑人，沒有那麼黑而且頭上有包布的是印度來的黑人，不要嚇一跳。」

「澳門有白人、黑人和我們漢人，還有講廣東話的廣東人，我都聽不懂他們在講什麼。」

「不只廣東話，這裡還有講福州話、潮州話和客家話的人。」舅舅搖頭晃腦說：「偶爾還有從馬尼拉來的西班牙人，日本船也會載東西來澳門賣，很熱鬧，比在泉州種田有趣多了。」

「不過，話都不通，大家怎麼做生意？」

「所以，這裡是廣東人的地盤，最好先要會講廣東話，再來呢，要跟葡萄牙人做生意，就要會講葡萄牙話，跟日本人就講日本話……」

「哪有可能？一個人哪有可能會講那麼多種不同的話。」我不服氣地打斷舅舅的話。

「有啊！」舅舅漲紅了臉大嚷：「就是借我錢開店的李朝陽李大人。」

「舅舅，你不是向李旦借錢？」

「李旦，字朝陽，同一個人啦。」舅舅說：「李朝陽生意做得很大很大，有二十多條船在跑，因爲他會說廣東話、葡萄牙話，現在生意做到日本，住在日本，也會講日本話。嘿嘿嘿！聽說他還會講紅毛仔的荷蘭話，還收了一個波斯人與黑人的混血雜種女人當妾，取名叫黑奴，皮膚雖然黑烏烏，可是十分滑溜。」

「會講五種話！」我拗指頭數一數，李旦連同河洛話，會講五種語言：「眞的假的？」

「有一個跟李朝陽合夥做生意的，算是他的徒弟，是福州人叫做許心素。」*舅舅激動地嚷著：「你不信，可以問許心素，他最了解。」

「許心素！我今天下午下船時就遇見他，是他指點我找到阿舅的。」

「許心素也會講葡萄牙話和西班牙話。」

「阿舅，你會講什麼話？」

「我就是憨慢，只學會講一點點廣東話，和幾句簡單的葡萄牙話，漢文也學沒幾年，略識之無，只比青瞑牛（文盲）好一點。」舅舅唉聲嘆氣：「所以我只能跟著李朝陽做下腳料的生意，一簍青花瓷要賣多少錢，都要請許心素替我談判喊價，我無法做大生意人。」舅舅仰頭乾了一杯酒：「不過，最近咬留吧（巴達維亞，今印尼雅加達老城區）、麻六甲、馬尼拉的漢人要買中藥材，李朝陽叫我負責。我上個月才叫人去海澄、中左所（即廈門。明朝衛所兵制，在廈門置中左所）採買中藥材，藥材該賣多少錢，我可以自己打算，這幾天應該會送來，你來得正是時候，剛好可以幫我的忙，加減賺一些。」

當晚就寢，「想要做大生意人，就要會講洋人的話？」我窩在臨時用三條椅條（河洛話，板凳）拼湊的窄床上自言自語，一個念頭閃過：「我要學洋人的話，做大生意人，我要衣錦還

相似，卻長得不一樣；黃耆和紅耆長相和氣味雷同，藥性卻有天壤之別，經常搞混，經舅舅黃程指點才弄清楚。還好我不是看病的大夫或抓藥配劑的郎中，只要將藥材分類即可。

幸好，舅舅向廈門的藥商買了幾本藥典，包括《神農本草經》、宋朝的《圖經本草》、宋唐愼微編的《經史證類大觀本草》，都成了我的好助手。我在私塾搖頭晃腦念了十餘年書，在四書五經、唐詩、宋詞中習得的字詞，現在全派上用場。藥典裡有很多發現藥材的故事，還有用藥的典故等，讓我讀得津津有味，幫助我記住藥效和辨識藥材。

送走中藥材，接著，碗盤、瓷器運抵澳門。碗盤在輸送過程難免因風浪顚簸而破損或震裂，必須重新檢視和分裝。這些碗從福建來的大鳥船卸下，重新包裝後又搬上日本船，或葡萄牙的「克拉克」(Carrack) 四桅大帆船。

克拉克大帆船高達三層樓，最大特徵是船頭有一根斜桅，長長地伸出船首，可以掛橫帆，也可以作爲衝撞他船的利器；甲板上的前桅、主桅和三桅，從桅頂到下方依序可掛三張大橫帆，後桅配一面三角帆，加上巨大的弧形船尾，全船可張開十一面白色大帆，看起來雄壯威武。

我用扁擔挑著一捆捆碗盤、瓷器，重量壓得我直不起腰，汗如雨下，兩腿發抖，顫顫巍巍地走下船板，一個腳滑身體向後仰，舅舅從後方用頭和胸頂住我。

「小心哪！」舅舅大喊：「摔不得，這可是薄胎瓷和德化的白瓷。」

我小心地重新站起來，緩步走下船板，額頭滴下豆大的汗珠，「德化的白瓷我知道，什麼是薄胎瓷？」

「還好沒有打破。」舅舅放下擔子，檢查我的擔子說：「回去再說吧！薄胎瓷又叫蛋殼瓷，薄得跟蛋殼一樣，比白瓷更貴。」

花了一整天，才將碗盤貨物搬回舅舅的店鋪。接著分裝，我和舅舅在碗和碗、盤子和盤子之間鋪稻草，每十個碗或盤子成一疊，每一疊用稻草梗從上到下綁牢成一落，方便從頭提起。稻草輕柔強韌又耐潮，稻梗中空是最佳的緩衝，可以保護碗盤、瓷器或花瓶在風浪中顛簸而不破碎，我才發現稻草這麼好用。

包裝薄胎瓷和白瓷更費工，須先包一張黃粗紙，再用稻梗包起來，再重複上述的步驟，所以薄胎瓷、白瓷或青花瓷的捆紮會顯得更大捆。

德化白瓷產於福建德化縣，瓷質乳白色，潔白晶瑩，釉中隱現粉紅或乳白，稱為「牙白」。薄胎瓷器始於北宋影青瓷，到本朝隆慶、萬曆年（一五六七—一六二〇年）間，江西景德鎮的師傅用純釉土做出薄如蛋殼的薄胎，燒製成碗盤後就叫做蛋殼瓷；杯子稱卵幕杯、蛋殼杯，更詩意的名字是流霞盞。蛋殼瓷薄如蟬翼，輕若綢紗，輕巧秀麗、透光性好，對著光看去，像雲彩追月，若隱若現，在釉土薄胎上描繪青花紋的叫青花瓷。包裝時我喜歡將碗或杯子向著陽光，感受透光流影的溫潤感。

幾天後，我又將碗盤、瓷器挑上葡萄牙的克拉克大船。除了挑舅舅賣出的碗盤、瓷器，同一天，我也挑李旦和許心素賣給葡萄牙人的生絲、布匹、染料和米。

克拉克大船高三層樓，進船艙的船腹沒有開中門，運送貨物必須從甲板進出，從碼頭到甲板之間的船板，是由竹梯架上長長的木板，以呈「之」字形的方式架起來，走在船板上步步攀高，一踩一沉，一抬腿一彈跳，起伏跳動之間，我好幾次沒走穩差點摔落。

「喂！少年仔，小心。」一個瘦高濃眉，皮膚黝黑，右耳下方有一道弧狀疤痕的挑夫，從後方拉住我，幫助我站穩，然後兩人一前一後走進船艙，各自放下兩簍碗盤。

我回到甲板往下望，臉頰有疤痕的挑夫指著走在船板上的挑夫說：「少年仔，你看，他們走得不快不慢，板子的起伏不會太大，才不會把人掀翻了。」他摸著耳下的疤痕說：「有一次我摔下去，不但摔掉兩個月的工錢，還被破碗割出這道疤。」

「多謝指點。」我擦擦汗：「我叫鄭一，住泉州，在家排行老大，小名一官，不過請您叫我鄭一就可以。請問貴姓大名？」

「鄭一！就是第一名！（鄭、第的河洛話音相近）好名字，我姓郭，名懷一，老家在南安縣。」他客氣地拱手回答。

「郭兄也是第一。」我高興地說：「我老家是石井村的鄭家。原來是同鄉人，失敬失敬。」石井村是南安縣的一個小村莊。

我發現郭懷一後來一直打量我，我大概知道他在想什麼。閩南風俗，富豪家族的男子小名有個「舍」，舍即少爺之意，例如楠舍、貴舍；在衙門當差的人家或走販經商，家境富裕的有錢人家男子小名有個「官」字。

我知道他看我面白手嫩，小名一官，家境應該不錯，怎會到此當挑夫？不過，既然他沒有多問，我就裝不知道，繼續挑碗、扛生絲捆。

我揣摩別的挑夫的走法，慢慢抓到重點。首先，我不能跟前一個挑夫走得太近，保持一段距離，踩著沉穩的步伐，順著木板起伏的節奏往前走，省力又安全；其次，不能走得太快，快走會加劇彈跳的幅度，像起伏的大浪把人掀翻；慢走木板起伏小，但運送速度慢，會阻塞後方的挑夫，所以步伐要保持不疾不徐。

挑碗盤進克拉克船艙途中，我瞥見甲板有大砲，和穿著燈籠褲、腰掛長刀或背長槍的葡萄牙人，我好奇地東張西望，艙間還有很多我在大鳥船不曾看過的航海儀器。

「鄭一，走得不錯喲，你抓到訣竅了。」郭懷一放下碗擔，拿起圍在脖子的手巾擦汗。

「多謝，都是郭兄指點。」

「你有沒有發現，都是我們河洛人挑碗、挑盤子。」郭懷一使使眼色說，「那些廣東仔都挑生絲捆。」

「對啊！我也覺得甚爲奇怪。」

「因爲，領班廖金順是廣東仔，他都將輕的、安全的生絲和花布指派給廣東仔搬。」郭懷一氣忿地說，「叫我們扛重的藥材，重又容易打破的碗盤、花瓶，結果領一樣的錢。」

「這……」我聽了火冒三丈，「這樣不公平啊！」

「也沒辦法啊！」郭懷一說：「廣東仔人多勢衆，這裡是伊的地盤，咱河洛人只好寄人籬下，不然怎麼辦？」

我接不上話，我不知道該怎麼辦。

「以後你就會知道，這裡不是每天都有船來，進港的船有大有小，小船由船員和店鋪員工搬貨就夠了，只有遠洋的大船才會僱扛夫卸貨。」郭懷一說：「到時候，廖金順都是先找廣東仔，人不夠，再找我們。」

辛苦挑了一天貨，傍晚收工，我終於領到工資，我看著一枚小小薄薄的銀幣在掌心閃亮，一手按壓痠痛不堪的肩膀，這是我長大後第一次賺錢。

❖　❖　❖

「一官，送這些去教堂。」舅舅吩咐我將十多個碗、兩個裝水的大陶甕、十多個小盤子、兩只青花瓷大花瓶、四個大盤子，裝進鋪稻草的兩個竹籃裡，挑去天主之母教堂（即聖保祿教堂，Ruínasda Antiga Catedrulde São Paulo，今大三巴牌坊）。

澳門很小，我雖然只來了一個月，但已將媽祖宮口附近街道，以及矗立在山丘上的聖保祿教堂都摸熟了，也看過葡萄牙女人和小孩、黑皮膚白牙齒的黑人。

我扛扁擔挑著竹籃，不疾不徐地左彎右拐，緩步走上教堂。教堂高高聳立在山丘，旁邊有一所聖保祿學院，我踏上長長的石階，耳畔傳來悅耳動聽的奇異歌聲。

走到階梯盡頭，三扇聳立的大門半掩，從虛掩的門看進去是個大廳堂，高高牆壁上有拱形狹長的彩繪玻璃，陽光穿過彩繪玻璃變得燦爛奪目，彩色光影下兩排長椅子，每一排各有八列，有一邊坐著金髮、紅髮、銀白頭髮的洋人，另一邊坐著黑人、穿藍布衣黑髮漢人，他們正在唱歌。歌聲柔和，音色乾淨，旋律優美，像從雲端傳來的歌聲。我不知不覺間卸下竹籃，倚門而立。

教徒唱完歌坐下，一個穿白袍的葡萄牙人走到兩排椅子前方的講臺講話，嘰嘰咕咕。「這就是葡萄牙話嗎？番仔話，真有趣味。」我心想，「啊！他不就是我到澳門那天被藥材竹簍絆倒時，伸手拉我起來的葡萄牙人嗎？」

那個葡萄牙人講完話，帶領群眾起立高喊，一直重複幾句話，喊「阿門！」之後，用手在胸前和額頭比劃著，接著散場。幾個黑人打開三扇大門，西洋人和漢人陸續走出來。我將竹籃挪到一邊，看到許心素走出來。

「許爺！」

「你是？」許心素顯然忘了我，一副高傲、盛氣凌人的樣子，「我認識你嗎？」

「我是泉州來的鄭一。」我揩揩額頭上的汗，「我的阿舅是黃程，一個月前我來澳門，剛下船……」

「喔！是你。」許心素的小眼睛瞪大，拱拱手說，「我想起來了，你在阿舅黃程那裡吃頭路。」他比比竹籃內的碗盤和花瓶。

「是啊！」我笑著說：「阿舅叫我來送貨，沒講送給誰，只給我一張紙，叫我按紙上的數目收錢。我有讀冊，不過我卻看不懂紙上寫什麼。」我搔著頭，遞給許心素一張紙。

許心素看了微笑著說：「隨我來。」

我挑起竹籃，跟著許心素走進教堂。許心素跟剛剛在講臺上說話的葡萄牙人講了幾句話，葡萄牙人看我一眼，領我們穿過一道門，來到一間有爐灶和鍋鑊的廚房。

「鄭一，將碗盤、花瓶都拿出來，神父要點貨。」

葡萄牙人先清點碗、盤和大瓷盤的數量，每個碗盤都拿起來仔細看，檢查是否破損，兩只大花瓶更是看得詳細，一邊嘰哩咕嚕，連珠砲似的抑揚頓挫，臉上帶著誇張的表情。只見許心素一直陪笑，比劃青花瓶上的紋路。

葡萄牙人滿意地點點頭，拿出一瓶墨汁和一管鵝毛筆，鵝毛筆沾墨汁，在紙上畫畫似地寫著番文，我饒有興味地看著他的每一個動作。葡萄牙人寫完字，將紙和二兩白銀交給我。

「鄭一，這樣就好了。」

「等一下。」我放下扁擔，對年輕的葡萄牙人比著自己說：「鄭一，鄭一。」作勢跌倒，又爬起來。

葡萄牙人先是一愣，然後對許心素講話。許心素問：「一個月前，你在媽祖宮口跌倒，他拉你起來嗎？」我直點頭，又比著自己說：「鄭一，鄭一。」

葡萄牙人比著自己說：「喬治，喬治。」

「鄭一，這位是喬治神父。」許心素說：「這個教堂有五名神父，他是最年輕的，從隔壁的聖保祿學院畢業，剛剛當神父三個月，名叫喬治。」

「喬治，喬治……」我不斷重複模仿喬治的口音，喬治拉著我走到講臺，指著西洋女子的雕像說「瑪利亞，瑪利亞」，我也跟著喬治的口音複誦，我知道喬治要告訴我，這個女神的名字叫「瑪利亞」。喬治又指著瑪利亞懷中的嬰兒說：「耶穌，耶穌」，我也跟著念。我一時興起，模仿喬治的口音，以及在胸前額畫十字的動作，比著女雕像說：「瑪利亞。」指著嬰兒：「耶穌。」

「鄭一，這個查某是羅馬公教，咱們叫做天主教的聖母瑪利亞，跟我們福建的媽祖一樣的意思，這嬰囝是她的兒子叫做耶穌，他們都是神。」許心素說：「喬治神父稱讚你禮敬聖母，他問你想不想信教？」

「信教，信天主教？」我問，「信天主教有什麼好處？」

「好處？這是一種信仰，就像泉州人拜媽祖一樣。」許心素說。

「我可以只學葡萄牙話，但不要信天主教嗎？」

「想學葡萄牙話，就要信天主教。」許心素說，「成爲教徒才能來教堂接近神父，神父才能教你葡萄牙話，免錢的。」

「免錢的？」我很高興但也很猶豫，又問：「要跟番仔做生意，一定要學番仔話嗎？」

「你如果要跟福州人做生意，當然是會講福州話才方便。」

我點點頭：「好，我要信天主教，但是先說好，神父要教我葡萄牙話才行。」

許心素翻譯我的要求，喬治不住點頭，又講了一串話。

「神父說，他可以教你葡萄牙話，但是你要受洗。」許心素認眞地解釋：「受洗就是皈依天主教的儀式，意思是讓人在基督的保守下獲得新生，你敢嗎？」

我心一橫，果敢地點頭：「好。」

喬治神父跑進跑出，吩咐聖名丹尼斯（Dennis）的許心素，帶我進教堂站在講臺前，又跑到後院，和一名黑人僕役抬水缸進教堂。

喬治神父穿戴整齊，手拿由拇指大小的珠子串成，下方懸掛指頭粗細的十字架項鍊，偕同亞當神父等其他三名神父開始唱詩歌、念經，我聽從許心素的指示或跪或站，讓神父一會兒摸頭、一會兒在胸前畫十字，脫了上衣，泡進水缸。

我浸在水中時，亞當神父一手舉項鍊念念有詞，突然將我的頭壓到水裡，冷不防我嗆了一口水，又將我拉出水面再按進水中，如此反覆三次，嚇得我一陣驚慌。儀式結束，喬治神父、亞當神父和許心素都哈哈大笑。

亞當神父摸著我的頭說一句，許心素譯一句。

「鄭一，恭喜你皈依羅馬公教耶穌會，從今天起你就是羅馬公教教徒，聖名是尼可拉斯(Nicolas，意爲受人民擁戴的人)。」

喬治神父給我一條珠子和十字架都是細小版的項鍊。

「鄭一，這是念珠，以後向天主、聖母祈禱或念經時要手持念珠。」許心素說：「你要隨身帶著念珠，懂嗎？」

「亞當神父會繼續念經，你要跟著我念，大聲念。」許心素說：「拿著念珠跟我念。」

「《聖號經》因父、及子，及聖神之名，阿門。」

「《信經》我信唯一的天主，天地萬物的創造者。我信父唯一的子，我們的主耶穌基督；祂因聖神降孕，由童貞瑪利亞誕生；在比拉多執政時蒙難，被釘在十字架上，死而安葬；祂下降陰府，第三日從死者中復活，祂升了天，坐在全能的天主父右邊；祂要從天降下，審判生者死者。我信聖神，我信聖而公教會，諸聖的相通。罪過的赦免，肉身的復活，永恆的生命。阿門。」

「《天主經》我們的天父，願你的名受顯揚，願你的國來臨，願你的旨意奉行在人間，如同在天上……」

我念著念著有點疲勞，恍忽中閉起眼睛。

「鄭一，現在要念《聖母經》。」許心素說：「醒一醒，不要打瞌睡。」

「《聖母經》萬福瑪利亞，您充滿聖寵，主與您同在，您在婦女中受讚揚，您的親生子耶穌同受讚頌。天主聖母瑪利亞，求您現在和我們臨終時，爲我們罪人祈求天主。阿門。」

亞當神父手持念珠按我的頭，要我跟著念祈禱文：「天父，人生的道路實在艱苦。有時候飄移不定，但我信靠您，求您以您信實可靠的話語帶領我，引導我，照您的諾言，保我生命。」、「我今起誓，我並決定，堅守您正義的諭令。阿門。」亞當神父在胸口由左而右、從上到下畫十字狀。

儀式結束。

「以後，你只能崇敬上帝，也就是天主、耶穌和聖母瑪利亞，上帝是你唯一的神，一心信奉神，聖母和天使會永遠保守你。」許心素說：「羅馬公教最高的神是天父，又稱爲上帝，也就是天主，我們漢人就稱它爲天主教。」

「好，我什麼時候可以開始學葡萄牙話？」

許心素問喬治後，回答：「明天開始，你來教堂，喬治神父就教你。」

§

鄭芝龍語畢，停下來手撫酒杯，面露詭異的笑容，似乎沉浸在受洗當時的情境。

「侯爺，您還好吧？」覺羅阿克善輕聲問。

「沒事，我只是想起一件事。」鄭芝龍說：「過了很久，我與喬治神父熟識之後，他才向我透露我受洗的一段插曲。」

「什麼插曲？」覺羅阿克善追問。

「喬治神父說，我同意受洗那天，他高興地衝進教堂後院，告訴亞當神父：『有一個中國人，願意成爲天主教教徒，信仰天主，請問神父何時可以爲他舉行洗禮？』」

「現在就辦，免得他後悔，先去打水。」亞當神父說，他到東方傳教十年，向膚色、文化完全不同的異教徒傳教非常辛苦，文化程度愈高的異教徒，愈不容易接受天主信仰，他到東方一年後才收到一名信徒，喬治神父來三個月就有成績，不但難得，還可以增強傳教信心，

「這對傳教士很重要。」

亞當神父說，中國人崇拜多神教、佛教，如果讓鄭一回家問其他人意見，或經過媽祖廟，通常會後悔，一定要打鐵趁熱。

喬治神父說，當他說出鄭一學葡萄牙話的要求時，另一個神父冷笑：「這個漢人，別有所圖。」

亞當神父：「他看起來很機靈，就算別有所圖，只要他願意信教又何妨？天父會指引他方向。」

「天主後來果然指引我方向。」鄭芝龍又喝了一杯酒，笑說：「將軍呀，這就是我信教的過程。」鄭芝龍說完，看看空了的酒杯，覺羅阿克善聽得過癮，又為他斟滿一杯酒。

「天主為您指引了什麼方向？」覺羅阿克善問。

鄭芝龍吃幾個花生米：「我那時一邊在碼頭當挑夫，一邊去教堂學葡萄牙話。」

05 天主教徒尼可拉斯

「鄭一我要寫信！」、「我也要！」楊七和劉香嚷著，互不相讓。

「一個一個來，我盡量寫快點，大家都可以寄信回家。」我揮著毛筆叫大家安靜，「船還沒進港，不要急。」

「等船進港就來不及了。」楊七的哥哥楊六叫嚷：「上一次，許爺寫到一半，船就進來，害我來不及寄信。」

「鄭一已經在趕了，不要催了。」磨墨的郭懷一打圓場，要大夥排隊。

我抬頭看了一眼，人龍約莫二十人，排在港口點貨記帳的小屋門外，每個人手上拿著一張紙和信封。今天中午有兩艘分別從泉州和廈門來的船進港，船回航時，可以為挑夫帶信回泉州和廈門。我念了十餘年私塾的事，經郭懷一宣傳，大夥都拿紙和信封要我代筆。

我執筆，郭懷一磨墨。高瘦的楊六、楊七兄弟湊在桌前說：「告訴楊老爹，我們兄弟來這裡快滿兩年，身體康健，勿掛念。這次寄回老家四兩銀，楊七買了一盒胭脂寄給七嫂，楊六附寄一匹布給六嫂做新衣。」

「還有，我左手的傷好了。」楊七說著拉開袖子，一條長約一尺的肉疤像龍一樣盤踞在左手腕到手肘，煞是嚇人，「還是一尾活龍。」楊家兄弟姊妹十一人，兩人排行六、七，兩兄弟剛娶妻就到澳門打天下，「窮啊！」他們說。

「我要告訴我老母，我很好，很想家人，七月、八月中午日頭大，不要下田。」矮矮壯壯的漳州人劉香，中氣十足，總是橫眉豎目，一副隨時要動手打人的架勢，現在卻變得扭捏不安，「這半年工作不多，只能寄一兩五分銀，請阿母……」說著說著竟哭了起來，「保重，我會更努力。」劉香說，其父早逝，寡母帶五個子女，他是老大，義無反顧外出打拚養家。我知道他是個孝子，卻因講話太衝，經常得罪人，不但廣東仔廖金順討厭他，閩南同鄉也排擠他，只在人手不足時才會找他。我寫完信和信封交給劉香，他紅著眼離去。

惠安人李魁奇，接著小聲念出要寫的內容，他得知同鄉青梅竹馬的戀人阿梅將被父母許給鄰村的員外作妾，他寫信通知阿梅切勿答應，他先寄借來的三兩銀要她先搪塞父母一陣，下個月會再寄錢給她，「請吩咐她，等我，勿做人妾。」高壯、濃眉大眼的李魁奇急切地說：「明年五月，我來澳門滿三年，我會回去娶她。」「麻煩再寫一句，什麼死什麼渝？」

「至死不渝。」我回答。

「對，至死不渝。兩年前我來的時候，先去她家訂親，她父親答應等我三年，現在才兩年，竟要逼她嫁人，可惡！」李魁奇拳頭緊握，額頭隆起青筋，悲憤之情溢於言表。

信寫好，李魁奇愼重地捧著信離去，後面的人馬上補上來，我的手沒有停過。雖然代筆家書很累，但也從每個人寫家書的內容，迅速認識閩南來的二十多個挑夫，深入他們的內心世界，看到他們的祕密和牽掛。我雖然是新來乍到的菜鳥，卻因能免費替人寫信，博得同鄉的敬重和好感，沒人欺侮我。這群挑夫裡，我和郭懷一、楊六與楊七兄弟、劉香、李魁奇和楊天生最合得來。

「鏘！鏘！鏘！」鑼聲響起，代表船進港。

「船進來了，兩艘一起進港。」劉香衝進來大吼，「開工囉！」

「慘了，剛輪到我，怎麼辦？」楊天生怒罵。他後面還有五個人等著寫信。

通常船一到港，馬上卸貨、上貨，挑夫最忙碌，上完貨挑夫都累了，哪有力氣再幫人寫信。爲了配合漲潮、退潮，船有時候裝完貨就出港，來不及寄出的信只能等下一班船。下一班船何時來，沒人拿捏得準。

「鄭一，你繼續寫，你的份兒我們六個幫忙扛，錢還是算你一份。」楊天生提議，其他五個人都同意。

「喂！大夥兒開工了。」戴斗笠、脖子圍條布巾的廖金順，走過來用廣東話吆喝：「不要寫了。」

楊天生用半生不熟的廣東話告訴廖金順，我的份兒他們六個人分擔，兩人比手畫腳一陣子，結果惹惱了廖金順，他甩了楊天生一巴掌，「去搬貨。」

廖金順連同郭懷一一起拉出去，對我指了又指，講了一串廣東話。

我聽不懂，但是判斷廖金順同意我繼續寫信，寫完再去搬貨。我繼續就記憶中楊天生等六人剛才匆忙口述的家書內容，思索著如何化爲文字。

我寫完六封信，扛起扁擔上工。

從下午忙到夕陽西下，月亮爬上海平面，總算將兩艘船的中藥材、布匹、生絲、碗盤、花瓶搬下船；再將廣南、暹羅運來的硫磺、沉香、胡椒、肉桂葉等香料搬上船。我和六十多名挑夫全累癱，或坐或躺在點貨記帳小屋門外，一邊揉肩膀、捶小腿、捏大腿、搓膝蓋，半瞇眼吹著涼涼的海風，耳朵聽著小屋裡傳來廖金順劈里啪啦撥算珠的聲響，心裡盤算計較能拿到多少工錢。

照例，講廣東話的挑夫先拿了工錢，蹲在屋外圍成一圈，興高采烈討論著吃什麼、喝什麼，大約有四十人；然後輪到講河洛話的挑夫領錢，郭懷一、楊六、楊七陸續被點名進屋領工錢，叫到劉香就停了。

我獨自站在屋外，看著屋內的同伴。

「鄭一呢？」楊天生拿了工錢問：「鄭一還沒有領錢，工頭你是不是漏了鄭一？」

「對啊，鄭一也有上工，怎麼沒有工錢？」楊六也問。

廖金順粗著嗓子，低低回了幾聲。

「什麼？你沒有讓一官上工？」楊天生將工錢揣進懷裡，指著廖金順：「你沒看到他在挑貨嗎？你眼睛瞎了啊！」

「我沒讓他上工，是他自己要做的。」廖金順站起來，撥開楊天生的手，吼著：「船進港，他在寫信，我叫他要寫信就不要上工，是他自己要上工的，怪誰？」

廖金順吼完，閩南挑夫聽不懂，個個面面相覷，屋外的廣東挑夫聞聲全圍了上來。

楊天生翻譯廖金順的話，劉香聽完，衝上來揪住廖金順的衣領：「你吞了一官的工錢，是不是？」

廖金順：「胡說！」

劉香聽得懂這句廣東話，手肘順勢往上一頂，痛擊廖金順的眼窩，廖金順痛得大叫，屋外廣東人衝進來，一時間喊打聲、叫罵聲亂成一片，屋內狹窄無法施展拳腳，一群人只能推擠叫罵。

廖金順被廣東同鄉拉到屋外，楊六、楊七和劉香追出屋外，霍然停住腳步，只見廣東人圍成一圈，手拿扁擔，還有一人手上有把刀，盯著閩南人虎視眈眈。

我低頭一看，福建人的扁擔不見了，只剩竹籃。

廖金順捂著眼睛，吼了一聲，廣東人掄起扁擔跳上來照頭就打，劉香掄起兩個竹籃迎接廣東人的扁擔，雙拳難敵扁擔圍攻，很快被打趴在地；楊六右小腿腓骨被厚重的扁擔掃個結實，又被刀掃過劃出一道傷口，痛入心扉，悶哼一聲撲倒，抱著腳哀號，血滲出褲腳；楊天生反手奪來一根扁擔，奮力與廣東人對打。

我小時候打群架可沒有見過這麼凶狠的場面，我想逃，腳卻痠軟無力走不動；想衝進去幫忙，身子竟像被釘住，動彈不得，只能愣在一旁看著閩南同伴抱頭趴地，被廣東人又踹又踢。我暗罵自己，空有一身習武的架式，沒弓沒劍只能杵在原地。

「砰！」倏忽一聲槍響，「住手，住手，不要打了。」許心素和三個穿燈籠褲、戴奇怪帽子，手上拿著長槍的葡萄牙巡警跑過來，廣東人才停手。

一個嘴上留鬍子的葡萄牙巡警講了一串話，廖金順走上去指著眼睛，嘰哩呱啦地回答，然後指著我，大踏步走到我身邊，忽然一巴掌打得我昏天黑地，揪住我的衣領拉到巡警面前。

「鄭一，廖老大說你沒有上工卻要工錢。」許心素問：「是眞嗎？」

我嚇得結巴，又氣廖金順竟然顚倒是非，氣得說不出話。

「伊替我們寫批紙，只是晚一點上工，至少可以領一半工錢啊！」楊七爲我叫屈。

廖金順又嘰哩咕嚕一番，帶頭的葡萄牙巡警點點頭，低聲對許心素和廖金順講了幾句話後離去。廖金順吆喝著廣東人離開，離去前踹劉香的頭一腳，劉香的臉被踹進土裡吃了滿嘴沙，牙齦流血。

許心素冷眼旁觀，待廣東人走遠了才說：「大家都是離家背井外出討生活，不是來打架拚輸贏，認眞工作，少惹事生非。」離開時回頭丟了一句話：「剛才阿兜仔巡捕說，再打架就罰苦工一個月。」

我被許心素的冷言冷語澆醒。

我原指望同鄉許心素主持公道，他卻偏袒廣東人。

我看著同伴爲了替我討公道挨打，感到內疚和不安，卻不知該怎麼彌補。

劉香站起來，抹下臉上的泥巴，「呸！」吐出混著血絲的口水，看了我一眼，罵了兩聲髒話走了。

楊七扶起跛了腳的楊六，楊六仍然站不穩，我上前幫忙，「小兄弟，人在屋簷下，不得不低頭，大家都盡力了，唉！」

我看著楊六、楊七兄弟走遠，郭懷一過來拍拍我的背：「走吧！你舅舅還在等你。」我哭喪著臉，內疚和自責的罪惡感揪成一團：「我對不起大家。」

「唉！沒關係啦，出外人打架，常有的事，反正他們人多勢衆，人數是我們的一倍，我們雙拳要敵四手，何況扁擔還被他們偷偷藏起來，打不贏也不算輸啦！」

「許爺是咱福建人，爲什麼沒替我們講話？」

「伊哦！伊是有名的雙面人。」郭懷一壓低聲音：「伊以前是碼頭的領班，伊會講葡萄牙話，葡萄牙人讓伊處理船務，向船主收搬貨的錢；因爲這裡是廣東人的地盤，伊和廖金順合作，由廖金順安排挑夫和發工錢。這幾年廖金順也在努力學講葡萄牙話，但伊不識字，還無法取代許心素的地位。」

「後來，許心素又回福州，因爲會講葡萄牙話，曾去南路總兵官府捐錢掛名把總，其實是幕僚，負責和葡萄牙人或荷蘭紅毛人交涉的事。因緣際會，認識了廈門的大商人李旦，李旦得知他會講葡萄牙話，邀他合夥做生意，他才又回到澳門處理李旦的船和貨運。」郭懷一說：「你有讀書識字，如果你還會講葡萄牙話，以後也可以跟許心素一樣。」

跟許心素一樣、跟許心素一樣……郭懷一的話在我心裡迴盪。

❖　❖　❖

我回到黃程商鋪，落寞地向舅舅說了今天發生的事。

舅舅遞給我一碗飯和一雙筷子，「呷人的頭路，看人的臉色，廣東人欺侮閩南人也不是一天兩天的事，只怪福建人人數少。」

「許爺可以爲閩南人講幾句話啊！」

「許心素是生意人，做生意賺錢是第一目標，伊要在這裡做生意就要靠廣東人，伊不會爲了保護閩南人得罪廣東人。」舅舅扒了兩口飯，「一官，你娘讓你出來看看外頭的世界，也是在看看世面，有時候要會見風轉舵，不要硬邦邦一個性子。」

「見風轉舵？」

「就像許心素，站在勢力大的那一邊，他就能賺錢。」舅舅說：「改天我帶你去向廖大肚道歉，請他多讓你上工。」

「我不想求他。」我搖頭：「我又沒有做錯事，只因廖大肚會講番仔話就顛倒黑白，讓西洋番仔巡警相信他。」

「沒有人喜歡求人，肯彎腰的比較有希望。」舅舅說。

❖ ❖ ❖

「喬治、喬治。」我到教堂用我僅會的一句葡萄牙話喊著。教堂裡的黑人僕役跑進廚房叫出喬治。

喬治正在準備煮晚餐，看我來了，招招手要我到廚房幫忙。他遞水桶給我並比手畫腳，要我幫忙提井水注滿廚房裡的水槽。

我提水注滿水槽後，回到廚房看著喬治在一堆白粉裡加水，揉成一團白色的泥巴。喬治將一團團白色黏糊糊像糯米糰的東西放進大灶內，關上鐵門，灶口下燒著木柴。

喬治接著要我和他一起削紅蘿蔔皮、切洋蔥。喬治指著胡蘿蔔重複講一樣的話，我會意喬治正在教我葡萄牙話的胡蘿蔔、洋蔥。我跟著講，很快學會講胡蘿蔔、洋蔥的發音；喬治接著拿起刀叉、湯匙和盤子，我也很快學會，並將捲舌音學得唯妙唯肖。

胡蘿蔔、洋蔥和豬肉塊放進大鍋內煮湯，喬治從大灶內拿出剛才放進去像糯米糰的東西，烤得像閩南燒餅，但是比燒餅大很多。喬治指著大燒餅說：「pão（音「胖」pan，麵包，臺語麵包發音的來源）。」然後拿刀切下一片，放在盤子上遞給我。這時，其他四位神父圍坐桌前，黑人僕役阿契從大鍋子爲神父和我舀湯，喬治遞給我一杯黑黑的水，我喝一口，竟是烏龍茶。喬治說：「Tea（音「跌」，來自河洛話「茶」的發音）。」

我咬了一口 pão，喝一口 Tea。pão 外皮焦黃酥脆，裡面色白鬆軟有嚼勁，後來我學亞當神父將 pão 沾湯或包肉吃，味道更棒。「pão、pão、pão」，我一直說 pão 並豎起大拇指稱讚，惹得五個神父哈哈大笑。我又多學會了一個葡萄牙詞彙，Tea 的發音根本不用學，直接用河洛話講茶就是了。

這一餐飯，我學會用葡萄牙話說麵包、茶、胡蘿蔔、洋蔥、刀叉，離開天主教堂，我大聲重複這幾句葡萄牙話，一路走回家。心想，以後每天傍晚來天主教堂，學葡萄牙話又可吃晚飯。

第二天，我去天主堂，拿出上一次送盤子時舅舅交給我的字條，指著字條上彎彎曲曲的字，喬治點點頭，抓了一把米，米一粒、二粒、三粒……各放一堆，直到最後一堆是十粒，然後在米粒下方寫1、2、3、4……10，重複數數。我學著講，依樣畫葫蘆寫數字，反覆寫了數遍後，我才知道這是西洋人的數字，於是我另外寫出一、二、三、四……十的中文，反過來教喬治：「這是中國的數字。」

「這是中國的數字。」喬治喊著：「亞當神父，尼可拉斯是識字的漢人，我也可以向他學中文。」

喬治拿鵝毛筆用拉丁文寫下自己的名字，教我照著念；我用毛筆寫「鄭一」兩個字，教喬治念「鄭一」。我們教彼此的母語和文字，邊學邊鬧，不亦樂乎。

往後，我每天下工總是匆匆扒完兩碗飯就往天主堂跑，學數字、算學和拉丁字母發音，學會用拉丁文簽「尼可拉斯」。葡萄牙人規定每七天休息一天，那一天我會去教堂望彌撒。

學著學著，我發現葡萄牙文非常有意思，除了動物分雄雌，東西居然分陽性和陰性。例如袋子（saco）、磚頭（tijolo）是陽性，房子（casa）、石頭（pedra）是陰性。字尾是「o」的大部分是陽性，加s變成os代表陽性的複數，很多袋子是sacos；字尾是「a」的大多是陰性，同樣地，加s變成as就是陰性的複數。幾顆石頭是pedras。

更好玩的是，形容石頭顏色的白色、黑色或紅色也跟著分陰陽性和單複數。白色的陽性是branco，陰性是branca，白色袋子是sacobranco，白色石頭就是pedrabranca。葡文的說法，要先說主詞，再說顏色，例如漢文說「白色的房子」，葡文要說成「房子、白色」。

「爲什麼石頭是陰性，磚塊是陽性？」我問喬治神父。

他剛開始說不知道，「習慣就是這樣說。」後來被我問煩了才說：「石頭是自然生成的，是陰性；磚塊是人做的，用火燒的所以屬陽性，袋子也是人做的，也屬陽性。」

「嗯，有道理。」我有點兒理解了，但又困惑：「房子是人蓋的，爲什麼屬陰性？」

「因爲……因爲房子是用石頭蓋的，石頭屬陰，很多石頭累積蓋起來的房子當然也屬陰。」

「所以，用磚蓋的房子就是陽性的囉？」

「不要問了，尼可拉斯！」喬治神父被我問倒了，「用功學就對了。」

我的理解是，葡萄牙文裡東西的陰陽性就像中藥材一樣，同樣都是植物的根，藥卻就有陰陽之別，有溫補陰補之分，天下方位也分陰陽，北玄武屬陰，南朱雀屬陽，原來東西洋古人所見略同。

兩個月後，我可以簡單與喬治對話，進步最快的是算數。我能用西洋數字計算萬位數字的加減法，還曾經教喬治打算盤。

用算盤算數，對大多數識字的漢人來說不稀奇，我跟其他漢人不同的是，我會將計算所得用西洋數字寫出來。

舅舅帶我去跟廖金順道歉，送禮彎腰賠不是，廖金順果然連續好幾天都我叫上工，但對劉香、楊六、楊七、楊天生、李魁奇故意視而不見。

「可惡，廖大肚故意讓我們沒有工做。」劉香大罵：「是可忍，孰不可忍。」

「不然能怎樣？」楊六蹲下來，解下斗笠搧風：「站在別人的地盤，人又比人家少，打不過廣東仔，只好任人宰割。」

「都是我不好，寫信動作太慢，連累大家受罪。」我抹掉眉毛上的汗水。

「不是你的錯，大家都心知肚明，這是咱福建人和廣東仔的冤仇。」楊天生憤恨地說，「這筆帳有一天一定要連本帶利討回來。」

「討？要怎麼討？總不能用嘴巴討吧！」楊六自嘲。

「當然是用這個討。」劉香說著從袖口露出一截刀刃。

「啊！」楊六和楊七同聲叫出來，又快速掩住嘴巴。

「這會出人命的。」楊天生搖頭說：「咱是出外打拚，不是來拚命的。」

「人在江湖，身不由已。」劉香說：「富貴險中求，不拚命就永遠當挑夫，肯拚命，鹹魚才有翻生的一天。賭輸命一條，賭贏才有富貴的將來，誰敢賭？」人人相覷。

「怎麼個賭法?」楊天生問。

「你們忘了嗎?每年中秋節晚上,廖大肚都會帶廣東仔在碼頭辦桌,吃喝賞月。」劉香說:「去年廖大肚喝到醉茫茫,睡在碼頭。喝醉的廣東仔,三個也不是我們一個人的對手,到時候一刀一個,保證廣東仔死到一個不剩。」

「不行,太殘忍,大家都是外出討賺,不是來拚生死,又不是海賊。」楊天生反對。

「我贊成,我不是來當小工。」李魁奇掃視所有人:「我要衣錦還鄉。」

衣錦還鄉、衣錦還鄉,這句話反覆在大夥心中咀嚼。

「哼!就算搶到一個碼頭領班,也不可能衣錦還鄉,劉香、阿奇做大頭夢!」楊七大笑。

「搶到碼頭工頭當然不能大富大貴,卻是鹹魚翻生的開始。」劉香說:「我想了很久,如果我們閩南人控制碼頭,我們就可以提高工資,工資提高後大家可以存錢,然後大家集資購買碗盤和瓷器賣給西班牙、葡萄牙人,賺來的錢再買貨賣給洋人,再賺錢……然後,然後就……就……」劉香描繪的美景,聽得每個人一臉陶醉,頭腦暈陶陶,一瞬間都變成腰纏萬貫的洋商富賈。

「衣錦還鄉。」李魁奇倏忽大喊:「然後就衣錦還鄉。」

「對啦!不識字的你就是懂這句衣錦還鄉。」楊天生笑著說:「返鄉娶你心愛的人。」

「阿梅啦!」我說。

「哈哈哈！娶阿梅，娶阿梅。」大夥兒鬨然大笑。

原來還反對的，都被劉香的美夢打動，被李魁奇衣錦還鄉迎娶美嬌娘的夢打動，決定在中秋節反擊廣東仔。

至於怎麼反擊？還沒有個說法。劉香說：「還有一個月，大家從長計議吧。」說著用力拍打我的肩膀：「鄭一，我們這群人，你最聰明，你說好不好？」

「嗯，嗯……」我忐忑說不出口，想反對說不出口，想贊成又擔心後果。

「是不是他沒有封殺你，每天讓你上工，你就西瓜偎大邊……」劉香似乎看穿我的心思，李魁奇也瞪著我握緊拳頭。

「好，好，好一條妙計！」我大喝，「我也要爲咱福建人出一口氣。」

「好！」劉香大喝，環視所有人：「就這麼決定了。」

回家後，這件事就像綁在腦子裡一樣，無時無刻不想到它。想到揮刀劈砍，血濺沙場，我雖然習武兩年，並沒有眞的與人格鬥，只有用彈弓打下枝頭小鳥時看過血，在廟口雜耍團看過舞槍弄刀，要我殺人可比登天還難。

再說，殺了人，難道葡萄牙巡警不管嗎？那天他們打架，三個葡萄牙巡警就過來開槍干涉，如果犯了殺人罪，葡萄牙巡警一定不會放過我們的。我認爲行動前應該想好計謀，想一個既能扳倒廖金順，收服廣東仔，奪下碼頭地盤，最好又能不見血的方法。

我想了好幾天，始終想不出好方法，反被喬治神父看出我魂不守舍，我吞吞吐吐地說，中秋夜碼頭工人可能會打架，有人想殺人，我感到害怕，但又不知道該怎麼辦。喬治勸我：「不要去參加中秋晚會。」我敷衍地點點頭。

06 搶地盤血染中秋夜

一輪明月從海平面升起，又大又圓亮似銀盤，廣東仔忙著在碼頭廣場擺出六張圓桌和板凳，外燴廚師炒菜煮湯香味撲鼻，廖金順吆喝著大夥入座，把杯斟酒。

我和郭懷一佯裝散步走進碼頭，「賞月啊！月亮好圓啊！」郭懷一向認識的廣東人打招呼，揚起手中的月餅，指指月亮，找了個堤岸坐下。

月娘光光親像鏡，海風冷冷暢心肝；
照鏡找嘸伊的影，思君未著心真痛。

郭懷一對著明月吟唱，歌聲清亮，音調悠長渺遠，像念詞又像唱歌，聽著聽著讓我想起泉州的家人，他們也在院子裡賞月嗎？芝虎、芝豹和芝鳳在做什麼？二媽和弟弟們有在月光下想我嗎？阿爹是否爲我不告而別離家出走還在生氣？

「一哥，你剛才唱的是什麼歌？」

「這是咱故鄉的褒歌，歌詞七字一句，內容無所不包，可褒可貶可思念。」郭懷一笑著說：「這條是我自己做的，曲名〈月娘〉。」

「好聽，眞的好聽。」我豎起大拇指。

郭懷一被我褒了幾句，笑吟吟又高聲吟唱，唱畢，他向月亮說：「月娘是咱牽手的名。」

「大嫂是好運，嫁得好尪婿。」

郭懷一搖搖頭，又吟唱：

月娘十七嫁尪婿，新婚兩年尪離家；
孤單在厝飼囝仔，等待阿哥回厝兜。

唱畢，他問：「你說月娘幸還是不幸？」

我沉默無語。

月光灑在海上，輕濤拍岸，聲聲不絕。

遠遠地，楊天生、楊六和楊七兄弟也來賞月，坐在不遠的堤岸。

不久，劉香、李魁奇也出現在碼頭晃蕩。

廣東人的大嗓門愈喊愈大聲，酒杯碰撞聲和飯菜香味，令我忍不住頻頻轉頭張望，「糟了，許心素和葡萄牙巡警都來了，怎麼動手？」我低聲說。

「廖大肚爲了酬謝許心素，巴結葡萄牙人，每年都會邀請他們入席，葡萄牙人吃不慣廣東菜，沒多久就會離開，許心素也是來做做樣子。」郭懷一說：「耐心等吧，等他們醉癱，換我們上場。」

「眞的要殺人嗎？」我問。

郭懷一聳聳肩。

我不寒而慄。

酒過三巡，三個葡萄牙巡警離席，許心素接著起身離開，廣東人講話像吵架似地大吼大叫，舉起酒瓶或酒罈直接倒入口中。

廖金順逐桌敬酒，各桌喧鬧得更厲害，有人發酒瘋拉扯著同伴，絮絮叨叨說著什麼；有人醉倒泥地，賴在地上不起來；廖金順走路顚顚倒倒，吼著，罵著，廣東話摻雜著葡萄牙話，咕噥著走到碼頭邊，扯下褲頭撒尿。

撒尿的當頭，廖金順轉頭瞥見兩個人蹲在堤岸，醉茫的兩眼瞪著兩人瞧了半天，認出是劉香和李魁奇，「呸！」廖金順朝海裡吐了口痰，嘴裡念念有詞。李魁奇聽出那是罵人的話，正要衝上去，被劉香按住。

廖金順紮好褲頭，往回走，劉香、李魁奇跟在後頭，走入廣東人圍坐的六張圓桌。廖金順坐定，歪斜倚在桌旁，眼看著劉香和李魁奇站在前面，咧嘴傻笑，抓起桌上的豬骨頭，用廣東說：「要吃嗎？你們這兩條狗？」

廖金順拿著豬骨頭在在空中晃了晃，手一鬆掉落地上，他說：「咦？狗不是都在地上吃嗎？」

「哈！哈！哈！」一群廣東人大笑。

李魁奇攫住廖金順頭髮，將他的頭拉高再猛往桌上撞。

廖金順掙扎著，雙手按翻桌子，整桌飯菜、碗盤、筷子一股腦砸向自己和李魁奇。幾個廣東人霎時醒了，大叫：「起來，打呀，河洛人來找麻煩囉！」

楊六、楊七、楊天生扔了月餅，抄出暗藏在沙地的扁擔，見一個打一個，楊六狠狠地專掃小腿，酒醉癱軟的廣東人哪裡是對手，一個個被打趴，躺在地上抱著腿哀嚎，站不起來。

郭懷一不知何時手上多了把鐮刀，像變了個人似地衝進宴席裡，見人就往大腿割、小腿砍，尖叫聲四起，血噴濺到他的臉上，遮了眼，他伸手抹掉臉上的血，繼續追著廣東人下手。

我跟在郭懷一身後看傻了，我手上沒有武器，一時手足無措。

暈頭轉向的廖金順被劉香、李魁奇圍毆，抱頭亂竄，一頭撞上我一起跌倒。我跳起來拔腿就跑，不想和他糾纏，廖金順卻發瘋似地追著我又打又咬，我跑到外燴廚房，順手拿起擱在桌上的菜刀，指著廖金順恫嚇：「不要過來！」

廖金順被刀嚇著，止步不前，迷茫的雙眼又好像隨時要衝上來，我想起廖金順聽不懂河洛話，改喊葡萄牙話：「不要！不要！」

我盤算著，他若靠近我，我就施展拳腳撂倒他，在鍋爐掩護下暗中砍斷他一隻腳的腳筋，讓他殘廢。

就在此時，我的眼角瞄到廚房後方忽然冒出一個葡萄牙巡警，劉香正從前方趕到，起腳飛踹廖金順的背，廖金順一個踉蹌向前往我飛撲過來，我嚇得手握菜刀蹲馬步紮好下盤，握刀的手往前一擋，眼睛一閉，同時用葡萄牙話向廖金順大喊：「不要！不要！」

霎時間，廖金順撲上我，一股熱氣噴在我臉上，我睜眼一看，尖叫一聲：「啊！」

此時，廖金順跟我臉貼臉，喉頭發出微細喘息聲，兩手抓緊我的肩膀，眼睛瞪好大。

我往下瞧，我手中的菜刀只剩握把，刀刃全進了廖金順胸膛，我嚇得雙手一鬆，向後摔倒。

廖金順隨即支持不住癱倒在地。

一個葡萄牙巡警衝過來，橫欄在我和廖金順中間，我手足無措地看著葡萄牙巡警。

「鄭一殺了廖大肚！鄭一殺了廖大肚！」郭懷一握著鐮刀衝上來一看，改用廣東話大喊：「廖大肚死了，廖大肚死了，停手不要打了，不要打了。」

「砰！砰！」那名葡萄牙巡警開兩槍，鎮住了場面。

又有兩個葡萄牙巡警冒出來，舉著棍子喝令所有人蹲下，大喊：「不許動！」但沒有人聽得懂，全都傻站著。

我聽得懂「不」，猜測是不能動，又看到巡警棒打廣東人的膝蓋窩強迫他們蹲下，我蹲下時用河洛話大喊：「蹲下，他們要我們蹲下。」

劉香、郭懷一、李魁奇等人聞言蹲下。

郭懷一蹲下時偷偷將鐮刀踩在腳底，手撥沙子將刀埋進沙地，再緩慢挪動身體。

帶頭的葡萄牙巡警氣急敗壞對其他兩名巡警說：「喬治神父說的沒錯，碼頭果然出事了。」接著問一連問了三次：「誰殺了卡羅斯（Carlos，葡文意爲男人）・廖？」，沒有人回話。他轉頭吩咐一名巡警：「去找丹尼斯・許（許心素）。」

一名巡警聞言跑開。

我留心巡警的對話，原來是喬治神父通報巡警。

我舉手結結巴巴用葡萄牙話說：「卡羅斯……追我……打我……咬我……」我不會說「咬」字，作勢張嘴咬自己的手肘，「我跑……害怕……拿刀……不要……不要」，我慢慢站起來，比手畫腳，比出拿刀嚇阻廖金順的樣子，「卡羅斯跑來撞我，刀跑到他身體。」

最後一句「刀跑到他身體」，逗得兩名葡萄牙巡警哈哈大笑，「你叫什麼名字？」

「尼可拉斯。」我大聲回答。

「尼可拉斯，」年紀較長的巡警問：「你認識喬治神父？」

我點點頭。

劉香、李魁奇和楊七瞪大了眼，郭懷一悄聲問：「鄭一什麼時候會講番仔話？」

那名事後擋在我和廖金順中間的年輕巡警，聽完我說的話，點點頭表示同意，指著躺在地上的廖金順，嘰哩咕嚕說了一長串。

帶頭的巡警頻頻點頭。

我聽到年輕巡警說，他聽到這個漢人尼可拉斯拿刀嚇阻卡羅斯，大聲說：「不要、不要」，然後就看見廖金順衝向並抱住尼可拉斯。

「希拉里歐（Hilario，葡文意爲高興的人），」帶頭的巡警問年輕巡警：「卡羅斯爲什麼會衝向他？」

「報告亞丁警官，我不知道原因。」名叫希拉里歐的年輕巡警聳聳肩：「這是我看到和聽到的情形。」帶頭的巡警是亞丁警官。

我先看了劉香一眼，接著向亞丁警官說：「卡羅斯，喝酒、喝酒，很多。」比畫模仿廖喝醉的樣子，「追我……咬我……」張口咬自己的手臂。

「酒醉？發酒瘋？」亞丁警官猜測。

「應該是這樣。」希拉里歐說：「我看到卡羅斯衝向尼可拉斯的刀子，不是瘋了是什麼？」

「這樣看來，尼可拉斯沒有殺人，」亞丁警官說：「是意外囉？」

「我看到的情形的確是這樣。」希拉里歐回答。

許心素匆忙趕來，向年長的巡警說：「亞丁警官，怎麼啦？」

亞丁警官告訴他：「已經調查清楚了。根據尼可拉斯的陳述，以及巡警希拉里歐目睹整個過程，卡羅斯酒醉，追打咬傷尼可拉斯，尼可拉斯拿刀嚇阻，卡羅斯不但沒有停下腳步，還衝向前用力抱住尼可拉斯，導致刀子沒入身體。卡羅斯自己找死，這是意外，但是這些廣東人和福建人打架，是預謀還是臨時起意，丹尼斯，交給你處理了。」亞丁警官交代完，率兩名巡警離開。

現場一片狼藉，桌椅碗盤四散，菜餚滿地，三、四十名廣東人躺著哀嚎、呻吟，十多個閩南人蹲著雙手抱頭。

❖　❖　❖

「尼可拉斯？」許心素看著我，改用河洛話問：「鄭一，你眞的去跟喬治神父學葡萄牙話？」

我點點頭：「跟喬治神父學了三個月，會講一點點。」

「你將過程再講一次。」

我用河洛話再講一遍，只講廣東人喝醉發酒瘋，毆打賞月的閩南人，廖金順追我又咬我，略掉劉香致命的一踢。

我講完，眼角瞥了劉香一眼，劉香投以感激的眼神。

許心素看看躺在血泊中的廖金順和胸口的刀柄，或躺或坐哀嚎的廣東人，蹲坐抱頭的閩南人，盯著我一會兒，嘴角上揚，點點頭似乎明白了什麼。

「既然如此，廖大肚只能怪自己運氣不好。」許心素嘆口氣：「天生短命，唉！」

許心素要楊天生拿一張板凳讓他坐下，說：「後天有船進來。」

接著他環顧現場好一會兒，才徐徐開口：「鄭一，你識字又會講葡萄牙話，我升你做領班，你要分派工人、點貨、派發工資。」

「我？」我瞪大眼：「我只會講一點點番仔話。」

「夠了，慢慢學。」許心素又說：「喔！你還會漢文和算學，以後簿記也給你做。」接著他大聲用廣東話和河洛話宣布：「大家聽著，廖金順因爲意外死了，亞丁警官說他發酒瘋意外死了，這是意外，這是意外。今天晚上的事到此爲止，不准任何人再惹事生非，不准報復，不准打架，否則送葡萄牙官府嚴辦。」

他停頓了一下，又宣布：「今天晚上開始，鄭一升爲領班，以後由他分派工人、點貨、派發工資和做簿記。」

❖ ❖ ❖

「尼——可拉斯大爺，尼——可——」楊天生操著怪腔怪調的葡萄牙話，引得大夥哄堂大笑，他改說河洛話：「眞難講，鄭一，我看還是叫你一官比較尊敬，我們改叫你一官，好不好？」

郭懷一反對：「鄭一現在是領班，要多加一個爺，要叫一官爺才對。」

「官就是爺的意思。」有人提出異議。

一時間，有的說應循洋人叫法，叫洋名尼可拉斯；有的說循漢例稱一官。爭執的聲音在碼頭小房間中轟響。

我漲紅臉，年紀最小的我一時詞窮，不知該講什麼。我注意到提議並率衆起事的劉香壓低斗笠，只見凌亂鬍渣的下巴，沒有開口說話，他從廖金順死後就一直沉默寡言，冷冷的眼神不知在想什麼。是感激我隱匿他那致命的一踹？或是怨我搶走殺死廖金順的功勞？李魁奇站在劉香旁邊，低頭撫弄斗笠帶子，沒有加入衆人起鬨的行列。

「好啦，各位大哥。」我笑著鞠躬哈腰說：「各位都是我最尊敬的大哥，我來澳門半年多，受各位大哥照顧，照顧之恩容我以後再報，各位大哥喜歡叫我什麼就叫什麼，現在最重要的是……」我向窗外一比：「大船入港，大家上工囉！先幫我料理這艘船的貨料，讓它快進快出，小心不要打破貨品，就阿彌陀佛！啊，不對，阿門！」我說完，看向郭懷一。

眾人皆知郭懷一曾因摔破瓷碗瓷瓶而受傷，會心大笑，搖搖頭，扛起扁擔，戴上斗笠陸續走出工寮。

我走在最前面，看揚著白色大帆的葡萄牙三桅帆船緩緩靠岸。

今天上工前，舅舅耳提面命：「第一天當領班，腰要軟，嘴要甜，要改善和廣東人的關係，人和萬事興。」

我也想起陶朱公范蠡說過，做生意時「言行宜和，和氣能生財」。

我照著舅舅的吩咐做，除了閩南人全部上工，另一半挑夫找廣東人，其他二十多個廣東人也沒有閒著，我調派他們搬運興建碼頭新倉庫的木料、石材等建材，大家都有工做。

「許萬福！」我用剛學的廣東話唱名。

許萬福是今天最後領工資的廣東人，他年紀跟我差不多，點頭說了聲：「多謝。」離去時看我一眼，意味深長的一眼，我向他報以微笑，他向我點頭致意。

工人都走光了，我一手輕撥算珠，一手指著帳目，帳目核算無誤，長吁一口氣，闔上帳本，抬頭竟見許心素站在門口。昏暗燈光中看不清他臉上的表情，我趕緊起身作揖。

「不錯，今天第一天當領班，從上船卸貨、上貨，與貨主點貨、交貨，派發工人薪水，都處理得井井有條。」他先開口：「不過跟葡萄牙人交涉不大順利，還要加強。」

豆大的汗珠流下我的脖子，果然逃不過許心素的一雙利眼。我今天跟葡萄牙話人交談時半懂半不懂，急得我比手畫腳。

「要繼續學番仔話，就會愈來愈順。」許心素接著說：「鄭一，今天表現得不錯，光是你會漢文和算學，就比廖大肚強多了，現在又學番仔話，以後有機會，我想讓你押貨去馬尼拉。」

「馬尼拉？」我回稱：「我不會講西班牙話呀？」

「哈！哈！哈！」許心素大笑：「有心學，就會講。多會一種語言，多一分力量。」

當晚，我卸下緊張不安的情緒，躺在床上回味今天的種種。第一次與葡萄牙水手交談，我竟然聽得懂他們的意思，忽又聽不懂，似懂非懂之中，半猜半對，竟也可以溝通，真是奇妙的經驗。這一半歸功喬治神父，事前教我許多在船上和盤點貨物時會用到的葡萄牙話；一半是許心素在旁協助我。

「多會一種語言，多一分力量。」我完全贊同，撂倒廖金順就是一個實例。

❖　❖　❖

如此忙碌了幾個月，轉眼冬天到了，寒風冷颼颼。

過年前，我們站在碼頭送走一艘回歐洲的葡萄牙帆船，許心素問我：「鄭一，七、八天後有一隻日本來的船，要去馬尼拉，我有一些貨要運過去，你幫我押貨過去吧？」雖是問我意見，卻有派我去的命令口氣。

「本來我要自己去，但是李旦大爺要來澳門，我們要對帳，有一些事要處理。」許心素說：「我沒有辦法去。」

「日本船，去馬尼拉？」我搔搔頭問：「我不會說日本話，也不會講西班牙話，上船有什麼用？」

「你會漢文，會講葡萄牙話。」許心素說：「最重要的是你會用西洋人用的阿拉伯數字算帳，這是派你去的原因。」

「如果許爺認爲我可以去，我就去。」我早就對泛舟大洋，到各港口做生意充滿憧憬，我的夢想在澳門實現了一半，現在又有機會出海去看看。

自從接任碼頭領班這三個月來，白天和葡萄牙船上的水手嘶吼葡萄牙話，晚上到教堂上葡萄牙語文課。我常拿水手講的話問喬治神父：「這是什麼意思？」水手的粗鄙談話，常常搞得年輕神父面紅耳赤，我覺得好笑，學到許多俚語，也聽聞馬尼拉、巴達維亞、麻六甲、暹羅等各港口的奇風異俗，心中不時興起「什麼時候有機會去看看」的想法。

等待，總是漫長。

我代替許心素押貨去馬尼拉的消息，早已在碼頭傳開。我一面交代郭懷一當代理領班，鼓勵他跟我去教堂學葡萄牙文，「多會一種語言，多一分力量，這是無形的力量」；一面繼續練習西洋數字的算學，我認爲會算數和會寫西洋數字，也是做生意的重要工具。

十天後，李旦乘著他旗下四百石「花屁股」福船，載著他傳說中的黑奴愛妾，以及大批賣給葡萄牙人的瓷器、花瓶和生絲抵達澳門。

這種大型福船共有五層，從船底龍骨算起，第一層放土石或巨木壓艙，第二層仿竹筒隔成多個放貨品的小艙間，甲板上有蓋子，打開蓋子卽可存取貨物，優點是貨物不會隨浪移動，重心穩定，如果進水也只有一個隔間泡水，船不會整艘沉沒；缺點是貨艙空間沒有西洋船那麼大。

甲板上的船尾樓第一層儲存糧食、水櫃和廚房，第二層是船員和火長（又稱針路，領航員）、舵工、繚工（操作帆索者）、椗工（操作木椗者，椗卽錨）的艙房，第三層有官廳，是管船（船長）的艙房、祭祀媽祖水神的神堂、舵樓和針艙（火長工作室）。船尾鷹板下方的船名板寫著「鼓浪三號」，李旦是鼓浪商號的老闆。這種船因爲船尾鷹板彩繪吉祥圖，紅、黃、藍、青彩色繽紛，被人取了「花屁股」的綽號。

花屁股有一百石、一百五十石和兩百石、四百石等不同的型號，依大小有兩層到四層艙間。

李旦抵澳是澳門的一件大事，幾乎的所有的唐商、葡商都到碼頭接風。我夾雜在人群中，聽到人們議論紛紛：「他就是李旦！他就是會講五種話的大生意人李朝陽。」

李旦不高，一般的個頭，身形微胖，圓圓的臉和眼睛總是帶著笑意，但是嘴唇人中留鬍子，下巴也留一道與人中一樣寬的鬍子，配上掃帚般的雙眉，又顯得霸氣。

李旦下船時，聲音宏亮地向來接船的人一一致謝或問候，大夥擠向他，爭著和他講話或握手。他時而說河洛話、廣東話，時而說葡萄牙話，還不時以日語吩咐日本水手拿伴手禮送人。

我豎直耳朵聽他講話，目不轉睛盯著李旦，我總算開了眼界，心想：「眞的有人能講四、五種話，舅舅沒有騙我。」

除了李旦，他的黑奴愛妾是衆人矚目的焦點。黑奴瘦瘦高高，身穿寬大的白色絲綢衫，裹著白色頭布，白紗罩臉，透過白紗隱約只見高挺的鼻子和大而深邃的眼睛。她像風一樣走過，留下一道香，大夥自動讓出一條通道，目送她坐上轎子離開。

有人說，李旦早年在浙江海賊頭子汪直手下當海盜時，搶劫西洋船擄到年幼的黑奴，收養當女僕，養大了納爲小妾；也有人說是與李旦做生意的荷蘭人，從歐洲東來時，路經棉蘭（今斯里蘭卡）擄了奴隸，荷蘭人只要男奴，便將女奴送給李旦當禮物。衆說紛紜，沒人說得準，有人加油添醋說，李旦除了廈門正室，在日本還有一個漢人、一個日本人和黑奴三個妾，說得大夥都流口水，心想「大丈夫，有爲者亦若是」。

許心素等人接走李旦，我搖搖頭，從黑奴旋風中清醒。

我只是個碼頭領班，不夠資格參加李旦的接風宴，繼續在碼頭帶工人卸貨。從日本船上卸下一半貨物，是李旦從廈門和月港（後改名海澄）買來的生絲、陶碗、瓷碗、瓷盤和白米，買主是葡萄牙人，直接搬進港口旁剛建好的葡商倉庫；另一半貨物要賣給馬尼拉的西班牙人和漢人。

第二天，裝上船的是許心素購自廣東的五百包白米和一百簍藥材，舅舅黃程也寄運二十五簍中藥材。馬尼拉漢人移民愈來愈多，每個月都要從福建和廣東買米和中藥材。

❖　❖　❖

下午，趁著漲潮，我搭乘的鼓浪三號啟椗出港。我被安排在船尾樓第二層的船員艙，和椗工、舵工、繚工為鄰，一張懸空吊床就是我的睡鋪，吊床下放著幾簍貨艙放不下的中藥材。

船順著北風，約七天航程可抵東南方的馬尼拉。這是我第二次出海，我吐了兩天，吐到全身無力，頭昏眼花，整天躺在吊床，連走上甲板的力氣都沒有。

第三天，隨行的日本船醫，煎一碗湯藥，端到我面前比手勢要我喝下。我忍著苦澀的藥味，喝下湯藥又繼續睡。夜半三更醒來，頭雖不痛，也不再嘔吐，卻飢腸轆轆。早已過了晚飯時間，只得咀嚼從澳門帶上船的大餅配水充飢。

日本船醫提燈到艙間，查看裝中藥材的竹簍，逐一拿起藥材嗅聞又放回去，似乎在找什麼。我起身向他拱手致謝。

日本船醫拱手回禮，示意沒關係，且要我跟他走，領我到一個小房間。他拿起桌上的毛筆，比比手勢意指我下午喝的湯藥，寫下漢字「止暈、生津、暖胃」，我點點頭，提筆寫下：「多謝神醫妙手，藥到病除。」

日本船醫看了，張大口笑容滿面，連聲：「嗨！嗨！嗨！」這時門外響起腳步聲和一串日語，話語隨著腳步聲遠去，日本船醫忽然追出門外，一會兒領著一個穿和服的瘦小男子回房。

「我姓楊，單名耿，火耳耿，是船上的針路。」他上下打量了我，開口問：「請問你是……？」濃濃的漳州腔河洛話。針路亦稱火長，是負責看星象、依羅盤方位測算船位的領航員。

「我姓鄭，單名一，鄭一。」

「這兩天看你吐得很厲害哦！不會跑過船？」楊耿說。

「是啊，很少坐船。半年前，我從廈門搭船到澳門也吐了三天。」我朝日本船醫拱手：「還好有這位日本大夫給我喝湯藥才止吐，麻煩楊兄代我謝謝他。」

「這位是田川蒼龍大夫。」楊耿介紹我們兩人認識。

我在舅舅黃程店裡摸了半年中藥材，對藥材和藥效略有認識，兩人就從藥材開始聊起來，楊耿充當翻譯。

正當聊得不亦樂乎之際，楊耿突然拍額頭：「我的針路！我要去上面看星光。」說著往甲板跑。

我向田川大夫拱手致謝，隨著楊耿走出艙房，來到船尾樓第三層。這是三天來我第一次走出艙房，星空明亮，清爽的夜風帶著絲絲暖意，天氣似乎沒有那麼冷，我大口呼吸清涼的空氣。

楊耿走進一間位在船尾的針艙，桌上擺著羅盤、指北針、觀星定位用的六角板、一本星譜和海圖。楊耿用六角板朝著海平面看去，測量海平面和星子的角度，用星譜對照星空，再看看羅盤，在海圖描繪船跡，然後到隔壁的舵房用日語向舵工說明航向。

楊耿向我解釋六角板、星譜和羅盤的大略用法，以及船上的各種設備，令我大開眼界。不久，我呵欠連連，楊耿卻仍精神奕奕。

「睏了?去睡吧。」他笑著說：「我晚上要值更看天象，習慣晚上工作，白天可換我睡了。」此後，晚上我都找楊耿、田川蒼龍談天說地，三人建立了好交情。楊耿值夜班，一人悶得慌，有我陪他聊天，他樂得泡茶招待，並且告訴我李旦在日本經商發跡的過程，「最重要的就是要會講各種番仔話。」楊耿有感而發：「還有武力，這樣才不會讓西洋番仔欺負。」

「武力?」

楊耿撩開衣服，亮出腰間的四把柳葉刀，他抽一把給我看，刀刃薄如葉，閃著寒光，「你吐昏了嗎?沒看見船上每個船員都帶刀,船上還有火繩槍和火砲?船員遇到海盜船,也要會開槍、射箭,能打能殺。」說著,他抽刀擲出,「叩!叩!」連射兩把,正中木柱,刀尾輕輕顫抖。

楊耿說的「欺負」是指,葡萄牙和西班牙雖然同為信奉天主教的國家,但彼此仍處於競爭狀態,西班牙一直覬覦葡萄牙在澳門的殖民地;同時,這兩個國家又與信奉新教(喀爾文教派)的荷蘭、英國是敵國。荷蘭、英國聯軍多次攻打澳門,想取代葡萄牙和中國通商,都被葡萄牙擊退,只好轉而在海上劫掠到澳門、馬尼拉經商的中國帆船,以及西班牙和葡萄牙的商船。

「那些從巴達維亞來的荷蘭人,因為頭髮是紅的,大家都叫他們紅毛或紅毛番。」楊耿說:「我在海上遇過紅毛兩次,還好李大人在日本和荷蘭商館有來往,掛出荷蘭的王旗,才沒有被搶。」

「李旦不但和西、葡通商,也和荷蘭人做生意,兩邊通吃。」我問:「他是怎麼辦到的?」

「這就是生意人的頭腦厲害的地方,我也不懂。」楊耿說:「我只會開船,這次出來,要半年才回日本。」

現在是冬天,中國沿海颳東北風和北風,李旦派福船載日本生產的生鐵、硫磺、煤炭、倭刀、火繩槍順風南下,賣到廈門或廣州,轉載中國的藥材、陶碗、陶盆、瓷盤、花瓶和生絲,再順風南下澳門轉賣葡萄牙人、馬尼拉的西班牙人,甚至巴達維亞的荷蘭人,再繞到暹羅採購當地的燕窩、香料或土產;待次年五月吹南風,船從廣南或馬尼拉順風北返日本。一趟船出海半年才回港，是常有的事。

「這是一般橫帆船的走法。洋人的帆船大多是橫帆船，帆面大，順風時跑得快，載得重。」楊耿指著鼓浪三號的篷帆，比手畫腳說：「我們的船沒有西洋帆船掛白色帆布那麼雄偉壯觀，但是我們的篷斜掛，可以依風向變成橫帆或縱帆，橫帆吃順風，縱帆吃逆風，也就是順風和逆風都可以行駛。當然，逆風時船必須呈之字形前進，比較辛苦。」

「哦！原來如此，楊兄解釋得眞精彩，」我比對西洋帆船和中式帆船的不同構造，開始了解船隻吃風借力、破浪前進的道理，「讓我又上了一課。」

田川大夫則搖頭，輕聲說了幾句話，雙眉緊蹙。

「田川大夫是臨時幫忙上船當船醫的，原本的船醫在出航前病倒。田川大夫到馬尼拉就換船回日本，逆風走回日本要走之字形路線，顛大浪，還要花一倍時間。」楊耿說：「田川大夫只有一個十四歲的女兒，獨守家園，李大爺答應兩個月讓他回日本平戶，他正擔心女兒呢。」

我看著田川大夫憂容滿面，原本高昂的談興瞬間冷卻。

我想起泉州的父親、母親、二媽和芝虎等兄弟，不知父親此時仍怨我或想我？突然間我好想回家，回艙躺在吊床上。

不知過了多久，田川大夫來找我，遞過一張紙，寫著「思鄉」，我點點頭，眼淚突然不聽使喚奪眶而出，我忍著抽搐不哭出聲，田川大夫拍拍我的肩，我霎時崩潰，趴在他的膝頭痛快哭了一場。

❖　❖　❖

「馬尼拉到囉！」天氣變成夏天，脫下棉襖，人也輕快起來。

我依許心素和黃程舅舅的指示，將貨物點交給買主並收錢。買主有西班牙人和唐商，唐商有廣東人、潮州人和福州人，也有講河洛話的金門人。

唐商都會講西班牙話，會用阿拉伯數字計算貨價，我更發現西班牙文也是用拉丁字母拼音，與葡萄牙文類似。

我辦完事後，好奇地留在碼頭小酒館，看唐商跟西班牙商人一言一語討價還價，我忍不住用葡萄牙話說了一句：「這個價格很合理。」霎時間，大夥全靜了下來，轉頭盯著我。

我難道說錯話了嗎？臉上一片熱。

又一瞬間，大夥哈哈大笑，「是，沒錯，是合理價格。」一個廣東人拍著我的肩膀，向西班牙人用葡萄牙話大吼：「弗烈德，你看，這個年輕人都知道這是合理的價格，你買了吧！」

「你們是一群狡猾的狐狸，欺負我這可憐的兔子。」挺著大肚子的金髮禿頭西班牙商人弗烈德，用鵝毛筆簽名，看著我改用葡萄牙話說：「通通買了，搬到我的倉庫。小子，你從哪裡冒出來的？」

我聽得似懂非懂，只是傻笑搔頭回應：「我是尼可拉斯。」

弗烈德笑笑，戴上帽子走了。

「走，去喝一杯。」一群唐商拉我：「第一次來馬尼拉？」

❖　❖　❖

西班牙人築的馬尼拉城堡高大雄偉，有圓形和尖形塔樓，城牆寬闊，可以用馬拉砲車在牆上跑、變換砲位，每隔一段就站著戴頭盔、持長槍或佩刀牽狗的西班牙士兵，從高牆上俯視警戒。

城內用石板鋪路，寬闊堅固，房屋用木板和方磚築成，式樣和澳門的葡萄牙住家類似，有的高達四層，還有高聳的教堂，十字架在尖塔頂端指向天際。

唐人住的華埠在城堡外面，緊鄰城堡高牆下方，狹窄擁擠，泥地小巷蜿蜒在櫛比鱗次的土角厝或茅草屋，住家緊鄰豬圈，豬屎尿騷味瀰漫空氣中，跟我泉州老家郊外的風景一模一樣，連噁心的味道也一樣。

小酒館開在一條小河邊，河面架平臺築幾間涼亭臨風敞開，唐商們知道我是許心素的夥計，熱情招待我。

我不敢喝太多，身上還帶著四張總共兩千四百佛頭銀圓的票款，以「七二銀」計算，合約一千七百二十八兩銀，我這輩子第一次看到那麼多錢，我時時摸摸票款還在不在。

西班牙銀圓，也叫洋銀，銀圓正面是西班牙國王的頭像，國王頭髮蓬鬆，像佛陀的髮髻，又叫「佛頭銀」，另一面是一面盾牌和兩根柱子，也叫「雙柱」。

一個佛頭洋銀合中國七錢二分銀，又稱七二銀，有的銀成分較低，又叫六九銀。銀圓鑄得很漂亮，我在手上把玩，心想哪天我發財了，一定要蒐藏一枚。

「少年吔！馬尼拉跟澳門比起來，如何？」金門商人林亨萬問我。

「馬尼拉大很多，城堡雄偉又堅固，但是西班牙人看起來很凶，對我們唐人也凶。」我說：「澳門葡萄牙巡警也凶狠，但是一般葡萄牙人對唐人還算客氣，彼此也住在一起。」

「對，沒錯。」林亨萬說，「你觀察入微，西班牙人總共才三千多人，我們唐人有兩萬人，他們怕我們造反，監視得緊，除了與我們分區居住，還限制我們晚上不能進他們的城堡，怕我們殺他們個措手不及。」

「其實，我們來這裡只想討口飯吃，誰想造反啊！」一個廈門商人說：「要不是老家沒地種田，皇帝又不讓我們出海經商，不冒險外出討生活，難道全家喝西北風呀？」

「說起馬尼拉的城堡，你知道西班牙人多狡猾？這塊地是騙來的。」林亨萬搖頭晃腦說：「向這裡的原住民騙來的。」

「這麼大一塊地，怎麼騙？」我很好奇。

「用幾塊牛皮，就幾塊牛皮，你相信嗎？」林亨萬雙手張開，比了牛皮的大小說：「西班牙人到馬尼拉送鹽、酒、醃肉和蠟燭、小刀、鏡子、針線給海岸邊的原住民酋長，然後拿出幾張牛皮說，要用這些東西換這幾張牛皮大小的土地蓋房子。原住民酋長哈哈大笑，看著眼前的刀具、針線、醃肉和酒，毫不遲疑地答應。」

林亨萬繼續說，正當酋長箕踞而坐，打開酒瓶和族人對飲時，西班牙人拿出一把剪刀，剪下細細的牛皮條放在地上，再剪一段接續前一段，再剪一段又一段，牛皮條愈接愈長，土地愈圈愈大，酋長看傻了眼，驚覺上當，將酒瓶一摔，呼喝族人扔了針線和鏡子，想驅趕西班牙人。

西班牙士兵見狀開槍，槍聲震懾原住民，接著從原住民村子拉出一條小牛，對著牛頭開一槍，小牛登時斃命，原住民全嚇得不敢妄動，靜靜看著西班牙人剪完牛皮圈了地，酋長被迫在一張寫滿洋文的契約上蓋了手印，賣了土地，「後來就在這塊土地蓋了馬尼拉城。」林亨萬說完問我：「少年吔，你相信？」

我點點頭，又搖搖頭，半信半疑。

走出唐人小酒館，走回停在碼頭的鼓浪三號時，經過馬尼拉城。

「我懷疑西班牙人暗中動手腳，剪了好幾十張牛皮才能圈出這麼大一塊地。」我心中這樣想著。

第三天一大早，田川大夫搭船回日本，我在碼頭送行。

我們都知道此去可能一生不再見，我請楊耿爲我翻譯，感謝他的照顧。

同一天傍晚，我搭一艘回廣州的廣東船，順道回澳門。

楊耿則跟著鼓浪三號去更南方的麻六甲，然後再去巴達維亞。臨別時，楊耿說：「這是祕密，西班牙人正在歐洲和荷蘭人打仗，雙方是敵國，船不能直接從馬尼拉去巴達維亞，得拐個彎先去麻六甲，再去巴達維亞。」

❖　❖　❖

回到澳門，我將兩千四百佛頭銀交給許心素。

「鄭一，辦得很好。」他塞給我一個花布包：「這是你這一趟的薪水和吃紅。」

「我又沒有做什麼。」我推辭著謙稱：「只是坐船出海，點貨交割。」

許心素沒有多說，哼了一聲，轉身離去。

打開信封，居然是二十兩銀子。

二十兩銀、二十兩銀，我是不是眼花了？我捏捏銀子、掂掂重量，千眞萬確是二十兩銀沒錯。這是我當挑夫、當領班一年不吃不喝的薪水。

原來做生意那麼好賺，既可出海遊歷又有錢賺，我當下大喊：「我要當商人，不，我要當大商人！」

此後，我更加認眞學葡萄牙文，除了看《聖經》，將《信經》、《聖母經》、《又聖母經》、《玫瑰經》和《花地瑪聖母經》背得滾瓜爛熟，還向喬治神父、亞當神父借書讀，因爲我當領班，不用挑貨，晚上才有體力到教堂念書，禮拜天在教堂幫忙望彌撒事宜。

§

「侯爺信教還眞虔誠啊！還是另有所圖？」覺羅阿克善聽得入迷，擊掌拍手。

「一半一半吧！」鄭芝龍喝口水潤潤喉，挪動一下被鐵鍊纏綁的身體，「我得誠實地告訴各位爺，」此時，他身旁圍了一圈官兵，都來聽他講述傳奇故事，「剛開始是爲了學葡萄牙語，方便做生意，信教後卻發現，我可以很快融入天主的教導，《聖經》的故事或經文，好像在跟我說話。」

「啊——啊——」覺羅阿克善打個大呵欠，「時候不早，大夥歇息吧，明兒晚再來聽侯爺說故事。」

「不敢不敢。」鄭芝龍點點頭，「如果我年輕時候的往事能爲各位爺解解悶，我就恭敬不如從命，且暫充說書人，爲各位爺說書！」

自此，每天晚飯後，覺羅阿克善和衆官兵必帶著酒壺、花生米，圍坐一圈聽鄭芝龍說書。

覺羅阿克善會命人鬆開鄭芝龍的手鍊和身體上的鐵鍊，方便他喝酒和吃食。

07 金閩發商號

次日，和後來的每一天，鄭芝龍繼續開講。

§

後來，大約每隔兩個月，許心素會派我押貨去馬尼拉、暹羅或麻六甲，出海時間短則半月，長則一個月，我都按照許心素的吩咐處理買賣事宜。同時，我也和碼頭挑夫兄弟合資，順便做點小買賣，發了一筆小財，逐步實現劉香、李魁奇的衣錦還鄉夢。

我到各國港口做買賣時發現，歐洲人、日本人喜歡買生絲運回國，再加工織成布；但是移居馬尼拉、暹羅和麻六甲的歐洲人、唐人和當地的原住民，沒有紡織機和紡織技術，需要買現成的布，交由裁縫縫製衣服。我於是發起挑夫合資做布匹生意，我占二分之一股份，劉香、楊天生、郭懷一、楊六、楊七兄弟和李魁奇六人合占二分之一。

我趁著每次出洋押貨前，就先向澳門布莊買布匹，當做我的行李搬上船，因爲我和各船長、船員熟識，大多睜隻眼閉隻眼沒有多收運費，因此也不能帶太多布匹上船。如果要帶大量布匹上船，必須租一格船艙。

抵達南洋各港口，我處理完許心素交辦的買賣，再伺機銷售我和挑夫夥伴們的布匹。有時在一個港口就賣完，有時得跑三、四個港口才賣完。

賣布時，我一個人扛布下船，向當地裁縫或布莊推銷，賣不完的再扛上船，每趟賺多、賺少不一定，賺得多時，郭懷一等六人每人可分各三兩銀，少的時候沒得分，因爲布匹沒有賣完，只好存著下次賣。還好，布匹只要存放乾燥處，短時間不會壞掉。

有時候賣家沒錢付，我又不想扛布匹回澳門，就採以貨易貨交易。我曾經在巴達維亞用最後的兩匹布換了五簍胡椒，那一趟回澳門分紅時，我發給其他六個股東各二兩銀子加上五簍胡椒，大家都傻眼，然後大笑，一起挑上街賣了胡椒再分錢。我看到劉香和李魁奇分到錢的喜悅模樣，腦中就浮現那天李魁奇嚷著要衣錦還鄉的神情。

賣布常要和布莊、裁縫打交道，久了我也略知裁縫挑布的要訣，以及大大小小不同粗細縫衣針的用途。一個澳門唐人裁縫教我如何打版剪裁布料，他也是天主教徒，對我特別友善，曾經嚷著：「你剪裁刀法很細膩，我收你當學徒，免費教你裁縫。」

當裁縫？我可沒有興趣。我只想學買賣布匹的相關常識，要我花時間學裁縫，整天跟針線爲伍？不，我可寧願多賣幾匹布。

這樣經過一年半載，各個港口逐漸有了固定跟我買布的裁縫或布匹商人，他們向我要求固定供應布匹或棉布，甚至馬尼拉的西班牙商人弗烈德也認爲有利可圖，向我訂購布匹。

搭上弗烈德這個大商人，我膽子大了，和楊天生等人商量之後，決定不再跑單幫，大家拿出積蓄成立「金閩發商號」，正式做起批發布匹的買賣。

「金」代表合資，「閩」是大家的故鄉，「發」是發展、發達之意。生意能不能做起來還不知道，因此我們先借舅舅的黃程商號做爲聯絡地址，也借用舅舅多年累積的信用和名譽，寫信向泉州、廈門和廣州商號買布，再轉賣南洋。買布的錢由我們先給舅舅，舅舅再和布商每三個月結算一次。

之前我趁押貨時做跑單幫的生意，許心素睜隻眼閉隻眼沒有干涉，當我告訴他要自立門戶經商時，他先勸我做生意跟跑單幫不一樣，除了有人訂貨，還要周轉金，「有時候出了貨三個月後才收到錢，甚至收不到錢，風險很大。」後來，見我未打消念頭，竟說：「鄭一，你才跑了兩年船，翅膀就硬了，敢跟我搶生意？」氣得拂袖而去。

我跟他賣的東西不一樣，我沒有要搶他生意的意思，既然不歡而散，我卽辭去碼頭領班。

這年我二十一歲，我想全心全意做生意。

二十一歲在唐人來說正是成親的年齡，黃程舅舅曾經要爲我撮合相親，想代我父親做主，幫我娶媳婦，我都以信仰天主教，非教徒不娶，加上經常出海貿易，無法照顧家庭爲由婉拒。

事實上，我不是不想成親，我想再努力個兩、三年，等存夠一筆錢，衣錦還鄉後由父親做主，再娶家鄉女子。

不過，信仰的確是個門檻，我想在泉州娶天主教徒之女並不容易，此事就暫時擱下。

❖ ❖ ❖

等了一個月，從廈門和廣州訂購的五百匹布運到。

五月初，我押送金閩發商號的第一批布搭上一艘葡萄牙船，其中四百匹布運到馬尼拉，訂貨人是弗烈德；另一百匹尚無訂單，我打算先在馬尼拉兜售，若沒有買主再去麻六甲碰碰運氣，那裡漢人多。

在船艙裡，我看著許心素堆積如山的生絲擔子堆到艙頂，生絲擔子之間夾著一簍簍用稻草包裹的瓷碗、瓷盤、花瓶、碟子，防止風浪顛簸震破摔壞，這些東西再也與我無關，那僅占貨艙一小格的五百匹布才是我的全部，也是劉香、郭懷一、楊天生六個人的全部，「我要當大商人。」我摸著布匹暗自發誓：「衣錦還鄉。」

「五月初，南洋的風向多變，吹北風的時間愈來愈少，開始吹南風。」船上的大副希拉里歐說。他跟澳門那位年輕巡警有相同的名字，我特別容易記得。

他說，這艘葡萄牙船在馬尼拉卸貨後，將乘南風往北去日本，「中間還要暫停福爾摩沙，採購鹿皮，那裡的鹿皮可真便宜，用幾包鹽和幾匹布就可以換幾百張，如果再加上刀具、火柴可以換得更多。」

「福爾摩沙在哪裡？屬於哪個國家？」這個地方我從來沒有聽過，我好奇地問。

希拉里歐拿出海圖，指著呂宋島北方，漁翁島（指平湖島或稱澎湖島）東方三個連續的島說：「就是這裡，這裡只有原住民，不屬於中國。」他指指北方的大島，「也不屬於日本。」

我心想，這三個島可是古稱的琉求、東番或是蓬萊島？不過這個疑惑隨卽被風吹散，我得趕緊回艙守著我的布匹，布被偷剪或著火可都是損失。

抵達馬尼拉，我僱工將五百匹布卸入倉庫。

第二天下午，弗烈德來點貨，爽快付了四百匹布的一千六百個佛頭銀，以七二銀計算折合一千一百五十二兩銀。收錢的剎那，我心狂跳，這五百匹布成本是四百兩銀，轉眼間我們的金閩發商號就賺了七百五十二兩銀，將近兩倍。

我強作鎮定，簽了收據，心裡盤算著剩下的一百匹布，賣多少賺多少，回澳門拿這七百五十二兩當本錢可以再批更多布，不，還要像許心素一樣訂購生絲和瓷器，比起布匹，生絲和瓷器的利潤高太多了，我相信憑我在南洋建立的人脈，我很快就可以找到買主，我很快就會成爲大商人。

「尼可拉斯，我的倉庫堆滿貨沒有空間了，明天上午部分貨物搬出後才有空間。」弗烈德看著他的四百匹布說：「這四百匹布我暫時放你這裡，明天下午再來取。」

我心想：「貨款都拿了，讓他暫放一天又何妨？」我也爽快地點頭同意。

傍晚，剛吃完晚飯，馬尼拉城門即將關閉，除了歐洲白人，其他人都要離城。我正要回港口的小客棧，忽見前方港口有火光，一道黑煙捲上天空。我心中一驚：「那裡好像是港口倉庫。」

我跑到倉庫區，竟是我放布匹的小倉庫起火，我心急想衝進倉庫，被人攔腰抱住。兩個西班牙士兵一左一右抓住我，弗烈德突然出現說：「尼可拉斯，太慢了，我想搶救也來不及了。」他做了個無奈的手勢，接著手搭著我的肩膀說：「那批寄放在你倉庫的四百匹布都燒光了，我拿不到貨，請還我錢。」說著搶我肩上的布袋。

「不，弗烈德，弗烈德，布我已經賣給你了。」我撥開他的手，施展拳腳打倒兩個西班牙士兵，手護布袋。

弗烈德探身貼近伸手搶布袋，我低頭閃躲，他扯下我的念珠。我和他看著念珠綻開一顆一顆滾落，鍊子和十字架在空中劃出一道弧線落地，我瞪他一眼，拚命往後躲避。

「賣給我？我還沒拿到貨啊！貨是在你的倉庫啊！」弗烈德用葡語大吼：「可是你已經拿到錢了，還我錢，不然給我布，你這可惡的騙子。」又撲上來搶袋子，兩個西班牙士兵也翻身躍起，三人將我壓住，奪走沉甸甸的布袋，我跳起來反擊，奪回布袋，拉扯之間撕裂布袋，佛頭銀掉滿地，我雙手各抓了一把塞進胸前暗袋，正想再抓第二把，弗烈德突然跳開，一個西班牙士兵朝我開槍，我在地上打滾閃躲之際，感覺到腰部一陣溫熱，隨手又從地上抓了一把佛頭銀，躍起往後跑，後頭再響起槍聲，我無路可去，只好跳進海裡，潛泳躲到一艘船的陰影下。

兩名士兵站在岸上追尋我，不斷朝船底放槍，弗烈德匆匆趕來，肩上背著我的布袋，想必已經撿拾掉在地上的佛頭銀。

弗烈德大聲咒罵，想將一艘放在岸的小船推下海來搜尋我。

此時，馬尼拉城傳來關閉城門的鐘聲，兩名士兵邊叫嚷邊向後撤，弗烈德四下看了看才不甘心地離去。

我深怕他們離去只是陷阱，其實埋伏在暗處等我出現，於是潛水游到另一艘船下方觀察動靜，確定他們已經離去才上岸。

我回到小倉庫，這棟倉庫都毀了，只剩餘燼冒著白煙。我找來乾樹枝就著餘燼點燃，在微弱的火光照耀下，倉庫裡什麼也沒有，沒有布匹燒毀的的殘跡，也沒有其他燒焦物品的痕跡，這是怎麼一回事？這是一個空倉庫，布呢？

遠方傳來狗吠聲和士兵吆喝聲，我趕緊往碼頭跑，腰部一陣疼痛，我一摸發現衣服破了，有血水滲出。狗吠聲愈來愈近，我沒有時間查看傷勢，瞥見我先前搭乘的那艘葡萄牙船，趕緊攀上繫船纜繩爬上船，躲進放在甲板待修補的大帆布下。

我聽見碼頭狗吠聲和士兵喊叫聲，由遠而近，由近而遠，最後轉回船下，一群士兵在船下向船上大喊，大副希拉里歐站在船舷答話，時而用西班牙語，時而用葡語，我聽出來是西班牙士兵要求上船搜捕逃犯，希拉里歐傳話給船長再回答：「船舶是葡萄牙領土，今晚沒有任何人上船。」拒絕西班牙士兵登船檢查。

「放火燒倉庫的中國人逃走了，其他船都搜了，只剩你們的船還沒搜，他可能躲在你的船。」帶隊的西班牙軍官用葡語喊話。

我聽見船長弗拉美歐（Flavio，葡文意指有黃頭髮的人）命令希拉里歐：「派六個人，槍上膛，跟我來。」一陣皮靴聲和火藥裝槍聲響後，再度響起弗拉美歐的聲音：「瞄準船下那群西仔。」

「喂，聽好，我是船長弗拉美歐・華倫，本船是葡萄牙領土，貴國士兵無權上船，如果強硬登船，我會下令開槍，後果自行負責。」

「弗拉美歐船長，我們尊重貴國主權，明天早上我會請總督與貴國領事協調上船搜索事宜。」西班牙軍官說完，帶隊離去。

狗吠聲漸遠，我心漸安。

待甲板復歸平靜，我躺在帆布中慢慢掏出佛頭銀，數了數一共三十三枚。「只剩三十三枚。」我的大商人夢瞬間破滅。

半夜，我摸下船艙找到希拉里歐，他大吃一驚：「尼可拉斯，他們說的逃犯可是你？」

我舉起滿是血的左手，虛弱地說：「希拉里歐，我需要你幫忙，我不是逃犯，我被弗烈德騙了，他搶了我的五百匹布，搶我的錢，還想殺我滅口，救救我。」

希拉里歐把艙門關上，捻盞小油燈，用乾淨的布幫我擦傷口並止血。我低聲告訴他事發過程。

「依你的說法，弗烈德侵占你的五百匹布，搶走原先給你的錢，還想殺你。」希拉里歐說：「你有什麼證據？」

「我從澳門搭船來這裡帶了多少布，你很清楚。」我從懷裡掏出二十枚佛頭銀，「我被槍打傷，這傷口是假的嗎？混亂中我只搶回二十枚銀元，我那五百匹布值一千六百銀元。」

「你想去哪裡？」
「我想回澳門。」
「我們不回澳門，去日本。」希拉里歐說。
「我知道，請先讓我躲在船上，等出了馬尼拉港，我再換船回澳門或回中國。」我說：「拜託，希拉里歐，這五枚銀元就當做我的船票。」
「這個我不能做主，我要找船長商量。」希拉里歐盯著銀元。
「不行，如果船長不答應，怎麼辦？」
「頂多趕你下船，至少你還有一個晚上的時間可以找藏身處。」希拉里歐說完，拿走五枚銀元：「你在這裡等著。」
望著窗外遠處的燈火，我六神無主，跪在黑暗中向天主禱告：

> 上主，我已經受苦很重，照您的諾言，保我生命，助我逃過一劫。
> 上主，我的性命雖常處於危險，但我仍不忘記您法典。

過了一會兒，希拉里歐走回來。
「船長答應收留你，但只能載你到福爾摩沙，你在那裡換船回中國。」希拉里歐說：「代價是十枚銀元。」

我再掏出五枚銀元給希拉里歐。

他搖搖頭輕聲說：「船長要的是另外的十、銀、元。」

我望著希拉里歐，心如刀割，他們居然聯手趁火打劫，過去的交情都是假的？但是，想要活下去必須付出代價，我忍痛再掏出五枚銀元。

「明天早上西班牙人會上船，你要聽我的吩咐躲起來。」希拉里歐帶我到下層艙房，指著一個吊床說：「睡吧！」

我整夜失眠。反覆想著整個過程，想著回澳門該怎麼善後，李魁奇、劉香得知錢都泡湯了一定會大吼大叫：「鄭一背叛我們，私吞貨款，假裝受傷。把錢還來！否則要請許心素幫忙要回這筆錢。」

睡夢中我被搖醒。

希拉里歐說，經西班牙馬尼拉總督與葡萄牙駐馬尼拉領事協調，准許一名西班牙士兵帶狗上船，會同葡萄牙船員協助搜查。他要我躺進一口木箱，箱底留通氣口，木箱塞到他床下，床板和木箱之間放幾個竹編的扁籃子，裡頭擺幾條晒乾的鹹魚。

沒多久，一群人帶著狗在船上到處走動，經過希拉里歐的艙房時，一會兒又走回來，打開艙房時，我的心臟差一點跳出來，我心中默念：

（《又聖母經》）萬福母后！

仁慈的母親：我們的生命，我們的甘飴，我們的希望。厄娃子孫，在此塵世，向您哀呼。在這涕泣之谷，向您嘆息哭求……

狗爪扒抓甲板的聲音近在咫尺，我的心跳聲撲天蓋地，遮蔽了其他聲音，此時耳邊又傳來狗爪猛烈抓地的響聲。

「喔，是這個。」希拉里歐的聲音響起：「我喜歡吃這個。」說著拉出竹籃，拿起一條鹹魚，引得一群人哈哈大笑，牽狗離去。

我汗流浹背。

隨著船身震動、顛簸，船終於啟椗離港，我感覺船隻落帆加速，海浪上上下下衝擊船身，顛簸變大。

我感到又餓又渴，希拉里歐終於拉出箱子，放我出來。

「弗烈德向總督和檢察官控告你，指控你先拿走貨款一千六百銀元，再侵占他寄放在你倉庫的四百匹布，放火燒倉庫。」希拉里歐說：「在他忙著滅火之際，你用中國功夫打倒他，搶走他原來要付給丹尼斯‧許的五千銀元。」

希拉里歐拿一塊厚厚的大餅和一碗湯給我，我把餅撕成小塊，浸入湯中泡軟。

希拉里歐接著說：「兩名西班牙士兵路過，發現你們的爭執，加入扭打，仍被你帶著總共六千六百銀元逃脫。馬尼拉城檢察官受理這個案子，已對你發布通緝，還透過葡萄牙領事，要求澳門葡萄牙總督拘捕你。」

「什麼？」我嚇得鬆手，泡軟的餅掉落地上，「胡說，騙子，弗烈德是騙子，我什麼都沒有了，希拉里歐……」我語無倫次，葡語的栽贓、誣告和冤枉我不會講，只是不停地咒罵，最後連河洛話都脫口而出，連自己都不知道在講什麼。

「船長和我都想知道，你和弗烈德到底誰說實話。」希拉里歐說完，他身邊兩名水手示意我放下餅和湯碗，押我到船長室，令我脫光衣服，找到五枚銀元。

「全船都找過了？」船長弗拉美歐問。

「都找過了。」希拉里歐點點頭回答：「船上沒有多餘的行李或無主袋子，他只剩這身衣服和五枚銀元。我認爲，他說的是實話。」

幸好我將其他的十三枚銀元，藏在前一晚睡的吊床下方船板縫隙裡，才沒有被搜到。

「穿上衣服吧，可憐的尼可拉斯，對你的遭遇我十分同情，但也無能爲力。」弗拉美歐說：「這個弗烈德啊，眞可惡！但是你的錢只夠搭到福爾摩沙，明白嗎？」

我點點頭。

我本想再拿出十枚銀元，求船長讓我搭到日本，但如果又拿出錢，他們一定懷疑我眞的捲款潛逃，還藏了不少錢，輕則被搶，重則惹來殺身之禍。我總算明白，在葡萄牙人眼中只有錢，沒有友誼。

我躺回吊床，望著前幾天搭船來時我放五百匹布的貨艙，回想那時生絲擔子堆到艙頂的情景「咦！」我發現貨艙一角有幾塊眼熟的布匹，走近一看，「啊！」竟是我還沒賣掉的那一百匹布。我前前後後看了幾遍，沒錯，就是那剩餘的一百匹布，它們爲什麼會在這裡？我去問希拉里歐。

「託運這批布的貨主是丹尼斯・許。」希拉里歐指著艙單說，「昨天在馬尼拉上船的，怎麼啦？」

「這是我賣給弗烈德四百匹布後，剩下的那一百匹。」我的頭好像中彈或挨了一棍，感到暈眩昏花，這到底是怎麼一回事？我思緒混亂，頹然躺回吊床。

❖　❖　❖

深夜的甲板上空無人一，只有值更的水手和舵手窩在舵輪旁。我在方圓不大的甲板繞圈圈，起伏不定的波浪多次讓我差點跌倒，爲了安全，我隨手抓條繩子綁在大腿上，再拉著斜伸的首桅坐在船頭吹風。

看著腳下的波浪，與船首衝擊的剎那激盪噴化成白色泡沫，船首抬高落下，再次與波浪碰撞，又激出一道泡沫。

人生也是如此嗎？遇人遇事，一次碰撞激出泡沫、水花或火花，然後呢？就像泡沫化爲水花隨風而逝，還是如火花烈焰灼身留下烙印？

我一次又一次回想整件事的經過，細細地抽絲剝繭，終於慢慢理出頭緒。大膽假設是許心素勾結弗烈德，偷走並侵占我的五百匹布，放火燒空倉庫，搶走付給我的佛頭銀，再誣賴我捲款潛逃，這一切都是爲了剷除我，剪除一個未來可能跟他競爭生意的人。唯有這樣，才符合整個事發經過。

他爲什麼要除掉我？我想，他一定看出我積極學葡語、廣東話，在澳門碼頭、南洋各港口廣結善緣，都是爲了將來做生意而打算，「因爲我是另一個他。」

是的，我是另一個他。

但我沒有他精明，他迄今還依附在李旦羽翼下做生意，我不懂得隱藏，急著想獨立門戶，不但太早露出野心，還大張旗鼓，自曝其短。

他勾結弗烈德，誣告我捲款潛逃，被馬尼拉和澳門通緝，讓我回不去澳門。我對不起郭懷一、楊天生這幫朋友和股東。

若我被殺，或從此失蹤，卽死無對證；我若沒死，回到澳門卽刻就會被抓進牢裡；如果我回泉州、福州和廈門，也可能有他布下的眼線，可以找到我。

況且，我要衣錦還鄉，不是逃亡狼狽回鄉。

如果澳門、廈門和泉州我都回不去，我還能去哪裡？

去日本？平戶的李旦和楊耿都是許心素的同路人，我豈不自投羅網？

天啊！想來想去，我竟走投無路，我該怎麼辦？

愧對家鄉父老，愧對傾所有積蓄與我合資的郭懷一、楊天生、楊六、楊七兄弟和劉香、李魁奇。

我當初沒有聽懂許心素的勸告，一意孤行，不懂人世間的險惡，我的無知、愚昧、天眞令我無顏見江東父老，愧汗怍人。

愧疚的火花轉瞬間盛發爲大火，烈火焚身，令我全身燠熱難當，痛苦萬分，只有縱身跳下海，淪爲波臣，才能熄滅這烈火，才能贖罪於萬一。

我站起來，閉上眼，耳畔風呼呼地吹，我聽到詩歌，如同在聖保祿教堂望彌撒的柔和美妙天籟，我感到寧靜、平和。

一切都過去了，我不想再繼續人世間的糾葛、計較，我要回天主的懷抱，一了百了。

我對自己說：「別了。」縱身跳下。

下墜，下墜，風響身涼，水花撲面，突然大腿一緊，頭下腳上變成倒栽蔥，「叩！」頭撞上船身，一陣巨痛襲來，我張口大叫：「啊！」睜眼一看，我的左大腿繫著繩索，我的頭隨著船首起伏，時而泡在水裡，時而在水面拖行，不時撞向船身，我連忙用手擋著保護頭，就這樣像鐘擺似地在船首下擺盪。

繩子突然一鬆。

「啊！啊！」我急墜入海，冰涼的海水鑽進我的衣服，鹹水灌進口鼻，嗆得我燃起求生意志，抓住繩子掙扎著浮出水面，看到首桅落帆，迎風張開鼓起白色帆布。

「搞什麼鬼，是誰啊？」值更水手吆喝著跑過來，使盡力氣將我拉上船，「尼可拉斯，你幹嘛把首桅帆張開？」

我喘著氣，溼淋淋地趴在甲板，看著繫在左大腿的繩子，原來我繫到首桅帆的繩子，跳下船時，身體的重量拉開帆布。

「哈！哈！」我大笑又嘔吐，吐出鹹鹹的水，「我死了嗎？」

「你要害我挨罵嗎？」水手咒罵了幾聲，解開繫在我大腿上的繩子，放鬆，降下首桅帆。

原來，這就是死亡。

我死過一次，我什麼都沒有了，既然我連死都不怕，就應該跟許心素拚了！

我當下發願：「我要去日本，我要直搗許心素的大本營，連本帶利討回我所失去的一切。」

08

遇見福爾摩沙

「福爾摩沙！」主桅頂端的瞭望哨傳來喊叫聲。

我站在甲板，瞭望遠方有如平臺的黑影，既興奮又惆悵。許久未見陸地，再見山影青草地有股莫名的興奮。到此我必須下船，有船回中國嗎？要等多久？一切都是未知數。

我跪下祈禱，祈求天主與聖母爲我安排一條生路：

上主，惡人雖然給我設下陷阱，我仍然不偏離您的章程。

帆船駛進一個大海灣，遠方高山形成一座巨大黑影，岸邊是沙岸淺灘，船無法靠岸，船員放下三艘小艇，我早已將偷藏在甲板縫隙裡的十三枚佛頭銀挖出來，塞在兩隻草鞋裡，另外五枚佛頭銀紮進腰帶裡。此外身無長物，只多了一個裝水的葫蘆。我爬下繩梯，跨進小艇，昂然接受即將來臨的命運。

「尼可拉斯！」希拉里歐拋下幾條麻布袋。麻布袋可裝東西，夜晚可以當被子，我揮手向他道謝。

三艘小艇划向灣岸，弗拉美歐船長率先跳下船，涉水登岸。

此時，兩個皮膚黝黑、穿獸皮圍裙、上身赤裸，臉上有彩紋黥面、手持長矛的瘦高原住民，從岸邊的林投、瓊麻林走出來，距弗拉美歐船長十步的距離停步。

然後，一個年老駝背的老人走出來，帶著四個體格精壯的原住民扛著大竹簍，裡面裝滿層層疊疊的鹿皮。

弗拉美歐揮手，叫船員將兩艘小艇內的三包米、幾把菜刀和兩匹布、一些針線、水煙和五包鹽搬上岸，擺在沙灘上。

兩個原住民看了搖頭，兩手比畫著，似乎嫌東西太少。

老人則彎腰逐項查看物品，快速講著原住民語，不時發出嘖嘖聲。

弗拉美歐吩咐船員，回船上再搬些米和鹽，又喊道：「快去找中國漁夫。」

一個船員拔腿往海灣另一頭跑去，拐彎不見蹤影。

我是個局外人，躲進林投陰影下躲避豔陽，麻布袋鋪在細沙上，舒服地躺著，好整以暇旁觀這場交易。

其他人也紛紛躲進林投下避日晒。

等了許久，船員帶著一個戴斗笠的中國漁夫姍姍走來。

「報告船長，只找到這個中國漁夫，上次那個找不到。」船員說。

「他聽得懂葡語嗎？」

「好像聽不懂。」船員說：「但是他和兩個原住民一起捕魚，他會講原住民語。」

「笨蛋，聽不懂我們的話，找他來幹嘛？」弗拉美歐發火，踢了沙堆一腳。

「船長，尼可拉斯在那裡。」另一個船員指著我。

「尼可拉斯！」弗拉美歐喊我。

我翻身佯裝睡著了，背對著他。

弗拉美歐走到我身旁，蹲下來搖搖我：「尼可拉斯，請幫我們翻譯。」

我兩手一攤：「我不會原住民語呀。」

「他會。」弗拉美歐指著中國漁夫：「你透過你的漁夫同胞和原住民談話，再告訴我。」

「我得先確定我和他能不能溝通。」我懶洋洋地說：「報告船長，您也知道大明朝的中國地廣人多，有很多不同的地方語言。」

「我知道，你先去問問他。」

我翻身坐起，徐徐站起來，拍拍身上的沙子，「對了，船長，我有什麼好處？」

「什麼？」弗拉美歐冷笑：「講不講得通還不知道呢，如果講得通，一定會給你好處。」

「好。」我說著，伸出右手想和弗拉美歐握手：「一言為定。」

弗拉美歐輕哼一聲，頭轉向他處。

我的手尷尬地僵在空中，只好縮回手搔搔頭，踱步走向漁夫。

「請問這位大哥，你是哪裡人，貴姓大名？」我向漁夫拱手作揖，用河洛話問：「你會講原住民的話嗎？」

「啊！聽口音，我們是同故鄉，我是廈門人，家住集美村，姓何，名叫金定，大家叫我金定或阿定。」何金定說：「我會講簡單幾句西拉雅語，他們自稱西拉雅人（Siraya）。」

「報告船長，我們可以溝通。」我回報弗拉美歐，當通譯對我而言只是舉手之勞。

且慢，我心生一計，忽然想玩幾手，小小報復一下弗拉美歐敲我竹槓之仇，反正鹿皮生意做不成，我也沒有損失。

我問弗拉美歐：「船長，您看竹簍裡大概有多少張鹿皮？」

「大約一千張。」

「值多少錢？」

「噢！大概值……」弗拉美歐打住，「尼可拉斯，這不關你的事，不要忘了我救了你。」

「船長，我可沒有白搭船，我有付費。」我說：「我當通譯也要收費，您不聘我也可以，您比手畫腳和西拉雅人談也可以。」我說完，又躺回麻布袋上。

「你想要什麼好處？」弗拉美歐起身，踱了幾步又蹲下來。

我看看四周的原住民和何金定，不是衣不蔽體，就是衣服處處破綻，破破爛爛地披在身上。「我要五匹布。」

「你一個人要布做什麼？」

「可以交換船資搭船回中國，或換食物果腹啊！」

「三匹？」

我搖頭。

「四匹？」

我轉過身背對弗拉美歐。

「好，五匹布，你這個騙……小強盜，該起來工作了。」

我笑著起身，先跟何金定用河洛話聊家常。

我告訴何金定，買鹿皮去日本賣，是葡萄牙船長和船員合夥集資的生意，他們經常用質差劣等的東西向西拉雅人換鹿皮，其實船上還有很多好東西可以換給西拉雅人，等一下只要看我指著他講話，點頭就對了。

我要何金定先向西拉雅長老問明白，竹簍裡有幾張鹿皮？打算換什麼東西？擺在沙灘上的東西夠嗎？可不可以用錢買？

「鹿皮有一千兩百多張，沙灘上的東西夠了，他們去年跟開大船來這裡的黃頭髮、紅頭髮的人講，要砍柴劈竹子用的柴刀和鋸子、打獵用的獵刀、水煙桿和煙袋，女人要針線和織布機，但是這次這位黃頭髮的人沒有帶來。」何金定指著沙灘上的貨品說：「他們不會用錢，東西都是用換的。」

「原來如此。」我要何金定請西拉雅人先拿兩百張鹿皮，擺在沙灘上。

「報告船長，他們說，這些東西只能換兩百張鹿皮，最近鹿皮產量減少。」

「什麼？只有兩百張？這些天殺的強盜，以前這些就能換一千……」弗拉美歐拔出手槍指著我說：「尼可拉斯，如果你從中搞花樣，我發誓一定殺了你。」

我向後退了幾步。

「金定兄，你趕快再跟他們講幾句話，隨便講，只要他們有講話就好。」

何金定指著葡萄牙人的貨品嘰嘰嚕嚕，西拉雅人也七嘴八舌地回應。

何金定聽完說：「我問他們家裡幾個小孩，他們都說完了，再來呢？」

「報告船長，我沒有耍花樣，西拉雅人剛剛破口大罵說，去年開始吹北風之後的第一艘從北往南的大帆船來這裡，他們要求下次要用獵刀、柴刀、鋸子、針線和織布機交換鹿皮，他們沒有看到這些東西，所以不換。」

「啊！」弗拉美歐放下手槍，踱步繞圈子，手指在下巴撫弄鬍子，大罵：「是希拉里歐忘了，可惡，他竟忘了提醒我。沒錯，去年那艘船就是我的船，我沒有準備這些東西。」弗拉美歐歪著頭想了一會兒，換上笑臉對我說：「現在該怎麼辦，麻煩您幫幫忙。」

弗拉美歐語氣變得恭敬，我知道踩到他的痛腳了。

「船長，我不敢翻譯了，這是要命的工作，剛才差點被您打死。」我結結巴巴地說：「我沒有辦法獲得您充分的信任，您還是自己和西拉雅人談吧。」說完，我轉身欲走。

「尼可拉斯，拜託幫幫忙。」弗拉美歐拉住我：「不然除了五匹布，我再加五枚銀元。」

我默不作聲。

「十枚銀元，你那十枚銀元退給你，再加五匹布，總共十四布。」弗拉美歐以幾近哀求的語氣說：「十枚銀元加十四布，請你務必幫忙促成這筆交易。」

我依然不作聲，低聲嘆氣，頻頻搖頭。

「你還要更多？」

「載我去日本。」我提出條件。

「不行，偷渡人口被日本人抓到很麻煩。」弗拉美歐說：「日本幕府將軍不喜歡天主教，我們在那裡做生意要非常小心。」

「好，這位漁夫何先生也要兩匹布當工錢。」我說：「還有，您要充分信任我，不可以再掏槍指著我。」

「好，這兩個條件我可以答應。」弗拉美歐點頭，「趕快問他們，可否用其他物品交換？」

我點點頭，再度走到何金定身旁。

我透過何金定和西拉雅人聊天。

年長的名叫歐巴（黑肉，皮膚黝黑之意），是西拉雅族麻豆社的長老；體格強壯、肩膀有刀疤的是頭目烏魯；另一個則是烏魯的弟弟卡魯。他們說，這裡的鹿多到捕不完，除了四、五月雌鹿懷孕期間不捕鹿，其他季節都可以捕獵，原先不知道鹿皮可以用來交易，以前獵鹿取肉，鹿皮除了縫製衣服，其他的都丟棄。

麻豆社位於大海灣北方第三條溪出海口的上游，族人有一千多人；大海灣這一帶屬西拉雅人的新港社地盤和獵場，他們是獲得新港社頭家的同意，在此暫留幾天。

卡魯說，他們扛著鹿皮到這裡等船交易已經第七天了，他老婆懷孕即將臨盆，他急著想回家；不然新港社的頭家也會趕他們回去。

接著與何金定聊天。

他說，在廈門無地無田，謀生不易，只好渡海平湖（澎湖，以下均稱澎湖）和大員，捕魚為生。每年十月底，乘北風搭船到澎湖娘媽宮堂兄處暫住幾天，再渡海到大員、大灣，也就是現在這個地方，從十一月起到翌年一月，在寒冷的冬天捕烏魚，特別在冬至前後是捕魚旺季，屆時會有上百名漁民到此捕烏魚，剖魚腹取魚卵做成烏魚子，將烏魚及其他的漁獲晒成魚乾，或醃漬成鹹魚，四月底或五月再乘初起的南風經澎湖、金門回廈門，出售烏魚子、魚乾和鹹魚。

「如此忍受寒冷、日晒風吹辛苦大半年，勉強溫飽而已。」何金定哀怨地訴說著他的捕魚人生，我看著他乾黑的臉龐，深深嵌進額頭的皺紋，想像著那是多少雨露風霜造成的刻痕。末了，他總結一句：「賺嘸食，餓袂死！」

看看天色，日將西斜，聊得差不多了，我請船長弗拉美歐坐下來。

「報告船長，我請何先生勸他們以物易物，或用銀子交易，他們終於同意了，他們希望再有十四布、五甕醃豬肉、十包米、五袋鹽和三十枚銀元交換鹿皮。」

弗拉美歐眉頭糾結在一起，我猜想他是老大不願意。

我指著歐巴，「麻豆社的長老說，現在社裡人口多，女人和小孩要食物和衣服。」再指烏魯，「他是頭目，也就是酋長，他要銀元是想委託何先生去中國，買你們沒有帶來的柴刀、鋸子和織布機。」

弗拉美歐眉頭依然緊蹙。

我指著卡魯，「他是二頭目，負責打獵和設陷阱，他說沒有這些工具，就無法捕獵更多獵物，他太太懷孕。」我對卡魯比個了大肚子的手勢，卡魯也比同樣的手勢，「最近即將生產，他急著回家。他主張如果不交易，他們就要回麻豆社，不等了。鹿皮已經晒乾了可以存起來，以後再和其他船交易，不急著現在交易。」

弗拉美歐身體動一下，雙眼緊閉。

我知道他在心中盤算著，這筆生意划不划算；我則好整以暇等著看好戲。

「好吧，好吧！」弗拉美歐站起來，對著船員下令：「再回船上搬十四布、五甕醃肉、十包米、五袋鹽和三十枚銀元。」

「不對，還有我的十四布和十枚銀元，何先生的兩匹布。」我提醒弗拉美歐。

弗拉美歐又對船員下令，再多十二匹布和十枚銀元。

此時，一陣混亂，弗拉美歐和船員再次討論和確認，該搬多少布和增加多少銀元。

我則轉頭輕聲對何金定用河洛話說：「等一下，他們會送來三十枚銀元，扣下來不要給西拉雅人。」

夕陽沉到海裡的前一刻，弗拉美歐船長和西拉雅人終於完成交易。

弗拉美歐船長率五艘小艇，滿載鹿皮吃力地划回大船。

我看著五艘小艇在海鳥的伴飛下，後方襯著一輪火紅金橘的夕陽，猶如剪影般慢慢移動划回大船。

我將四十枚銀元和身上的十八枚佛頭銀，總共五十八枚銀元裝進麻布袋，還有十四布放在身邊。

何金定像疼惜初戀情人般，撫摸他分到的兩匹布。

歐巴和烏魯興奮地查看每一樣物品，打開醃豬肉罐子又聞又嗅，「這比他們想要的還多好多。」何金定說：「他們說要好好謝謝你。」

星光下，營火旁，烏魯和卡魯率族人在營火旁載歌載舞，歐巴、烏魯和卡魯輪番來邀我和何金定喝小米酒，我吃著蒸芋頭、煮豬肉，嚼著不知名的野菜。

烹煮的手藝差得令我食不下嚥，但我感受到他們真誠的謝意，天真無僞的歡欣，和何金定一見如故、合作無間的同胞情誼，像是親人般的溫暖，令我開懷暢飲，大口吃肉，大杯喝酒，大笑大哭，我終於又活了過來。

我拿三匹布給卡魯，當做送新生兒的禮物；五匹布給烏魯，送給麻豆社族人做衣服；兩匹布給何金定，他家中有老婆和三女一子，「送嫂夫人和千金、公子做新衣。」

「你醉了嗎？」何金定問我。

「我沒有醉，只是一無所有。」我強忍嘔吐的感覺：「我一無所有，才能給人我所有的一切，反正本來就沒有。」

「我看，你醉了，先休息一下吧！」何金定幫我鋪好麻布袋。

歐巴和烏魯走過來，和何金定咕噥了幾句，「他們來問你的名字，決定稱你爲送衣服的一官。」

「送衣服的一官！送衣服的一官！」我隨著歐巴複誦，站起來向西拉雅人大喊：「送衣服的一官！」陣陣歡呼聲震耳欲聾，眼前忽然一黑。

❖　❖　❖

夜深人靜，浪濤拍擊海岸，四周蟲聲唧唧。

我起身小便，滿天星斗，新月掛在中天，離天亮尚有一段時間。回到獸皮搭的小帳躺下，何金定點燃水煙，悄聲問：「你怎麼沒回葡萄牙人的大船？」

我告訴他，我在澳門當領班，自立門戶到馬尼拉做生意被陷害的經過，最後我說：「我被趕下船。」

沉默了許久，何金定用力吸了幾口水煙，煙斗明暗閃爍，他的臉忽明忽暗。

「論年紀，我小長你十歲，但你的見識和經歷遠在我之上，令我佩服。如果不嫌棄，我就叫你一官。」何金定放下水煙說：「一官，讓我載你回廈門，憑你的能力一定可以東山再起。」

「金定兄，多謝。」我說：「我另有打算，此時不宜回鄉，我要……我想……」，我吞下「衣錦還鄉」四個字，因爲我突然有個想法，決定試一試。

「金定兄，你這四匹布值六兩銀子。」我說：「你是花了多久時間賺到的？」

「啊？」何金定不解地看著我，又看看布匹，「不就，不就一個下午……我在魚寮捕破網，葡萄牙人來找我……」

「一個下午？比打魚的收入多嗎？快嗎？」

「當然，那還用說，我起碼要抓三個月的魚，加上烏魚子豐收，才有五兩銀。」何金定下跪磕頭：「多謝你替我要兩匹布當工資，又多送我兩匹布，我根本沒有想到說說話也可以賺錢。」

「你剛剛說，你怎麼賺到四匹布？」

「說說話，啊，我會說西拉雅人的話。」

我翻出四十枚銀元：「我多久賺了這些錢？憑什麼？」

「也是……也是一個下午。」何金定吸口煙，吐出煙圈說：「因爲你會說葡萄牙人的話。」

我點點頭又搖搖頭：「對，也不對。」

「喔，除了西洋番仔話，」何金定說：「還有我們的河洛話。」

「對。」我問他：「你想不想用這種方法賺錢？」

何金定點頭如搗蒜：「但是我只會講西拉雅人的番仔話，不會講葡萄牙人的番仔話。」

「金定兄，你識字嗎？」

「我念過百家姓，學過千字文。」他搔搔頭：「其他的就不會了。」

「夠了，會千字文就是讀書人，西洋鬼的番話可以慢慢學，重要的是你要先學會這個。」我拿起火把，用樹枝在沙地寫出阿拉伯數字0、1、2、3、4……9、10，在每個數字下方寫零、一、二、三、四……九、十，教何金定西洋數字。

何金定會基本算術，也會用算盤。

「你只要用算盤或我們的算法算出數字，再換成西洋數字，西洋人就看得懂。」我說。

「這個要做什麼？」何金定問。

「談判，談交易金額。」我舉例，一千兩百張鹿皮想賣六百兩銀，西洋人寫四百兩，你再改成五百兩，最後談定四百八十兩成交，「不用說話，只要看得懂數字，會算成本，不要虧錢就可以了。」

「一官，你要我和西洋人做鹿皮生意？」

「對！」我拿出三十枚佛頭銀元，「金定兄，這算是我的股本，用七二銀計算等於二十一兩六分錢，我出錢你出力，我們合股各占一半，你回廈門買米、買布、水煙袋、柴刀或織布機，運到這裡和西拉雅人交換鹿皮，先囤在你的魚寮裡，等葡萄牙人、日本人或西班牙人下船交易，只收銀元，大家都方便。金定兄意下如何？」

何金定歪著頭想了很久，猶豫不決，「一官，如果鹿皮賣不出去，我白忙一場沒有關係，害你虧本，我怎麼向你交代？你何不留下來，我們一起做生意？」

「我另有打算，無法留下來。金定兄毋須多慮，做生意本來就有盈有虧，如同行軍作戰，勝負乃兵家常事。」我說：「我是看準了這是獨門生意，穩賺不賠，才敢邀金定兄合夥。錢我出，您只要放膽去做，平常依然晒網打魚，只要看到大船來了才做生意，蝕本算我的。」

「好。」何金定慨然允諾：「既然一官不嫌棄，我就試試看。我得找塊木板刻下這些阿拉伯數字，否則會忘了。」說著自去尋一段有白皮的木頭，就著火刀用刀尖刻字，將兩組數字刻成一上一下對照著。

「對了，如果有盈餘，如何拿給你？」何金定放下手中的刀子問。

「你就寄到我泉州老家吧！」我留下泉州老家的地址和父親姓名。然後盡我所知地告訴何金定和西洋人打交道的方法和經驗，一遍又一遍地教他西洋數字及算法，徹夜不眠，直到新月西斜，即將沉入西方大海。

我站起來：「我該出發了，金定兄，祝我們生意興隆。」我將三十枚佛頭銀交給何金定，悄聲叫醒烏魯，向他告辭。

烏魯送我一大包鹿肉乾，分裝兩個麻布袋繫在我肩膀；幫我把葫蘆裝滿水，送我上船。

何金定用舢舨載我靠近大帆船，我拋繩勾住船舷爬上船。黑夜將盡，旭日未升之際，是守更水手最鬆懈的時候。

我順利攀上船，朝何金定揮揮手，迅速蹲下，隱身船舷下方，看著舢舨悄悄划離。

我不是不珍惜那三十枚佛頭銀，我是想賭一把。如果何金定辜負所託或捲款潛逃，我最多損失三十枚佛頭銀，一千六百枚佛頭銀都被搶了，我還在乎損失三十枚？我已一無所有，何懼之有？

如果何金定不負所託，鹿皮生意做得成，多少對老家有貢獻。

看著舢舨遠去，我悄悄溜進船艙，躲到放布匹的角落。鹿皮堆在布匹的外圍，等於把布匹包起來，更形隱蔽。

我打算晝伏夜出，半夜才去補充飲水。

我將布匹豎起架高成帳棚狀，裡面鋪上幾匹布和鹿皮充當臥鋪。

躺在軟軟的布上，正要闔眼補眠時，腳踢到硬物，發出清脆的瓷器碰撞聲。我摸到一個布包，包著兩、三個陶瓷或花瓶之類的瓷器，我順手將它放到安全的地方，轉個身酣然入夢。

不知道睡了多久，我餓醒，摸索著拿出鹿肉乾填飽肚子，喝了幾口水，爬出布窩，從船艙縫隙看出去，只見滿天彩霞，分不清是清晨或黃昏，船艙透出些微黃光。

我打開布包一看，竟是天主、聖母、耶穌瓷塑像，一本《聖經》、一包針線和一條精緻的念珠項鍊，念珠用細小的白色珍珠串成，下懸黃金十字架。

我相信這是天主與聖母允諾保守我，在我最無助的時候助我度過難關，指引我人生道路的真實示現。

我哭了，跪下祈禱，戴上念珠，心想這段時間我就權當念珠的主人吧，待抵達日本平戶時，我再取下放回布包。

天黑了，原來剛剛是落日餘暉，我鑽回布窩，半睡半醒，等到夜深人靜再上甲板透透氣，到水櫃裝滿清水。

如此日復一日，晝眠夜興，漸漸地數不清過了幾天，只能分辨白天和黑夜。

我在黑暗裡反覆數了數僅剩的二十八枚佛頭銀，一遍又一遍；反覆想著從泉州到澳門、到馬尼拉發生的一切，一遍又一遍。那些情節在腦海裡一次又一次演出，如今我居然在一艘洋人的大船裡逃亡，這一切真像是夢，不，是我連做夢都想像不到的情節。未來會發生什麼事無法預料，保命求生是第一要務，於是，我在兩隻草鞋裡各塞五枚銀元，其他十八枚紮在腰帶裡，其他的就交給天主了。

09 日本平戶

現了。」

好夢正酣，忽然一道強光刺眼，我忍不住舉手遮眼，嘈雜聲音令我心驚，「糟了，我被發

然後有人抓住我的雙手，原來是甲板頂蓋被揭開，陽光直照下層船艙，布匹外層也被掀開。一群人圍著我，議論紛紛，希拉里歐和幾個水手瞪著我。

三名黑頭髮、穿著紅襟黑衣、拿刀的士兵，用力反扭我的手，《聖經》被丟在甲板上，《聖經》旁站著一名穿著寬大黑袍、頭中央理光頭髮、兩耳上留髮、頭頂綁短髻、唇留短髭的男子，手上拿著天主、聖母和耶穌聖像。

在我慌張失措之際，船長弗拉美歐快步走來，看到我驚呼：「啊！是他。」

身穿寬大黑袍的男子聲音低沉，講了幾句我聽不懂的話，一名我在船上沒看過的金髮、藍眼葡萄牙男子向弗拉美歐說：「大人問，這批布是誰的？這幾個天主教聖像是誰的？」

弗拉美歐看看我，又看看黑袍男子，拉著金髮葡萄牙人低語幾句，然後大聲說：「艙單上記載的貨主是澳門的丹尼斯・許，但是布匹上船的時候沒有這些聖像，我們檢查過沒有這

些違禁品，我們不知道它們怎麼會在船上。」

違禁品？聖像是違禁品？

我感到疑惑。

黑袍大人又講話，這次聲音嚴厲，講了一長串才停止，金髮葡萄牙人頻頻點頭，低聲回應：「嗨、嗨、嗨。」然後低聲向弗拉美歐轉述。他是翻譯。

弗拉美歐聽完指著我：「聖像是誰的要問他，他叫尼可拉斯，大家都知道他是丹尼斯・許的夥計，他之前替丹尼斯・許押貨到馬尼拉。」

金髮葡人畢恭畢敬地向黑袍大人講了許久，轉頭用葡語問我：「你是丹尼斯・許的夥計嗎？」

「以前是，但是……現在不是。」我先點頭又搖頭，慌張到不知該怎麼說，這麼複雜的事怎麼用三言兩語說得清楚？可惡的弗拉美歐想誣賴我，「我有去馬尼拉，是押我自己的貨，不是押丹尼斯・許的貨……」

他打斷我，反問：「大人問你，你有帶布去馬尼拉？」

我點頭。

「你睡在布裡？」金髮葡人指著布窩。

我點頭。

「聖像在裡面？」

我點點頭，又趕緊搖頭解釋：「我在裡面才發現的，不是我帶上船的。」

弗拉美歐說：「聖像和《聖經》都是尼可拉斯的。」

金髮男子向黑袍大人嘀嘀咕咕並指著我。

弗拉美歐一個箭步靠上來，拉開我的衣襟，露出念珠。

黑袍大人瞪大眼，厲聲說了一句話，三名士兵反扣我的手，戴上沉重的鐵鍊，黑袍大人伸手扯斷我的念珠。

接著士兵用黑布蒙住我的眼，押我下船，四周傳來我聽不懂的話。走了很久，有人摸我全身，拿走了懷裡幾片鹿肉乾、繫在腰間的葫蘆，和腰帶裡的十八枚銀元，接著取下蒙眼布，將我推進一間囚房。

這屋裡十分寬大，用手腕粗的木柵欄分隔成四間囚房，囚房裡牆壁接近屋頂的地方開了一小扇透著亮光的小窗。

我無助地仰望那一方小窗外的藍天，不知道我犯了什麼罪，我什麼都沒有了，難道連命也將不保？看這裡人的長相，似乎是來到日本，我會命喪日本嗎？

我回想我的一生，如此倉促、短暫，毫無建樹，辜負父親的期望，亡命他鄉，又毀了澳門媽宮碼頭一班兄弟的希望，如今卽將魂斷異域。

我下跪向天主、聖母瑪利亞祈禱：

神啊！我坦然接受命運安排，如果我即將命終，請護佑我平靜地離開人世，回歸天國，回到您的懷抱。您的誡命永做我的家產，因為這是我心中喜歡。

祈禱後，我的心情平靜了些，幽幽詩歌聲在心中響起，我低聲吟唱，不知不覺愈唱愈大聲，心中愈感到詳和，直到獄卒凶狠地拍打柵欄才把我驚醒，我微笑地看著他。

沒多久，船長弗拉美歐也被押進來關到另一間囚房，我們中間隔著一間囚房，可以看到彼此。

「尼可拉斯，看你幹的好事，連累我被關押審問。」弗拉美歐咒罵著。

我沒有答腔。我知道，弗拉美歐與那個金髮葡萄牙人要了用翻譯欺上瞞下的手段，一搭一唱將責任全推給我，我再說什麼也枉然，反正我已經死過一次了，無所畏懼。

「都是你。」弗拉美歐繼續叨念：「船快到長崎港時，忽然遇暴風雨，把船吹到平戶海域，舵損壞了，只好暫時停靠平戶港修理，可惡的荷蘭人去告密船上一定有載違禁品，否則怎會來平戶？沒想到居然是你躲在裡面，還帶了聖像，令我百口莫辯……」

「叩！叩！叩」獄卒舉刀敲打柵欄，阻止弗拉美歐講話，弗拉美歐才安靜。

我想著弗拉美歐的話，荷蘭人和葡萄牙人是宿敵，告密、打小報告是稀鬆平常的事，但是爲什麼葡萄牙船只能去長崎，不能來平戶？我摸不著頭緒，索性轉頭假寐。

次日一早，黑袍大人和金髮葡萄牙人來了，兩人嘀嘀咕咕講著日本話，然後金髮葡萄牙人在文件上簽名和蓋手印。

獄卒打開弗拉美歐囚房的門，示意他可以走出去。

弗拉美歐經過我的囚房，捶打柵欄一拳，瞪我一眼，悻悻然離開。

❖　❖　❖

對著藍天祈禱和唱詩歌，成了我在囚房裡唯一能做的事。

第三天，金髮葡人和黑袍大人現身囚房，又問一遍在船上問過同樣的問題。我微笑著承認布匹是我的，耶和華、聖母、耶穌三聖像都是我的，「我與祂同在，我會上天國，請轉告船長弗拉美歐和丹尼斯・許，天父說詐欺和瞞騙的人將下地獄。」

「最後，你還有什麼話說？」

「我希望，能戴著被沒收的念珠就刑。」

金髮葡人向黑袍大人翻譯我的請求，一向凶狠、嚴肅的黑袍大人突然面露微笑，對我講了一句話，隨即和金髮葡人離去。

又過了四天還是五天，日子對我已經沒有意義。有一天下午，我禱告後低聲唱詩歌，獄卒輕敲柵欄，打開牢門招手要我出去。

柵欄外站著上次那個金髮葡人翻譯，和一個穿寬大黑灰袍子、戴圓型寬邊帽的中年男子，兩名佩刀侍衛打扮的男子站在後方。

「藩主大人（諸侯）問你，你是中國人？」金髮葡人說。

我點點頭。

「你為什麼會講葡萄牙話？」

「我在澳門受洗為天主教徒，在聖保祿教堂向喬治神父學習葡語。」

金髮葡人謙遜地低著頭輕聲翻譯，藩主大人微笑看著我，講了幾句話。

「藩主大人說，你詩歌唱得很好，一定常上教堂禮拜望彌撒，可見你是虔誠的天主教徒。」

我微笑以對。

從藩主大人的言語和動作來看，他似乎對我沒有惡意。

「藩主大人剛才在這裡聽你禱告、唱詩歌，決定赦免你的罪，你自由了。」

「啊！」我訝異地當場愣住。

藩主講了一串話，伸出手將念珠塞回我手中，笑笑地走了。

「藩主大人說，你以後可以去教堂望彌撒。」金髮葡人說完欲走，我追問：「你是誰？

他是誰？」

「我是葡萄牙駐長崎商館祕書佩德羅，他是平戶藩主大人。」

「這裡有天主教堂？爲什麼聖像是違禁品？」

「日本幕府將軍不喜歡天主教。」佩德羅臨走前匆匆說：「但是長崎代理長官和平戶藩主大人都對天主教徒很好，是藩主大人庇佑了你。」

幕府將軍禁天主教，平戶藩主又善待天主教徒？這是怎麼一回事？我低頭看著斷裂、珠子只剩一半的念珠，死而復生，一切轉變得太快，在我還摸不著頭緒時，獄卒拿來一個本子和毛筆，我看到本子裡寫著姓名、籍貫等漢字，心知這是本名冊簿，卽寫下「鄭一官、大明王朝、福建省泉州府南安縣石井村」。

我寫好後，就被帶到一個庭院，發回我的一小袋鹿肉乾、葫蘆和額外的五十四布，令我眼睛爲之一亮。

獄卒指指大門，要我離開。

「銀元呢？」我大聲問：「我的錢呢？還有五十四布？」

獄卒聳聳肩，我比手畫腳，兩人講不通。

我明瞭，銀元和另外五十四布被私吞或沒收了。但是至少有五十四布，總比全數被沒收好。

我指著五十匹布，比手畫腳表示，布太多我無法背走，他點點頭走了。

獄卒回來時，身邊跟著一個穿唐裝、圓臉、身材福泰的中國婦女和一輛手推車，她說：「你是哪裡人？什麼名字？阮頭家姓楊，跑船的。」

我聽到泉州腔河洛話，感到十分親切，「我姓鄭，名叫……」

咦！我想起李旦、田川大夫、楊耿都在平戶，他們跟許心素都有往來，楊嫂的丈夫可能就是楊耿，或楊耿認識的人。我心生警惕，不行，如果楊耿知道我在平戶，可能會通報許心素，我要小心提防，我要見機行事。

「我名叫……芝龍，鄭芝龍，因為在家排行老大，大家也叫我一官，我是泉州人，借問楊大嫂是哪裡人？」我不提鄭一這個化名。

「我們也是泉州人。」楊嫂指著獄卒說：「他說這輛車借你用，用完要歸還。」

「楊大嫂，多謝。」在這裡聽到河洛話，我幾乎想下跪向她磕頭，「但是，我話不通，地方陌生，我帶著這些布不知道去哪裡？」

「你有錢嗎？或是可以賣布換錢？」楊嫂問。

我點點頭，羞愧地從一隻腳的草鞋中挖出五枚銀元，「這個可以用嗎？」

她拿過一枚銀元掂掂重量，笑著說：「夠了，夠了，可以換這裡的錢，不但可以吃頓飽，還可以住十天半個月。」

「你吃飯了嗎？」楊嫂一問，我突然覺得肚子很餓，搖搖頭。

「跟我來吧。」

我將布放上小車，跟著楊嫂走。

平戶是個濱海城市，海岸到山坡間有一條不到半里寬的狹長平地，港口像個往西邊凹進去的袋子，北側和南側都有泊船的碼頭，碼頭旁有一棟棟倉庫，北側的碼頭旁有一棟兩層樓的大房子，掛著「鼓浪商號」招牌，特別醒目。再往前看去，山坡上有一處平臺，平臺上有好幾棟大房子，那是平戶藩主的官邸。

港灣南邊的山丘上，矗立一座白色的平戶城，居高臨下。

沿港口邊房屋蓋得密密麻麻，有的蓋在山坡上。從山坡上隨便站在哪個地方，都能看到大海和碼頭風景。

我推著小車，在彎來彎去的石板斜坡步道上上下下，推得氣喘吁吁，跟著楊嫂走到一間離港口不遠山坡上的小客棧。

這裡的人跟漢人一樣，黑髮、黑眼睛，個子比較矮但皮膚白皙，女的將長髮後梳成一個髻，男的留著奇怪的露大半額頭髮型，或中央一道剃光，兩耳上方留髮，頭頂綁短髻，跟田川大夫的髮型不一樣。

客棧樓下是麵店，楊嫂幫我將銀元換成九百錢，爲我點了一大碗麵和兩個醬菜，付了十五錢，「你吃完就休息吧，我頭家出海跑船，兩個月後才回來，家裡還有二男一女三個小孩，我先回家照料，明天再來看你。」

我拿了一百錢當紅包，楊嫂推辭著：「出外人，每分錢都是救命丹，你留著用。」

「楊大嫂，今天沒有你來救命，我現在還流落街頭，大恩以後再報。」我硬塞到她手裡：「這點錢就當我給孩子買點心的錢。」

楊嫂推辭了一番，才收下走了。

晚上，我將念珠線綁好，掛回脖子才睡覺。睡前回想這幾天發生的事，大起大落，瀕死復生，一切好像在做夢。

第二天，剛吃過早飯，楊嫂就來了。

「你不會講日本話，想在平戶落腳，除了在港口找唐船當跑船的水手，」她問：「一官，你還能做什麼？」

「我不想當水手。」我說：「暈船吐得我半死，再也不想上船。」實則是我不敢去李旦的鼓浪商號當水手。

「說得也是，我也很怕坐船。」楊嫂同情地說。

我們商議了好一會兒，賣布換錢，可以馬上得到大筆銀子，但我不通日本話，無法再做別的營生，坐吃山空，終歸不是好辦法；到船行當採購買辦，沒有人介紹也行不通。思來想去，都沒有好辦法。

「你是布商，現在有布和針線包，」她隨口提議：「不然做裁縫好了。」

「裁縫？」

「是啊！當裁縫重要的是工夫，不會講日本話也沒有關係，而且平戶港百業都有，就是欠裁縫，像我要找個縫補衣服的地方都沒有。」楊嫂愈說愈興奮，「你可以做咱唐人的生意，這裡有五百多戶、兩千多個唐人，長崎那邊更多。只做平戶當地的生意就夠了。」

「但是，我只懂一點點裁縫，自己縫縫補補勉強可以，沒有幫人縫過衣服，更別說裁布縫製新衣。」我眞後悔當年在南洋賣布時沒有學裁布縫衣。

「你可以先做咱們唐人的生意，先從縫補做起，我可以幫你打廣告，介紹客人。」楊嫂豪氣地說：「沒有人天生就會裁縫，任何事不都是邊做邊學？只看你敢不敢放手去做。」

「好，我做。」有了楊嫂的激勵，我決定試看看。我連死都不怕了，當裁縫有什麼好恐懼的？眼前先混口飯吃，安定下來比較重要，找許心素報仇的事以後再說吧！

過了幾天，經楊嫂介紹，我租下港口附近巷弄內一間小屋，用兩枚銀元付了半年房租。房子是典型的日本房屋，臨街幾扇木板門，門內一道空地是玄關，然後是架高的榻榻米客廳，我在客廳內陳列布匹、擺張桌子做裁縫桌，客廳後有兩間房，另有一間房中有用鐵鉤吊著鍋子的灶屋，還有一小塊空地是天井，連著茅廁和柴房。楊嫂帶著三個孩子來幫忙打掃，將房子整理得煥然一新。

開店當天，我用紅紙書寫「金閩發吳服店」（裁縫店）掛在門口，就算是開張。我將五十匹布陳列出來，營造布匹多、花樣新的場面，加上楊嫂和三個小孩，多位閩南水手的媳婦、女兒，大家都說河洛話，熱鬧非凡，讓我有回家的感覺。

開張第一天，接了不少生意，雖然有人嚷著要訂製新衣，還好在楊嫂的勸說和緩頰下，改口：「好啦好啦，半年後再跟你訂做新衣，現在先補這些衣褲。」

一連幾天，我成了在女人堆中打滾的小裁縫，婆婆媽媽們將我當成調侃的對象，關心我的婚事比看布料的時間還多，連我爲什麼受洗爲天主教徒，都是她們好奇的話題，窘得我只能低頭縫衣服，避開尷尬的話題。

後來我發現，這些移居平戶的唐人有時覺得無聊，想講講家鄉話解悶，將裁縫店當成聚會的場所，而且女人家去裁縫店是理所當然的事。

她們不僅時常來店裡走走聊天，偶爾也寄放剛買的青菜、水果，或臨有急事時託我照顧小孩，不時塞點蔬菜、土產之類的東西送給我，把我當自家的晚輩後生照顧，我也樂得替她們看顧小孩、讓她們寄放物品，店裡人進人出才熱鬧。

我從她們的談話中，快速了解平戶的地方民情。我毋須特別打聽什麼，只要在她們聊天時提一個問句，馬上就有各種解答和資訊，雖然不一定準確，卻也相去不遠。例如，我問：「聽說這裡有天主教堂？」

「有好幾座，長崎那邊才多呢，有幾萬名天主教徒和十多座教堂，那是以前的肥前國領主（諸侯）有馬晴信蓋的教堂。」大約八十年前（一五四〇年）平戶藩主松浦道可*爲了發展貿易，歡迎唐人到平戶做生意。本朝的浙江人、海盜兼商人王直，因此移民平戶定居，在房屋旁挖了一口六角井。

九年後（約一五五〇年），王直引介葡萄牙人到平戶貿易，帶來好多西洋新奇的玩意兒和航海技術，也帶來金頭髮、藍眼珠的傳教士傳播天主福音。

松浦家族因經營國際貿易賺大錢，但松浦道可反對葡萄牙堅持要做生意也要傳播天主福音的要求，雙方摩擦不斷。爭執了二十年，葡萄牙人揮別平戶，沿海南下到長崎開設商館（一五七〇年）。

次年，長崎領主（諸侯）大村純忠成爲第一位受洗的天主教徒，後來連肥前國領主有馬晴信也改信天主教，成了天主教徒的庇護者。

「聽說有個什麼將軍的不喜歡天主教，查禁天主教？」我話一出，店內霎時安靜，靜得連針掉地上都聽得到。

我抬頭見大家看著我，想必他們知道我被囚禁的事。

楊嫂一臉嚴肅探頭看看外頭，拉上門，小聲說：「一官，這些話不能隨意講，這是會殺頭的，不准人民信仰天主教的是幕府將軍。」

她說，幕府將軍就像中國的諸侯和丞相。

日本名義上的最高統治者是天皇，掌實權的則是幕府將軍。現在是德川幕府二代將軍德川秀忠掌權。

日本原本不禁止天主教傳福音，近年來因爲天主教徒人數日增，有人向第一代幕府德川家康告狀，天主教徒只信仰天主不崇敬天皇，想叛亂建立天主教國家。德川家康因此對天主教徒不友善，採取防範措施。以前因爲肥前國領主有馬晴信的勢力強大，還有葡萄人和商館在長崎，德川家康爲了貿易，一時無法禁絕天主教傳播，但要求所有信仰天主教的領主放棄信仰天主教。

＊松浦氏的第二十五代家督松浦隆信（一五二九－一五九九年），法名道可。曾孫松浦隆信（一五九二－一六三七年）與他使用同樣的名字，為區分故用松浦道可。

德川家康幾年前退位，隱居駿府（今靜岡），由兒子德川秀忠繼任爲二代幕府將軍。秀忠更嚴厲反天主教，頒令禁止自海外帶進天主教文物，但是現在管轄平戶的長崎代官末次平藏對天主教徒很友善；平戶藩主松浦隆信也對天主教徒和基督教徒友善，沒有嚴格執行德川秀忠的禁令。

「哦，我只是想有空去望彌撒。」我笑笑轉移話題：「吳大嫂，吳大哥的褲子補好了。」

「唉呀，不急啦，咱頭家這趟出海去朝鮮，聽說還要轉到山東青島，最快也要半個月才回來。」

「去朝鮮是最近的……」大夥兒的話題又轉到在海上討生活的丈夫身上。

原來，抓我的是幕府將軍德川秀忠，救我的是平戶藩主松浦隆信，我相信一定是神遣他來救我。

❖　❖　❖

金閩發吳服店開張半年，生意不如預期發達，而且愈來愈差，因爲我的裁縫手藝不佳。我不曾正式拜師學裁縫工夫，全憑自己縫補的經驗摸索，縫小破洞有餘，補大裂口則縫線歪扭又外露，更別提爲人裁製新衣。楊嫂等人有時看不下去，搶過去幫忙縫縫補補，勉強應付過關。

但這是我的生意，楊嫂也有子女家庭要照顧，總不能全仰賴他人；然而我的左手手指天天總有新扎傷的傷口，舊傷未癒新傷又來，左手疼痛難耐，碰水潰爛，永無癒合復原的一天。

看著紅腫破爛的左手，我深知自己不是吃這行飯的料，但爲了溫飽，也只能繼續這樣度日。有時候，一連數日沒有生意上門，我得扛著布，喊著生澀的日語沿街叫賣，或轉賣給其他裁縫店。

在平戶碼頭經常會遇到荷蘭人和英國人，我常去碼頭看著荷蘭、英國或葡萄牙的歐洲大帆船靠岸卸貨、上貨，看著唐式的「花屁股」福船或鳥船入港，貨物在李旦的鼓浪商號貨倉進進出出，總是忍不住內心澎湃激昂，難忘澳門、馬尼拉那段經商的日子。我向碼頭小販買了亞洲和全球地圖各一份，看著航路過乾癮。

我也曾經搭船到長崎，找一間天主教堂做彌撒，感謝上帝、聖母的保護庇佑，讓我兩次度過難關。我望著葡萄牙神父想尋求幫助，又顧慮我在平戶落腳的消息萬一傳回澳門，會引起不測後果，硬是將到嘴邊的話吞下肚。

每天除了用葡語念喬治神父教的宣教文，爲了在日本求生活，我也學日語。每天向左鄰右舍學日常用語，向日本裁縫學裁縫用語。這樣混了半年，日常生活用語差可應付，只是坐吃山空，愈來愈窮。

轉眼颳起北風，深秋楓紅，寒冬卽將來臨，聽說這裡的冬天比福建寒冷，水會結冰。從福爾摩沙帶來藏在草鞋裡的十銀元，已經用掉六枚，只剩四枚。聽楊嫂的話，我不得不再賣五匹布換購木柴、煤炭和米，儲存著準備禦寒。布只剩十五匹，如果再沒有生意，恐怕無法熬過這個冬天。

十二月初，寒風刺骨，晝短夜長，裁縫店生意清冷，楊嫂等人也都在家陪著丈夫、孩子，罕見出門聊天、串門子。去南方貿易的船隻，最晚在九月底南風停止前回平戶，水手們會在家待到次年一月，再乘北風沿浙江、福建和澳門南下到馬尼拉、暹羅、麻六甲或巴達維亞。繞一圈之後，乘四月、五月的南風北上返回平戶，或繼續朝北往俄羅斯去貿易，十月順北風回平戶，一月又再次循環。

我偎在炭爐旁看海圖，指頭隨著帆船航線走，想像港口搬運工和船上水手彼此打招呼或嘻笑怒罵的喧鬧聲，港區附近可以吃飯喝酒的小酒館裡，擠滿不同國籍的水手高談闊論，或酒醉後打架鬧事。

唉！這一切都離我好遙遠。

「喔嗨喲！（日語：你好）」門拉開，傳來一聲流利問候語，我以爲來了本地客人，準備起身招呼，一看竟是金頭髮的洋人躬身彎腰，我登時一驚，手中地圖落地，掉在炭爐上起火，洋人見狀迅速俯身，攫起海圖，捏熄火苗，海圖燒缺了右下角，還泛著黑黃，滿室燒焦味。

我見他是洋人，葡語脫口而出：「感謝神，謝謝您救了我的地圖，歡迎光臨！」

他竟愣了一下，一臉不可置信地打量著我，發出「耶」一聲，左手的袋子落地。

我們打量著彼此，同時開口問對方：「你怎麼說……」

他揚手制止我，用日語問：「你不是日本人嗎？」這句話我聽得懂，搖搖頭，指指身上的衣服，用生澀的日語說：「唐人、大明國、中國。」

他點點頭，改用奇怪聲調的葡語問：「你會講葡萄牙話？」

我笑著點頭：「是的，我在澳門聖保祿教堂向喬治神父學葡語，你也會說嗎？你是荷蘭人？」

他點點頭：「尼德蘭，尼德蘭。」

我點點頭，取出櫃子裡的歐洲地圖，指著荷蘭「尼德蘭」，他用力點頭。

「法蘭克斯・卡隆（Francois Caron）。」他指著自己：「法蘭克斯・卡隆。」

「尼可拉斯，尼可拉斯。」我指著自己。

我們彼此叫著對方的名字。

我知道卡隆是他的姓，爲了方便，我就叫他卡隆。

卡隆用不流利的葡語，斷斷續續地說：「我，每天……在廚房工作，魚、肉、水果，煮飯、湯。」

「啊！你是廚師。」我用葡語說：「你是荷蘭商館的廚師？」

他大力點頭，哈哈大笑。

我們用葡語、日語加上比手畫腳交談，弄清楚他要我縫三件衣服的釦子。他從袋子拿出三件白色禮服，像我在澳門或馬尼拉看到的洋人軍官或商館館長穿的鑲排釦大禮服，肩或胸前有金黃色或大紅色流蘇。這三件禮服有點兒泛黃，流蘇也脫落，金色的釦子殘缺不全。

「館長說，如果能縫補得漂亮，商館裡還有一批衣服需要縫補。」卡隆說：「但是，必須在耶誕節前完工。」離耶誕節僅剩半個月。

「這些鈕釦……」我遲疑著，沒看過這種歐洲來的長方形銅釦，釦子上刻有獅子和盾牌圖案，也不知道要去哪裡找，但是我必須做這筆生意，否則這個冬天會餓肚子，「我沒有，但是我會盡力找來補齊。」

卡隆似乎看出我的猶豫。

「如果三天內我找不到鈕釦，馬上通知你再去找其他裁縫，不耽誤商館的時間。」

「好。」卡隆說：「你很誠實，我希望你能做成這筆生意。」他走到門口又回頭：「對了，有一個唐人甲螺（唐人領袖）叫做Pedeo China（彼得・中國），他也是裁縫，幾年前在平戶開布莊，現在搬到長崎，如果你在平戶找不到這種鈕釦，去長崎找他，或許有幫助。」

「好的。」我問清楚Pedeo China的寫法，寫下來，帶在身上。只是去長崎得花錢僱船，還要冒著風寒大浪，往南走海路一段時間才到得了，我十分猶豫。

卡隆走了，我剪下一顆金色釦子當樣本，套上棉襖，繞了平戶平常有往來的三家裁縫店和兩家布莊，都沒有這種釦子。

「去長崎找找看。」布莊老闆建議：「葡萄牙人在長崎住了那麼多年，應該有類似的釦子。」

既然布莊老闆和卡隆都建議去長崎找鈕釦，我只好趕往長崎。

我回店鋪，帶了隨身行李正要關門外出，楊嫂匆匆跑來。

「一官啊！你……你要去哪裡？」楊嫂泫然欲泣。

「我要去長崎找這種鈕釦。」我將接了荷蘭商館生意的事告訴楊嫂，「楊嫂怎麼了？」

「唉，小亮和蘋兒發高燒，吃了幾帖藥都不見效。」楊嫂含著淚說：「蘋兒額頭高燒燙手，現在連話都講不清楚……」

「那可不能等！燒壞頭腦會癱了身體，可麻煩了。」

「是啊，我想找大夫看診，但是……沒有錢。」楊嫂哭著說：「阮頭家今年沒有回來，還在南洋，明年才回來，家裡一時沒有錢……」

「我也……」我想說我也沒有錢，但轉念一想，掏出身上所有的錢，將僅存的四枚銀元中的兩枚塞給楊嫂，「快，拿這兩個佛頭銀給孩子請大夫。」

「不用那麼多。」

「多的就留著當生活費，要等楊大哥回平戶還有一段時間，你和孩子也要吃飯吧！」我握著她的手：「快去請大夫，如果不夠，等我從長崎回來再想辦法。」

楊嫂連聲道謝而去，我馬上動身，拿出銀元換錢僱船，冒著風浪前往長崎。

❖　❖　❖

狂風大浪，顛得我連吐兩次，在天寒地凍中抵達長崎，顧不得胃裡的翻騰，我馬上上路，逐一問過我所能找到的布莊，都沒有這種金鈕釦。

「請問，聽說有個唐人甲螺，經營布裝的？」我探聽Pedeo China的下落。

「啊，有，他叫顏思齊，經營布莊，也有在南洋貿易。」一個布莊老闆說：「去問問看，或許有這種鈕釦。」

「太好了！」我問明了地址，循址找到顏家布莊。

這是一間兩開間大的布莊，招牌上書「月港吳服店」，月港在閩南漳州（後改名海澄），我心想這顏姓頭家一定來自漳州，八扇木門後方吊著厚厚的棉布簾，我用力敲門，一個少年來應門。

「我是泉州來的鄭芝龍……」我急切地用河洛話自我介紹。

「你要幹什麼？」少年冷冷地問，似乎沒有他鄉遇故知的興奮，「每天都有唐人來店裡，講自己從哪裡來。你有什麼事？買布？買……」

「啊！」我直接拿出鈕釦，「我要買鈕仔。」

少年接過鈕釦，端詳了半天，搔搔頭，「沒有，我們這裡沒有買這種鈕仔，你請回吧。」

說著把我往外推。

「唉！唉！等一下。」我掙扎著站穩腳跟，「我還有事。」

「有什麼事？我看你是來借錢！」少年擺出請我離開的手勢。

「不是，不是來借錢，我眞的是要來買鈕仔。」

「我們沒有賣這種鈕仔。」少年不耐煩，將我往外推：「你還是請回吧！」

「慢著，還有一事。」我提高音量叫嚷著：「還有一事請教！」

「有什麼事？阿龍，來者是客。」一位中年男子說著，從裡間走出來，操漳州口音的河洛話：「外面天寒地凍，趕緊去泡一杯燒茶請人客。」

「是。」名喚阿龍的少年才收手往裡間走。

「請問……」我和他同時拱手作揖開口。

他笑一笑，擺擺手要我先說。

「容我自我介紹。」我說：「我姓鄭，名芝龍，字飛黃，家住泉州府，行一，人稱一官。請問是顏先生？顏甲螺？Pedeo China？」

「是，我姓顏，名思齊，家住漳州月港。」他說：「見笑見笑，是鄉親不棄，要我替大家服務，叫我一聲甲螺。」他逕自坐下，擺手示意我坐下首，我拱手作揖從命坐下，少年爲顏思齊和我各端上一熱茶，熱氣蒸騰。

「請，先喝口茶，暖暖身。」

我端起茶杯，熱氣透過冰冷的手心暖進心坎，接著輕咂一口，一股暖流淌進肚腹，直如天泉甘露渾身舒暢。一口又一口，我飢渴地三口就喝完茶。

「哈！哈！一官兒，還好吧！」顏思齊說：「請問，一官兒……」

「我是後輩，初來乍到，在平戶落腳半年，一切還很生分，」我趕緊起身一拜：「請甲螺大人叫我一官。」

「好，我就叫你一官。」他問：「一官今日冒風濤來長崎爲何事？你怎麼知道我的洋名？」

「爲了找一顆金鈕仔。」我拿出鈕釦遞給他，並將平戶荷蘭商館廚子卡隆交代的事說了一遍。

「嗯！」顏思齊細看鈕釦，望向阿龍，阿龍搖搖頭，他說：「我們沒有賣這鈕仔，去澳門或馬尼拉或許能找到，但是遠水救不了近火，沒辦法了。」

「唉！」我長嘆一口氣，「既然如此，我就回平戶，辭掉這樁買賣。」我起身作揖：「叨擾甲螺大人，多謝大人指教，今日雖然沒有買到金鈕仔，但是得識甲螺大人，不枉費跑這一趟，多謝大人一杯燒茶款待，一官銘記在心。」

「好說，好說。」顏思齊拱拱手說：「我當年也是先到平戶落腳，跟你一樣先做裁縫，不管過去如何，天無絕人之路，只要勤奮打拚，總有一天出頭天。」

「是！在下告辭。」我說完轉身，等阿龍掀開棉布簾，打開木板扇門，正待踏出店門。
「慢著，一官留步。」顏思齊叫喚，阿龍拉著我的衣袖。
「一官離開長崎之前，我想，你可去葡萄牙商館找找金鈕仔試試看。」
「是啊！」我敲了自己的頭，「我怎麼沒想到。」
「我介紹你去找商館的祕書佩德羅。」顏思齊熱心地說，接著拿鵝毛筆，用葡文寫下佩德羅，以及他自己的洋名 Pedeo China。
「多謝甲螺大人出手相助。」我深深作揖：「日後當好好報答您的大恩大德。」
「事成不成還不知道，以後再說。」他叮嚀：「日頭西沉，一官去辦正事要緊！我就不留你。」
「是！是！」我捏著紙片，依阿龍指示的路，快步趕往葡萄牙商館。
佩德羅？莫非是今年四月在平戶救我的那個金髮葡萄牙人？我邊想邊縮著身子，疾行趕到商館，遞出紙片，並用葡語說明找祕書大人佩德羅。紅毛警衛張口驚訝地看著我：「你會講葡語？」拿著紙片走進商館。
等了好一會，金髮藍眼的佩德羅走出來。
「佩德羅大人您好，我是尼可拉斯，平戶的尼可拉斯。」
「你是誰？」他反問。

佩德羅一時沒有認出我，經我說了今年四月被捕的事，他才恍然大悟指著我：「哦，是你！你還沒死啊！還在日本？」

「有天主的保守，託藩主和您的幫忙，我現在平戶當個小裁縫。」我拿出鈕釦：「請問商館有這種鈕釦或類似的嗎？如果有，可否賣給我？」

佩德羅接過釦子仔細端詳，在桌上敲敲，「嗯，這是銅釦子，商館沒有賣過這種東西。」他說：「不過，澳門商館有一袋從葡萄牙帶來的類似釦子，但是……是非賣品，又遠在澳門，我也沒有辦法幫你。」

「哦！」最後的一絲希望破滅，我幾乎哭了出來。

我失望地離開商館，踽踽獨行一段路，佩德羅追出來：「尼可拉斯！上個月有一個澳門來的唐人，會講幾句葡語，來這裡打聽尼可拉斯，我一時沒有想起你，跟他說不知道。」

「是誰找我？」我停下腳步回頭：「他現在在哪裡？」

「我也不知道。」佩德羅聳聳肩，轉身走回商館，走了幾步又轉身問：「天黑了，沒有回平戶的船了，你有地方住嗎？」

我搖搖頭。

「你等一下。」他說完走進商館，好一會兒才走出來，遞一張紙條給我，並說：「去聖馬爾教堂，找神父，他會幫你，祝你好運。」說完揮手，逕自走回商館。

我一邊走，一邊藉著黃昏的餘光看紙條，紙條上寫著：「請神父幫助尼可拉斯。佩德羅。」

❖ ❖ ❖

我頂著寒風朝聖馬爾教堂走，想起佩德羅的話，我有點擔心，「是誰找我？有人從澳門來找我？難道是許心素的人嗎？」寒風冷颼颼，我打個冷顫，心想今天奔波一整天沒有買到鈕釦，荷蘭商館的生意做不成，又回不去平戶，只希望神父能讓我借宿一晚，否則又要花錢住旅館，不啻屋漏偏逢連夜雨。

依佩德羅的指示，我找到聖馬爾教堂，敲打厚重的木門，一位紅髮神父來開門。

「神父您好，我錯過了時間，但是我真的有話想跟天主說，可以讓我進去向天主祈禱嗎？」我同時遞出紙條：「商館祕書佩德羅先生，請您幫幫我。」

神父接過紙條，看了一眼，點點頭打開大門，又問：「你會講葡萄牙話？」

「是的，我是在澳門受洗的教徒，聖名尼可拉斯。」

「尼可拉斯？你就是澳門來的尼可拉斯！」他低聲驚呼，我點點頭，他說：「你先進來，天主無時無刻不保守祂的子民。」他指指祭臺。

我走到祭臺前下跪，默禱：「神啊！感謝您保守護佑，讓我在日本活下來，但我現在想做一筆荷蘭商館的裁縫生意，遭逢困難，祈求您賜我力量克服難關。」接著又向天主抱怨、哭訴在平戶生活的不便，指頭被針刺傷潰爛，快熬不下去……

「一官。」一個熟悉的聲音響起，我張開眼，看著十字架上的耶穌，以爲餓過頭心神恍惚。

「一官。」

我猛地回頭，是郭懷一。

郭懷一竟站在我面前，袖子捲到手肘，雙手潮溼，長袍下襬拉高塞在腰帶，全身冒著熱氣。

「一官，眞的是你。」郭懷一雙手用力搭我的肩頭，我失神地看著他。

「你……你……怎麼在這裡？」

「來找你啊！兩個月前來的。」郭懷一拉我往教堂後方走：「終於找到你了，走，我正在燒飯，你先來幫忙，吃完飯再說。」

走進廚房，頭上挽個髻、手拿一把大菜刀的唐人婦女，俐落地削去白蘿蔔皮再切成塊，刀擊砧板「叩、叩、叩！」，刀身一掃，蘿蔔塊咚咚咚掉進大鍋內。

郭懷一指著她：「這是我內人，月娘，他就是一官，一官啦。」

她衝著我笑，彎身拿起小女孩遞給她洗淨的紅蘿蔔，用刀削皮，「這是我女兒郭杏，杏月出生（農曆二月），小名杏娘，四歲。」指著扶著牆壁站著的小兒：「他是郭桐，梧桐樹的桐，兩歲。」我看著這一家人，眼眶溼潤。

「來，幫我揉麵做 pāo（麵包），神父說你來了要多做一點才夠吃。」

郭懷一俐落地掄起擀麵棍，將麵粉糰擀開，拉長揉在一起，再拉長盤成一圈，放進鐵盤子。我待放滿四個pão，拉開灶門，將鐵盤放進火熱的灶爐，一股烘烘暖意包裹全身，我聞到蔬菜湯的鮮味，柴火的焦味和pão烤熟的香味，和在澳門聖保祿教堂廚房那股溫暖的香味一模一樣，那樣熟悉，令我安心。

大家圍坐長條桌，神父做餐前禱告：「我們的天父，感謝您今天賞給我們日用糧，求您寬恕我們的罪過，如同我們寬恕別人一樣，阿門！」

「阿門！」我迫不及待撕下pão放進嘴中大嚼，大口喝湯，暖暖的湯流進腹中，溫暖心頭，燭光中郭懷一在笑，月娘、杏娘和郭桐也在笑，食物和笑容讓我有一種活過來的感覺。

❖　❖　❖

晚上，月娘帶兩個小孩就寢，我跟郭懷一坐在廚房灶口，烤著柴火餘燼，小口喝著望彌撒才會拿出來的紅葡萄酒。

紅紅柴火餘燼映照郭懷一熱熱的臉，他激動地比手畫腳，說著我離開澳門以後的事。我靜靜聽著，彷彿聽著別人的故事般聽著我的事。

「我們金閩發的人聽到你捲款跑了，大家都嚇呆了……大家認爲不可能。沒多久，西班牙馬尼拉總督寫信要求葡萄牙澳門商館通緝你，說你不但搶劫西班牙商人弗烈德的一千六百銀元，還奪了弗烈德要付給許心素的五千銀元……幾天後，有一群人打爛你舅舅黃程的商鋪，劉香和李魁奇相信你捲款潛逃，大罵你無情無義，發誓要找到你，讓你斷手斷腳並賠償十倍股金；楊六兄弟和楊天生半信半疑；我還是不相信你會如此無情無義。」

「所以，許心素說我搶了六千六百銀元捲款潛逃？」

「對。」郭懷一看著我：「他在碼頭邊當著大家的面前出示你的念珠，就是你那條用竹珠子串成，下面是黑色木頭十字架的念珠，珠子只剩幾顆。大家一看就知道是你的竹念珠，他咒罵你是假裝信天主的畜牲，將念珠扔進海裡。」

我一聽，氣得握緊雙拳。

「你不在澳門，我的葡萄牙話說得沒有你好，許心素又懷疑我們跟你同夥，處處作梗，到處放話說我們是金閩發的老闆，怎麼敢請我們當挑夫。碼頭很快又被廣東人搶走。」郭懷一落寞地說：「許心素升任一個名叫許萬福的廣東仔當領班。許萬福也學你受洗當天主教徒，向神父學葡萄牙話，像廖大肚一樣故意排擠我們閩南人，不讓我們上工，尤其是我們金閩發的人。

「等了三個月，坐吃山空，大家撐不下去都散夥。大家坐船回福建，劉香回漳州、李魁奇回惠安；楊六、楊七回長樂，楊天生在廈門下船，我先回南安縣老家住了三個月，錢都快花完了，無計可施，思量著不管你是真的捲款潛逃，或有難言之隱，你都應該會跟老家聯絡，我因此到泉州府找你。

「到你府上，大家聽我講你失蹤的事都面面相覷，鄭老先生氣得大罵你沒有出息，要是你回家一定打斷你的腿……

「三天後，我正要回南安，被你二弟芝虎攔住，要我再到你府上坐坐。我去了，竟是一個在琉求或是叫什麼大灣、福爾摩沙島遇到你的廈門人何……什麼……」

「何金定。」

「對，何金定。他轉述你被許心素陷害的經過，被葡萄牙人趕下船，在福爾摩沙幫原住民與葡萄牙人做生意；又與他合股，教他如何與西洋人做生意的方法。最後拿出十枚佛頭銀和十兩銀子，說這是你們合股生意賺的錢，依你的吩咐先拿給鄭老先生。還說你偷偷爬上葡萄牙的大帆船，要去日本一個大商港。

「你府上的手足兄弟聽了都高興地大叫，感謝神明你還活著，紛紛咒罵許心素陷害你。但是我和老先生半信半疑。鄭老先生認爲，何金定的說法如果是假的，這十枚佛頭銀和十兩銀子可是眞的，最後鄭老先生將這十枚佛頭銀和十兩銀子給我當旅費，拜託我到日本找你。

「我回南安與月娘商議，她不答應讓我單獨出門，要一家人在一起，她說不管到哪裡，只要一家人都在一起就是家，我只好帶著一家人來。我以爲到了日本的大商港長崎就馬上可以找到你，不料遍尋不著，只好先在泉州人和漳州人合資興建的福濟寺住了一個月。盤纏逐漸用罄，不得不轉向神父求助，他好心收留我們，但也只能住一個月，我打算再找不到你，月底就買船票，乘著北風南下回泉州向鄭老先生覆命。

「沒想到，就在即將要回去的當口……你，你……」郭懷一哽咽地說不出話。

我拍拍他的肩，百感交集，暗紅的餘燼閃爍亮紅火光，照亮我們的臉，我說：「這是神要我們一起奮鬥，一起打拚！」

「一官，你今天來長崎做什麼？」

我閉起眼睛，緩緩說出抵達日本以後在平戶被囚、當裁縫的經歷。

說完伸出滿是傷痕的左手，「你看，這五根指頭都快刺爛了，食指痛得無法捏住衣服就換中指，中指捏不住再換無名指，最後連小指都派上用場，還是縫不好。大拇指最可憐，其他四指可以替換，它可躲不掉，被刺得最慘。如果我有許心素說的六千六百枚銀元，我還要將手指頭刺爛嗎？」

郭懷一看著五根手指頭，將我的手翻來翻去看個仔細，「嗯！你這五根手指頭告訴我，你說的話是眞的。」

「我根本不是幹裁縫的料。」

「這個簡單，月娘可是我們鄉裡有名的快手裁縫，女紅做得一級棒，附近村莊有要嫁女兒、要縫嫁裝、裁製新衣或老人棉襖翻新，都來找她訂做。」郭懷一興奮地說：「我去澳門期間，她就在家裡開一間做女紅的裁縫店貼補家用。」

我乍見前途亮出一道閃光，翻出方形銅釦，「荷蘭紅毛商館要我找這種鈕釦縫補衣服，如果做得好，會拿到一批修補衣褲的生意，我在平戶遍尋不著這種鈕釦，才來長崎。」我搖搖頭：「我走斷了腿，連葡萄牙商館都去問過了，還是沒有。」

郭懷一拿著鈕釦端詳，拇指頭大的銅釦，經風霜歲月呈現暗黃色，還有一點銅綠，「這個用煤油可以擦亮它。」他用布沾了煤油用力擦拭，果眞將銅釦擦亮。「如果能找個木匠，將木頭刻成釦子的形狀和圖案，再刷上金漆，或許可以將就充數，你看如何？」

「行得通嗎？」

「除非你有更好的方法。」

「沒有。」我說，「就這麼辦，我只有三天時間要回覆，明天是第二天，事不宜遲，明天就回平戶找木匠。你們願意跟我回平戶嗎？」

「好！」郭懷一緊握我的手。

10 李旦與三浦按針

次日一早，我們僱船回平戶。幸運地在平戶碼頭找到修理船隻、打造船艙和家具的木匠，訂製十五顆木釦子；再去找漆料店買金漆，晚上爲試做的第一顆木釦上色，待它乾了縫上禮服，我先站稍遠一點端詳，再湊近細看。

「太完美了，簡直就是一套完整無缺的釦子。」我信心大增。

第三天中午，木匠送來做好的，不，應該說是雕刻好的十四顆木釦子，我和郭懷一忙著刷漆上色、晾乾，月娘巧手將釦子縫回上衣和袖子，縫補脫落的流蘇，細細修飾每一道小裂口。郭懷一將修補好的三件禮服掛起來，我們站著端詳一會兒，相視微笑。接下來就等卡隆下午來驗收。

「喔嗨喲！」卡隆拉開門，一腳踏進店裡突然定住，眼睛盯著三件禮服，好一會兒才轉頭看我，笑著趨近禮服這裡摸摸，那裡看看，拿起一件禮服前後裡外細細檢查，「嗯！」滿意地點頭，朝我豎起大拇指。

我和郭懷一、月娘同時鬆了一口氣，嘴角同時向上揚。

「卡隆先生，請問您滿意嗎？」

「很好，我認爲修補得很好，但還要拿給商館館長史佩克斯先生決定。」卡隆說著，手摸鈕釦：「這釦子，你……」

「這正是我要向您說明的。」我拉他的手摸另一個釦子，他面露驚訝之色：「是的，這個是木釦，我找不到這種銅釦，因此用木釦雕刻與銅釦上一樣的獅子和盾牌圖案，刷上金漆，將其他銅釦刷亮，兩者顏色幾乎一致，這樣……可以嗎？」

「啊！原來如此。」卡隆用日語說：「做得很好，我沒有問題，我趕快拿回去給館長史佩克斯先生看。」

卡隆關上門走了。我想到一件事，馬上追出去。

「卡隆！拜託你了。」我握他的手再三懇求時，將一枚銀元塞到他手中，這是我最後一枚銀元。

他訝異地瞥了一眼。

我笑著說：「請你上酒館喝杯酒，萬事拜託，幫我在館長面前美言幾句。」

他露出笑容，拳頭握緊，朝我點點頭。

看著他離去的身影，我鬆了一口氣。

轉回店裡，郭懷一和月娘站在門口不安地看著我。

「不管生意成不成，我已經不在乎了。」我拍拍郭懷一的肩膀說：「重要的是金閩發吳服店來了一位眞正的大裁縫月娘，讓我信心大增，我們的生意一定會愈來愈好。」

卡隆下午又來，身後跟著兩個高大、扛著布袋的商館紅髮館員。

「館長史佩克斯先生說縫補得很好，同意你們用木釦暫時替代銅釦，這是荷蘭商館要修補的禮服和制服，總共十二件。」他指著另一袋：「這是英國商館館長柯克斯（Richard Cocks）先生的禮服和館員的制服，總共十件。柯克斯先生看了你幫我們修補的禮服，誇你手工細緻，也叫他們的館員一起送禮服來修補。連同之前的三件，總共二十五件，二十銀元夠嗎？」他眉毛挑高抖了兩下。

我懂他的意思。

我深吸一口氣，心想，這個冬天我和郭懷一一家人確定不會挨餓了。

我還是先做一個等一下的手勢，再請月娘逐一檢視每件禮服和制服，確定有沒有能力修補。她拿著粉餅在衣服缺損處點點畫畫做記號，時而拿布料比對顏色，時而翻尋合適的縫線，最後點頭表示可以修補。

我留意到卡隆和兩名館員交換讚許的眼神，此時我才向卡隆答應接下這個工作，「但是，現在距耶誕節只剩十二天，我還要訂製木釦上色，做工繁複。」我用葡語說：「卡隆先生，我希望增加工資至二十五銀元。」

卡隆猶豫著，蹙著眉，用眼神質疑我。

我改用日語：「二十五銀元，耶誕節前一天交件，否則退還所有的錢。」並朝他眨眨眼。

「好！」卡隆先用荷語和英語翻譯了我的條件，然後對我說：「我喜歡你的工作態度，誠實信用，很嚴謹，很認眞，跟我做菜時一樣。二十五銀元成交，但是如果無法如期交件，得退還二十五銀元。」

「好的。」我說：「如果無法如期交件，本店願退回二十五銀元。」

「好，就這麼決定了。」卡隆說完，先付十銀元當訂金。

卡隆一走，我馬上拿兩枚銀元給郭懷一，「這是你和月娘的工資，先拿著。」

「不，一官，等交貨錢收齊了再付我們不遲。」他推辭著：「你還要去付木釦的錢，還要訂製更多木釦。」

「不，其他的錢我先付，沒有月娘和你及時伸出援手，我接不到這筆生意，這個冬天鐵定要餓肚子，金閩發吳服店也會倒閉關門。你們是我的及時雨，先拿去給月娘和孩子們買些好吃的、好用的。」

郭懷一噙著淚水收下兩枚佛頭銀，月娘哽咽著說：「一官，你收留我們一家，供吃供住，委屈自己睡店面，哪須再付我們工資。」

「大嫂，沒有你，金閩發吳服店就要關門，從今天起你和郭兄都是金閩發吳服店的股東，我們五五拆帳，共負盈虧，共度難關。」

❖　❖　❖

一回生，兩回熟，有了前次經驗，這回有大裁縫月娘主內專心縫補衣服，郭懷一主外找木匠配合雕刻釦子和上漆，我則張羅吃的穿的，兼跑荷蘭、英國商館報告進度，找人攀談建立交情。

第一個找的當然是卡隆，請他去酒館喝酒，我們用日語、葡語交雜地講，更多時候是用水酒在桌子上畫圖，猜對方的意思。

原來，他來日本兩年半，雖然是助理廚師，卻是商館裡日語講得最流利的人之一。

「因爲我負責採買食品，每天去菜市場跟菜販、肉販你一言、我一語就學會了。」不過，卡隆說：「重要的是要找到能教你讀跟寫的教師，才能學到正統的日語，如果娶個日本太太學得更快。」他喝口酒，笑著說：「我一年前娶了一位日本太太，三個月前生了一個兒子，每天在家都用日語，當然進步神速。」

「恭喜你喜獲麟兒。」我舉杯向卡隆祝賀，「來乾一杯。」

「我明白您說的，只是要我娶日本女人？太難了吧！」我搖搖頭說：「想要找到能教我讀寫的日語教師，除非找得到像在澳門爲我受洗的喬治神父那樣的人，會讀書、識字還樂於親近人。」我轉而問：「平戶有沒有會講日語的天主教神父？」

「現在的幕府將軍禁止傳教，葡萄牙人從平戶被趕去長崎，這裡沒有天主教堂。信奉基督教的荷蘭和英國商館，看到葡萄牙堅持傳教兼通商的下場之後，現在只敢通商不敢傳教，沒有建教堂，也沒有牧師。」卡隆說：「指導我講道地日語的不是牧師，是一個英國人。」

「英國人？英國人會講道地的日語？」

「是的，他就是受幕府將軍封『武士』爵位的威廉・亞當斯（William Adams）。」卡隆說：「他以前是我們荷蘭商船『慈愛號』（de Liefde）的航海長，負責領航，幕府將軍除了封他爲『武士』，還將三浦半島逸見村年產兩百五十石稻米的土地、九十名農民賞給他。領航員在日語叫『按針』，他的受封地在三浦半島，日本人叫他三浦按針。」

「三浦按針。」一個外國人如何受封爵位？我聽了既羨慕又好奇，央求卡隆講述三浦按針的傳奇。

卡隆喝著酒娓娓敘說。

三浦按針是英國人威廉・亞當斯，原在荷蘭商船慈愛號擔任航海長。在西方紀年的一五九八年六月，荷蘭派遣包括慈愛號等五艘商船試航繞經南美洲火地島前往遠東的航路。三艘船在渡過南美洲末端的麥哲倫海峽時失蹤；一艘在航抵太平洋時被颱風捲走。一六〇〇年四月，慈愛號也因颱風受損，漂到日本九州島東北方的豐後地區（現在的大分縣臼杵市）。

荷蘭船隻的出現，令在日本傳教和通商的葡萄牙人感到威脅，當時的掌權者、位居關白要職的豐臣秀吉剛去世，政權由最高顧問德川家康掌握，葡萄牙人向德川家康誣指慈愛號是海盜船。德川家康半信半疑，找慈愛號船長調查。船長重病昏沉無法言語，改由航海長威廉・亞當斯代替船長，到大阪城接受調查。

威廉・亞當斯不但回答得體，而且和德川家康聊開，接連幾天奉召詳細向德川家康報告歐洲各國的國情和戰爭勝負；英格蘭、荷蘭、西班牙和葡萄牙等國爭奪海權，先後派船前來遠東發展殖民地的情形；解說慈愛號船上的航海設備，測試火砲性能，獲得德川家康的讚賞和信任，下令釋放關在大阪城大牢的慈愛號船員，移居驛館，奉為上賓。

後來，德川家康率領以江戶（東京）軍為主的聯軍，在大阪城與豐臣家族的冬之陣戰爭中，使出祕密武器，用慈愛號上的大砲發射砲彈，擊毀大阪城的天守閣，令豐臣家族嚇得提出議和，德川家康才逐漸取得日本最高統治者幕府將軍的地位，受封為征夷大將軍。

之後，又在關原會戰以荷蘭火砲得勝後，德川家康更加信任威廉・亞當斯，命他擔任幕府外交顧問，並建造兩艘歐洲式大帆船。

船建好後，德川家康在江戶獎賞他一棟豪宅，封他為「武士」，再賞三浦半島逸見村年產兩百五十石米的土地和九十名農民，再將一名江戶官員的女兒許配嫁他爲妻。

西方紀年的一六一三年，威廉・亞當斯幫助母國英國東印度公司到平戶開設商館。

「每逢我們荷蘭與英國商館有生意上的爭執時，亞當斯先生都會來調解。」卡隆說：「有一次他看到我在學日語，除了教我正確的發音，還替我介紹一名平戶醫師教我日語。」

「亞當斯先生現在住在平戶島，因爲他替英國商館帶船隊到中國和南中國海貿易。」卡隆說：「今年耶誕節，他會來參加荷蘭商館與英國商館聯合舉辦的耶誕禮拜。大廚開出了大批菜單，我可有得忙了。噢！除了亞當斯先生，你們唐人的商船隊老闆李旦也會來，他也是天主教徒，聖名是安德魯（Andrea Dittis）。」

「我也是天主教徒，我可不可以參加彌撒？」我想見傳奇人物三浦按針，也想趁機認識李旦，該是和他見面的時候了。

我沒有忘記，多年前在澳門跟大夥迎接李旦下船那驚鴻一瞥的印象，以及他發跡成爲大商人的傳奇故事。但是我也時時警惕李旦是許心素的合夥人和老闆，如果他知道我和許心素有過節，我可能遭遇不測，這也是我來平戶半年一直沒有去認識李旦的原因。

「來賓要獲得館長史佩克斯先生或英國商館館長柯克斯先生邀請才能參加。」卡隆考慮了一會兒，擠眉弄眼說：「如果你可以先帶著史佩克斯先生的禮服，讓他試穿，或許有機會獲得他的邀請。」

「卡隆，我會好好報答你。」

❖　❖　❖

我回店裡找出史佩克斯的禮服，檢查縫工是否平整細密，重新漿洗熨燙，然後帶月娘到荷蘭商館，讓史佩克斯試套衣服。

荷蘭商館是一幢七間連棟建築，三層樓高，白牆黑瓦，中間三棟有尖尖的閣樓，每棟樓都有高高的拱形窗戶，正門位於正中間的主屋。

經過門口荷蘭士兵通報，卡隆出來帶我和月娘進商館。

史佩克斯是個高大的大胖子，有個大肚腩，灰白稀疏的頭髮掛在額頭，白眉毛下一雙藍眼珠，臉頰緊繃不苟言笑。

卡隆向他指了指上漆的木釦，他點點頭說了兩句讚許的話，直到他翻看檢查漿洗潔白的禮服才面露微笑。

他套上禮服，噢！肩膀很緊，左右兩脅到腰部都很緊，史佩克斯變胖了。

史佩克斯嘆了一口氣，對卡隆比著自己的肩膀和腰部講個不停。

卡隆轉向我用葡語說：「肩膀、腰和肚子，要放寬。」

「沒有問題，我和本店的大裁縫已經看到了，回去馬上修改。」我用葡語回答。

史佩克斯瞪大了眼，向卡隆講了幾句話。

卡隆回答後告訴我，館長先生問他，裁縫怎麼不是講日語？竟然會講葡萄牙話？「我告訴館長先生，你在澳門學葡語並信奉天主教，教名尼可拉斯。館長會講簡單的日語，你可以和他講日語。」

「我是尼可拉斯，我會盡力修改您的禮服。」我用半生不熟的日語：「請您放心。現在請讓本店裁縫爲您量尺寸。」

史佩克斯點點頭，讓月娘拿著布尺丈量身材尺寸。

卡隆指著我向史佩克斯說了一長串，史佩克斯笑著看看我，說了一句話，逕自走開。

「我向館長請示，你想參加耶誕禮拜的事。」卡隆送我和月娘走出商館大門：「他沒有答應，也沒有拒絕，我認爲他想看你是否改好他的禮服再說。」

「卡隆，謝謝你。」

❖　❖　❖

耶誕節前三天，我帶著史佩克斯的禮服二度到荷蘭商館。卡隆接我進去，帶我到一間大辦公室外等候。

「館長先生和武士亞當斯先生在討論事情。」他悄聲說。

「威廉・亞當斯先生？」我輕聲問：「三浦按針？」

卡隆點點頭。

等了好一會兒，門打開，是一間有壁爐的大房間，橘藍色火焰在壁爐裡跳躍，壁爐前鋪著地毯和長條木椅，史佩克斯和一個銀髮、長臉、綠眼睛，穿著英挺軍裝的白人在喝酒。

「他應該就是人稱三浦按針的威廉・亞當斯。」我心裡想。

史佩克斯大聲和亞當斯說話，一邊讓我為他穿上禮服，十分合身，他聳聳肩，扭扭腰，不再緊繃，禮服遮掉大肚腩，顯得英挺帥氣，他的眼睛笑成一條線。

亞當斯眉毛挑了挑，說了幾句話。

史佩克斯哈哈大笑，對我用日語說：「尼可拉斯，做得好。」

亞當斯用流利的日語對我說：「這件禮服修改得很好。」

「謝謝，謝謝館長，讓您滿意是我的工作。」我先用日語致謝，再改用葡語重複一次。

「喔！你這個中國人會說葡語？」亞當斯訝異地看著我，用生硬的葡語問我。

「是的，亞當斯先生，三浦按針閣下。」我恭敬地用葡語回答：「我是尼可拉斯，在澳門受洗信奉天主，現在平戶開設裁縫店，我們有三個股東，感謝史佩克斯先生的信賴，委託本店修改禮服，增加本店的業務量。」接著，我用生硬不熟的日語再說一次。

「聽起來不像裁縫，倒像個生意人。」亞當斯哈哈笑，用葡語回答：「而且還知道我是誰。」他又用荷語講一遍，史佩克斯也哈哈大笑。

「不瞞兩位先生，我在當裁縫前的確是個商人，去過馬尼拉、巴達維亞和暹羅經商。」我用葡語說明。

「哦，聽起來經歷豐富呢，尼可拉斯，說說你在澳門做些什麼?」亞當斯問我。

我大致說了住澳門三年，向神父學葡語，以及在碼頭當領班和去南洋各港口賣布的經歷，「因爲聽同鄉說日本平戶港口是個大商港，有荷蘭、英國和葡萄牙商館，唐人也多，今年四月我來這裡開布莊和裁縫店，尋找經商發財機會。」我說：「雖然過程辛苦，但是冒險是男人的事業。」

「沒錯，冒險是男人的事業。」亞當斯直視我：「世界那麼大，新奇的事那麼多，我受不了一輩子在家鄉打魚抓蝦蟹，才到荷蘭應徵領航員。你看，我在日本找到機會，發揮自己的才能，又獲得幕府將軍的信任，促進英國、荷蘭和日本通商，對大家都有利。能做到互蒙其利，就是成功的商人。」

「能做到互蒙其利，就是成功的商人。」我突然想起這句話與「商聖」范蠡的〈大商小商論〉曰：「於己有利而於人無利者，小商也；於己有利而於人亦有利者，大商也。」所言不差。

「尼可拉斯，」史佩克斯館長往我肩膀一拍：「耶誕夜歡迎你來參加商館辦的耶誕禮拜。」

我和站在一旁的卡隆四眼相接，相視而笑。

❖ ❖ ❖

耶誕夜，我穿長袍、戴新帽，到荷蘭商館參加由商館館員暫時權充牧師主持的耶誕禮拜。這套新衣新帽是月娘和郭懷一徹夜趕工縫製的，讓我風光體面地出席盛典。

我提早抵達荷蘭商館，卡隆在廚房忙得不可開交，趁空檔我將兩枚銀元塞進他上衣口袋，他眨眨眼示意知道了。

我轉到臨時充當教堂的大辦公室，亞當斯先生正和李旦在談話，我走近聽到兩人用日語交談。

「喔！這位年輕人是你們唐人的生力軍。」亞當斯看到我打招呼，改用葡語：「喜歡冒險的生意人尼可拉斯。」

李旦轉身打量我，露出疑惑的眼神。

「我是福建來的尼可拉斯。」我趨前用葡語說：「我最崇拜亞當斯先生，這幾天都沉浸在他從荷蘭東來日本的精彩旅程，希望我的人生也跟亞當斯先生一樣精彩。」

李旦眼睛亮了，用葡語問我，福建哪裡人，在哪裡學葡語，來平戶多久？我用葡語簡略回答後，改用河洛話加說了一段在福爾摩沙幫葡船與原住民貿易的故事，李旦立時用日語翻譯給亞當斯聽，兩人哈哈大笑。

「這位有趣的年輕人眞是我們唐人的人才。」李旦說：「我竟然今天才認識他。」

「我可是敬仰李先生很久了。」我用葡語說：「下船第一天在平戶港就看到員外的鼓浪商號，讓我吃了定心丸。」

「好說，好說。」李旦笑著回答。

此時，英國商館館長柯克斯找亞當斯談話。

亞當斯一走，我和李旦馬上改用河洛話聊得更盡興，自我介紹「泉州府鄭芝龍，字飛黃，行一，家人親族叫我一官」。

我心知李旦是平戶港的最大唐商，爲了讓李旦對我有好印象，以漢人的習慣尊稱他爲「員外」。

在我的家鄉，員外是指擁有大批田產、商號的地主富翁。同時也再次提醒自己，他和許心素的關係非比尋常，有關澳門和馬尼拉的事帶過即可，聊天時我用笑聲掩蓋忐忑不安的心。

耶誕禮拜開始，由一位熟悉宗教儀式的荷蘭館員主持，他用荷語和英語雙語帶領禮拜。我第一次參加基督教的禮拜儀式，程序雖與天主教不同，但大同小異。

禮拜結束後，亞當斯先生身邊圍滿了人，賓客爭相以與他談話爲榮。

我正與李旦拱手道別時，「嘿！尼可拉斯。」亞當斯排開衆人走向我，「你不是要學日語嗎？

我給你介紹個好老師。」

跟在亞當斯身後的人站出來，「啊！」我和他同時驚呼，緊握彼此的手。

「咦？」亞當斯一臉狐疑。

「嗯？」李旦眼珠滴溜溜地轉。

「田川大夫，好久不見。」我用生硬的日語說。

「一官桑，你好，看起來很有元氣。」田川蒼龍拍拍我的肩膀，對李旦說：「前年臨時到您船上當船醫，從澳門到馬尼拉航程中認識一官桑，他是漢方藥鋪小老闆，懂很多漢藥材。」

「一官，你還懂漢方藥材？」李旦驚呼。

「不瞞李員外，我幫舅舅的商鋪料理轉運漢方藥材，爲了清點貨品是否齊全和轉賣到南洋，不得不認識藥材，其實我也是門外漢。」我趕緊用河洛話澄清：「不是藥鋪小老闆。」

李旦點點頭。

「看起來，你們都認識，不用我多介紹。」亞當斯向我舉了舉杯子說：「田川醫生是個好老師，他也是那個荷蘭廚子的老師。」

❖　❖　❖

此後，我每逢三數日（三、六、九、十二日……）到田川大夫的診間幫忙一天，沒有病患的空檔，田川教我日語和讀寫。

我發現日語許多發音和河洛話相似，我有漢文底子，學寫平假名或片假名都不是問題，而且還發現很多有趣的文字差異。

「大丈夫」一詞在漢文是指有氣概、有擔當的男子漢，在日文卻是「沒有關係」的意思，就像在路上被人踩到腳或撞了肩，一句「大丈夫」表示不追究、算了，確實有大丈夫不拘小節的氣概。

「娘」是指母親或女性長輩，例如姨娘，在日文卻是指女兒、少女，一下子從母親變成女兒，我使用起來怪彆扭的，不過解釋為未婚的少女「姑娘」也說得通。

諸如此類同字不同義的漢字和日文差異，讓我覺得樂趣無窮。

田川大夫四十歲，有個十六歲女兒。他曾經生養三個子女，前兩個都早夭，獨存么女，故視爲掌上明珠，極爲疼愛。

「一官桑，我內人五年前罹病遽逝，令我措手不及，我是一個大夫，以前救不回幼子、幼女，後來救不了妻子，是我心中永遠的痛。因爲當時缺少人蔘、雪蓮等藥材。」田川大夫有一天說：「如果你有能力，應該做漢方藥材買賣，既能救人又能賺錢。」

「平戶和長崎都有中藥鋪，本地也出產各式草藥等漢方藥材，應該不缺藥材才是啊！」我提起：「鼓浪商號也有進口漢方藥材。」

「李旦船隊進口的數量不多，品項亦不齊全，而且藥材太貴，他主要是銷去南洋。即使同一種藥材，本地藥效與唐山的也不完全一樣。」田川大夫說：「就拿補中益氣的人蔘來說，日本北方也出產人蔘，但與滿洲、朝鮮的人蔘功效相去甚遠。」他又說：「如果能從唐山多加批購漢方藥材，降低售價，才能嘉惠平民。」

❖　❖　❖

金閩發吳服店因爲接了荷蘭和英國商館的生意，不但得以撐過寒冬，加上李旦和田川大夫的介紹，以及月娘的好手藝，裁縫店生意蒸蒸日上，去年四月帶來的五十四布只剩零星碎布，不得不先向日本布莊買了些本地花色應急。

「如果能從唐山批布，價格一定比在這裡買便宜。」郭懷一摸著棉布嘆息著。

「這裡的綢緞都是用唐山進口的生絲再織布，太貴了。」月娘拿出綢緞：「我們的花色也比這裡的多樣和漂亮，如果能直接買布來賣一定有利可圖。」

「田川大夫說，漢方藥材的生意在平戶有利可圖。」我想起田川大夫的建議，以及在舅舅黃程店裡料理藥材的那段時光，令我摩拳擦掌，躍躍欲試。

我們討論了幾天，我決定正式跨足布匹和藥材生意，但初期不能跟李旦進口的品項打對臺，特別列出一張清單，避免採購李旦進貨的品項。

我傾所有積蓄，派郭懷一搭三月北風結束前最後一班李旦的福船，南下回泉州買棉布、綢緞和漢方藥材，兼回家鄉報平安，再搭五月南風吹起的第一班船北返平戶，同時叮嚀郭懷一：「回泉州，除了我家人，不要提到我的名字；也叮囑我家兄弟，勿對外人提起，別忘了許心素在福建有眼線。」

五月中旬，郭懷一除了帶回綢布和漢方藥材，同時帶回我泉州老家幾則消息。第一是，何金定去年十月出發去福爾摩沙前，曾到鄭家打聽我的消息，並向鄭老先生道別，並說如果今年的鹿皮交易有賺錢，六、七月會送來給鄭老先生；第二是，許心素曾派人到泉州打探我的消息，四處放話我欠他六千六百兩銀子；第三是，萬曆皇帝殯天，繼位的天啟皇帝頒布的禁海令比以前更嚴格。

「何金定言而有信，值得信賴，日後有機會一定要再找他一起做生意。」我和眾人聊起和何金定認識的過程，回憶我在福爾摩沙那一天一夜的見聞，「我原來只是想試試看，沒有想到何金定不但聽進我的話，真的用西洋數字和葡萄牙人做生意，還有結餘分紅，甚至幫我帶口信回家，真是太感激他了……」此時，楊嫂來了，手牽楊星、楊亮，她身後跟著一個男人抱著楊蘋，我定睛一看竟是楊耿。

「一官呀！感謝你去年冬天伸援手，救活楊亮和妹仔。」楊嫂哭著將兩枚銀元塞給我說：

「這是向你借的錢，如果當時沒有你，他們兄妹早就……」

「楊兄！」

「一官！」我和楊耿驚訝地手把手相擁，楊嫂看傻了眼。

「一官，原來是一官救了犬子、小女，我不知道該如何報答你。」楊耿放下楊蘋，單膝下跪。

「楊兄請勿多禮，我只是略盡棉薄之力，舉手之勞而已。」我趕緊扶起楊耿：「當時因爲急著去長崎，無暇陪楊嫂帶孩子就診，感到慚愧。」

「如果沒有您的舉手之勞，我這一家老小全都病死、餓死。」楊耿說著又下跪磕頭。

「楊兄，去年如果不是楊嫂救我，我也沒有今天。」我也跟著下跪：「請楊兄勿再多禮。」

郭懷一和月娘看我和楊耿跪來跪去，扶起我和楊耿問明原因之後，郭懷一說：「大家都是出外人，互相幫助是應該的。」

「一官的大恩大德，我一定會報答。」楊耿問：「只是，你去年四月來平戶，怎麼沒有來找我？」

我躊躇一番，看著楊嫂和孩子，我認爲，這次救了楊耿的子女，他應該值得信任，不會出賣我，才緩緩說出與許心素的恩怨情仇。

郭懷一也說出我們在長崎相遇的經過。

「眞是老天有眼，好人有好報，一官與許爺的恩怨，我一定閉口不談。」楊耿放開握著我的手，單膝下跪並改口：「一官爺，以後有需要我的地方，我一定鼎力相助！」

「楊兄請起，請起，一官愧不敢當。」

「好了，兩位都起來吧。」郭懷一拉著我和楊耿的手，「今後大家是兄弟，同甘苦，共患難！」

「好，大家一起同甘苦，共患難！」楊耿和我齊聲說，楊星、楊亮、楊蘋也高興地和郭杏、郭桐手拉手，學大人邊說邊喊叫：「同甘苦，共患難！同甘苦，共患難！」惹得楊嫂和月娘在一旁拭淚。

❖　❖　❖

金閩發商號跨足漢方藥材販售，眞是做對了！除了大受平戶唐人歡迎，漢方藥材銷路暢旺，吳服店很快就不敷使用。我租下吳服店隔壁店鋪開設漢方藥鋪，命名爲「金閩發漢方藥材店」。

我認爲，納百川而成大海，我開店不是只爲了做唐人的生意，必須要做本地日本人的生意才能生根，必須兼做替病患抓處方籤藥材的生意，才能獲得日本居民的信任和打開銷路，因此我持續在田川大夫診室幫忙，學日語兼學醫理，以及學會漢方藥材的日語講法。

幾個月後，除了專做田川大夫的處方籤，加上有田川大夫的口碑舉薦，許多本地日本人都會到金閩發漢方藥材店抓藥，甚至對岸本島九州的日本人也專程乘船到平戶島購買藥材。

為了更了解藥材和藥性，我要郭懷一回泉州時，幫我買幾冊我在澳門看過的漢方藥典，包括《神農本草經》、宋朝的《圖經本草》、魏晉的《名醫別錄》和本朝李時珍的《本草綱目》，我得閒就翻閱，並與有進貨藥材相互印證其外觀和藥性，倒也自得其樂。

吳服店則全交給月娘經營，郭懷一忙著料理兩家店的事務，定期跑船回閩南補貨。每回有新進漢方藥材，我都會包一份名貴的藥材親送李旦，聯絡感情。

因為舅舅黃程說過：「站在勢力大的那一邊，就能賺錢。」這句話常在我耳邊響起，李旦是平戶和長崎最大的唐商，我當然要站在他那邊。而且，我相信將來如果有機會扳倒許心素，透過李旦是最快的捷徑。

11 一見傾心田川松

忙碌中，時光如白駒過隙，一年半載稍縱即逝，我來平戶已兩年有餘。金閩發吳服店有月娘精湛手藝和楊嫂當助手，發展成平戶最好的女紅裁縫店和最大的布料批發商；金閩發漢方藥材店不但是平戶最大，也是九州最大的漢方藥材商號，我和郭懷一一家人終於脫離苦難的日子，開始嘗到小富商的滋味，讓我們有能力在每逢五數日（五、十、十五、二十日）聘請卡隆教我們荷蘭話。

荷蘭商館廚子卡隆靠著一口流利的日語，已晉升初級商務員，不用整日爲料理三餐在廚房裡忙碌。

「一官，你努力學日語兩年，說讀寫與倭寇無異，我們有兩間店鋪，日子還過得去，何苦還要學荷蘭話？」郭懷一抱怨：「我嘗過葡萄牙文的苦頭，不想再學荷蘭話。」郭懷一家鄉曾遭受倭寇侵擾，有父執輩親人被殺，心中仍怨恨日本人，稱之倭寇。

「多學一種話，多一分力量。」我說：「我在福爾摩沙真的體會到它的力量，你想想，好比你、我從澳門媽宮碼頭一無所有的挑夫，到現在立足平戶開兩家店，不是靠著講西洋人的番仔話、講倭寇的日本話？」

「唉！你講的是沒錯。日語和日文好學，東洋文字到底來自漢文，但是看到像蚯蚓似的拉丁文，我的舌頭就打結，聲音都發不出來。」郭懷一欲言又止，歪著頭想了好一會兒：「但是，如果你堅持要學，我就陪你去吧，我是陪你喔，陪公子讀書，不要期望我能像你講得一樣好。」

「好，感謝郭大爺捨命陪小的學荷蘭文。」我說：「你只要敢開口，就會學得好，學多久算多久，我相信將來必定有用處。你想想看，在福爾摩沙的何金定，不會說葡語，只會寫西洋數字，也能和葡萄牙人做生意賺錢，要是會說能寫，豈只如此！」

「是。」郭懷一起身打躬作揖：「一官大爺，小的一定捨命陪君子。」

如此，我和郭懷一在三數日和田川大夫學日文，五數日跟卡隆學荷文。

我和郭懷一都學過葡萄牙文，有拉丁字母的基礎，學荷蘭文字比較容易上手，但是荷語的講法卻讓我們覺得艱澀困難。

例如，漢文說：我、要去幫忙、我娘。

荷語卻要講成：我、我娘、要去幫忙。

問句時，漢文是：你、有說過、要幫忙、我娘嗎？

換成荷語是講：有說過、你、我娘、要幫忙嗎？

我和郭懷一常爲了該把哪一個詞放前面傷透腦筋，後來決定先跟著卡隆學講話，等練到聽得懂再開始學讀荷文。

每當我學荷文遇到阻礙，心煩意亂不想學時，就會想起「多學一種話，多一分力量」這句話，同時許心素的身影浮上心頭。

他，到底是我的恩人還是仇人？

❖　❖　❖

有一天，田川大夫外出看診，診間來了一位嬌小的日本姑娘。

「你好。」她朝診間裡看看，似乎在找什麼，嬌俏的臉龐和一雙黑白分明的大眼，髮絲在纖柔細白的頸項擺動，像青綠的絲瓜嫩藤在春風中搖曳。

「田川大夫出診，要一會兒才回來。」

「你是，一官桑？」她笑著說：「我來找我父親，田川大夫。」*她笑起來右頰有淺淺的

---

*田川松之父為平戶武士田川七左衛門。此為劇情安排。

酒窩，露出潔白的牙齒和小虎牙，梳起瀏海的額頭圓滑光亮。

「啊！」我拍了額頭，恍然大悟：「原來是松小姐，請坐。」我請她進榻榻米診間，她以跪姿坐下。

我看她看得發呆，她只是淺淺地笑著，直到我發覺自己的窘狀，連忙起身倒杯茶待客。

「常聽田川大夫提起松小姐，沒想到你，你那麼可愛……明亮……燦爛……奪目。」我一時舌頭打結：「難怪，難怪……田川大夫在船上心急著要回平戶。」

「我也常聽父親提起一官大哥，父親說你很上進又勇敢。說你懂漢文，學日語比西洋人快又好。」

「哪裡，哪裡，過獎了，是田川大夫教得好。」我說：「從三年前在海上認識田川大夫到現在，都受田川大夫照顧，不知該怎麼報答。」

我們就這樣聊著聊著，慢慢地從客套話聊到她和田川大夫相依為命的日子；我在澳門碼頭到南洋的海上生活；在福爾摩沙幫西拉雅人用鹿皮向葡萄牙人換更多好東西；到平戶開吳服店，左手五根手指頭被針刺爛差點倒閉，窮途潦倒之際幸逢郭懷一一家人才起死回生的過往，讓她聽得又笑又紅眼眶，一直說到我聽了田川大夫的建議，金閩發跨行賣漢方藥材的經過。

「我早就聽說一官是大裁縫，我也曾向父親說我想學裁縫。」

「沒問題，我可以教你。」

「不是一般縫補的女紅，是真正會量身裁衣的裁縫。」

「這個我就不行了，我只是個半路出家的裁縫，但是我可以請月娘教你。」我聽到開門聲：「田川大夫回來了。」

當天，我帶田川松到金閩發吳服店見月娘，月娘兩眼瞟呀瞟地，似乎看穿我的心事，挽著田川松說：「你已經有刺繡縫補的基礎，學裁縫很快就會上手，但是要常常來，最好是天天來。」

此後，我和田川松天天見面，不是在裁縫店就在田川大夫的診所，她那窈窕的身形，甜美的臉蛋，輕柔的嗓音，讓我陶醉在春風裡，想起母親尚未臥病以前懷抱我的溫柔，想到二娘初到我家的嬌羞模樣和俊俏風采，通通集中在田川松身上。

有一天，田川家有親戚來，田川松留在川內浦家中待客，一日不見她，我竟整天無精打采，悵然若失。

田川大夫倒是精神奕奕，跑到中藥鋪見我就嚷著：「一官，快跟我去荷蘭商館。」

「商館有人生病？」

「不是。」田川大夫從我桌上抓了文房四寶放進出診箱，我看到裡面還有一本人體器官和經絡圖，「前幾天荷蘭商船載來一名荷蘭船醫，聽說醫術精湛，藩主松浦隆信邀請他教授醫術，我們去看看荷蘭醫學如何進步。」

荷蘭商館後方倉庫的隔壁是一間存放雜物的小倉庫，屋外站滿了人，個個交頭接耳，神情興奮。

李旦和「三浦按針」威廉・亞當斯正陪著一名日本大官模樣的人在講話。大官四周站著多名帶刀侍衛，手按在刀柄上，眼神炯炯注視到場的每個人。

我正要走向前向李旦和亞當斯請安，此時小屋門打開，荷蘭館長史佩克斯大踏步走出來，鞠躬並邀請日本大官進入，然後是亞當斯和李旦，我隨著田川大夫走進去，一股嗆鼻怪異的味道撲鼻而來。

屋內靠牆的一側左右各有一張長桌，白布覆蓋桌面，白布下隱隱然有凹凸不平的物體隆起。兩桌中間站著棕髮藍眼、高大瘦削、年約三十歲的荷蘭人和卡隆，兩人正低聲交談著。

卡隆前面一步之遙到門口之間，排了四排椅子。

第一排坐著來自長崎和平戶的大夫，田川大夫拉著我坐第一排。

日本大官和李旦等人坐第三排。

卡隆對我眨眨眼，眼神往左右兩邊飄呀飄，露出詭異的笑容。

荷蘭館長史佩克斯站到前方致詞：「歡迎平戶藩主松浦隆信、武士三浦按針蒞臨，荷蘭船醫尙貝格（Casper Schamberger）先生，將爲各位來賓揭開荷蘭醫學近年的研究成果。」聽到平戶藩主松浦隆信的名號，我心頭爲之一震。

船醫尙貝格透過卡隆翻譯說，荷蘭和歐洲各國近年致力擺脫巫術醫療或古老的偏方治療，發現明瞭人體構造是治病的開始，因此首先要講解人體的構造。

尙貝格說完，掀開白布，赫然是赤裸裸的紅頭髮荷蘭男人和黑頭髮日本男人屍體各一具，刺鼻的藥水味更濃烈。

接著，尙貝格居然要求大家站到桌旁圍觀，他將剖開的胸膛皮膚拉開，露出心臟，「你們看，荷蘭死者和日本死者的心臟都在同一個位置。」

我感到一陣噁心，幾乎快吐了。

松浦隆信也是眉頭緊蹙，表情不悅。

「人體構造是醫生們的事。」三浦按針威廉・亞當斯見狀立卽說：「藩主閣下，我想就讓醫生們去忙吧，您請外面坐坐。」

平戶藩主松浦隆信掩鼻快步走出屋外，李旦也快步跟上走出去，我跟田川大夫比比手勢，趕緊隨著李旦走出屋外。

松浦隆信快步走出戶外，深呼吸大口換氣，臉上才露出笑容。

我向前「咚」地一聲下跪，朝松浦隆信磕三個響頭：「小民鄭一官，三年前隨葡萄牙船來平戶，因隨身帶有天主聖像被捕，感謝藩主相救。」

「抬頭，我看看。」松浦隆信看了我一會兒說：「原來是你，我想起來了，你詩歌唱得很好。起來吧。」

松浦藩主問我目前狀況，我將來平戶三年的經過簡略稟報。

「喔！尼可拉斯也曾經下獄，跟我來日本的時候一樣。」三浦按針威廉·亞當斯用流利的日語開玩笑：「看來，日本人都喜歡抓外國人關起來。」說得大家哈哈大笑。

「稟報藩主。」李旦說：「上一次您服用的養生漢方藥材人蔘、黃耆就是鄭一官進獻的。」

「喔！是這樣嗎？」松浦藩主點頭說：「太好了，兩個月後我要去駿府朝見大御所（指德川家康，大御所在日文裡意指權威、泰斗，或對攝政王父親的尊稱或親王隱居所），正想找名貴的漢方藥材做爲貢品，今天找李旦來就是爲了此事。既然鄭一官也做漢方藥材生意，那就由李旦和鄭一官負責貢品，一定要挑選最好的藥材進獻給大御所。」

「是！」李旦領著我向松浦隆信鞠躬受命。

❖　❖　❖

平戶藩主松浦隆信率領的朝覲團陣容龐大，除了平戶地方官員，還包括英國商館、荷蘭商館和唐商代表。

英國商館準備了宮廷風味的自鳴鐘做爲禮品，加上有英國同胞、武士三浦按針同行，館長柯克斯因此顯得老神在在。

荷蘭商館備妥精美木屐、最新火槍，並有醫術精湛的荷蘭醫生尙貝格隨行，準備向退休的幕府將軍、大御所德川家康介紹荷蘭醫學的最新發展。爲了便於向大御所德川家康解釋荷蘭醫學和醫術，除了通譯卡隆，田川大夫也應邀同行，陣容龐大。

荷蘭館長史佩克斯，記取上一次船醫尙貝格用泡福馬林藥水的眞人屍體講學，嚇跑觀衆的教訓，同時爲了顧及攜帶和解說方便，消除聽講者的恐懼，荷蘭商館特別訂製一具眞人大小的人形木偶，眼、耳、口、鼻、五官俱全，關節和四肢可以靈巧轉動，頭、胸、腹中空，內置大腦、心、肺、脾、胃、腎、肝及小腸、大腸等器官，分別漆上紅、黑、藍、黃、綠色，胸部和腹部還包覆一層可以掀開的皮革當做皮膚。

待尙貝格要講解人體解剖學時，只要揭開頭蓋骨，就能展示腦髓和耳朵內部構造；或掀開腹部的皮革，再打開腹部外蓋，體內臟器卽一目了然，沒有刺鼻的福馬林藥水味，重量輕、好運送又不會腐敗。

館長史佩克斯得意揚揚地說，待尙貝格講解後，要將此人體模型當做禮物送給大御所；並且正名，稱荷蘭來的醫生尙貝格爲「蘭醫」，此前他因隨船渡洋東來，在船上看診治病，而被稱爲船醫。

李旦是平戶唐商代表，我是隨行人員之一。

李旦準備一株產自南洋的血紅珊瑚樹，再聘福建的巧匠，在樹梢用白貝殼做了六隻白鶴，分別做出停降、棲息或飛離狀，栩栩如生，精巧奪目；另囑咐我準備蔘齡二十年的老蔘六條、黃耆、當歸、蓮子、薏仁等補氣、補血的漢方藥材，還有十兩重的碩大靈芝。

我看著兩竹簍的漢方藥材禮物，內容物雖然貴重，外觀卻顯得小氣寒酸，我自作主張見店鋪裡有什麼就裝什麼，山藥、蟬蛻、三七、老薑、枸杞再裝滿一簍。

再請月娘趕工，製作精美的紅色絲絨布襯底，再鋪上藥材；製作精美木盒三個，一樣用紅絨布襯底，每兩條老蔘裝一盒，彰顯藥材的高貴和稀有。

「嗯！好、好、好。」李旦看完後，滿意地點頭讚許：「這樣氣派多了，一官，很好，很好！」

「呵咾甲會觸舌！」郭懷一在李旦離開藥材店之後跟我說：「李朝陽對你呵咾甲會觸舌。」這是一句家鄉的河洛話，形容稱讚、誇獎到舌頭連續發出「嘖嘖」聲。

❖　❖　❖

八月中旬，南風送暖，朝覲團一行從平戶島搭船啟程，從下關和九州之間的關門海峽進入周防灘（灣），但不走本州與四國之間的瀨戶內海，而是沿著九州與四國之間的水道繞到四國東岸再往北，預計第三天晚上抵達駿河灣，第四天一早前往駿府，晉見大御所德川家康。

船行大海，除了船員水手忙著幹活，乘客有的是時間。

航行中得空，我就找日本通三浦按針問個不停。

他向我講解本州、四國、九州之間的航路，還說九州和四國之間瀨戶內海中靠近德島的明石海峽，由東向西有幾個湍急漩渦，不熟悉航路的船隻靠近漩渦，不論船隻大小都會被捲入吞噬，此行爲了安全起見，寧可繞遠路。

三浦按針說，日本各地諸侯有互易人質，確保不互相攻伐的習俗。德川家康年幼當人質，從七歲到十九歲都住在駿府，長大成爲征夷大將軍之後，仍懷念在駿府的歲月，於是大興土木築駿府城。

待駿府城完工後，就將大將軍位子傳給長子二代將軍德川秀忠，自己隱居駿府，「他雖然退休，將政權交給秀忠，但秀忠還是聽他的話行事。家康雖然外表嚴肅，但十分開明又講道理，私下還很有幽默感，退休後更隨和了。」

我心想，如果以中國的歷史做例子，家康是太上皇，就像宋徽宗讓位給欽宗，不同的是家康還是握有實權的太上皇，難怪各地諸侯都要去駿府朝覲，日本臣民敬稱他爲大御所。

「武士大人，我很好奇，您是英格蘭人，爲什麼會去荷蘭的船上工作？」我問。

「我說過，不想在家鄉打魚過日子。」三浦按針說：「大概一百年前（一五二一年），葡萄牙人派船到東方的香料群島（今印尼摩鹿加群島）購買香料，運回首都里斯本販售賺了大錢，並且發現東方除了香料群島，往西的滿剌加（今麻六甲）、往北的暹羅（今泰國）、占城（今越南中部）、中國、日本三島，還有絲綢、瓷器、鹿皮等很多東西可以轉運貿易，當時的東印度專家林斯豪頓（Jan Huygen van Linschoten）寫出三冊《東印度水陸誌》，大受歡迎，激發更多人想來東方冒險，尋找商機，我也是看了其中一本書，心生嚮往。」

三浦按針邊說邊攤開一張西方海圖比畫著。

他說，荷蘭商人見香料有利可圖，除了駕船去里斯本，向葡萄牙人購買香料轉售歐洲各國賺錢之外，也想追隨葡萄牙人的腳步，直接派船到東方尋找貿易機會，「我就是在這個情形下到荷蘭的船公司工作，在慈愛號擔任航海長。我當年奉命從南美洲繞道到東方，同時有五艘船結隊出發，途中遭到暴風雨襲擊或觸礁，四艘陸續沉沒，最後只剩慈愛號漂到日本。」

我看著西方的海圖著迷，又問：「為什麼您的荷語講得那麼好？你們西方來的人，都會講好幾種話？」

「因為英格蘭語和荷蘭語本來就很相近，同一種語系，不難學。」三浦按針在海圖上指著英格蘭、荷蘭和往北的波羅的海沿岸，「還有漢薩同盟（Hansa）的關係。」

他說，兩百年前從葡萄牙里斯本到英格蘭、荷蘭和往北的波羅的海沿岸將近一百個貿易城市，組成漢薩同盟，保障同盟城市所屬商人，可以自由貿易，並繳比較少的關稅，甚至免稅，以促進貨物販運，因此沿海城市的商船都會到各國港口載貨、卸貨，日子久了，船員水手自然會說一些其他國家的話，有時候還會混合著講，因此大家可以溝通。

「難怪我在澳門或馬尼拉，遇到葡萄牙、西班牙的商船，兩國的水手都能對話，還能吵架呢！」

「在我們那邊，水手會混著葡萄牙、西班牙、荷語和英格蘭語一起講。」三浦按針指著海圖北邊，「如果船比較常去北邊的波羅的海，則會將荷語、德意志甚至俄羅斯語混著講。」

我聽著那麼多國家的名字，看著海圖出神，心想：「這是多麼神奇的世界，原來世界那麼大！」

「不過，因爲大家都往東方來了，參加漢薩同盟的城市愈來愈少。」三浦按針指著英格蘭島說：「漢薩同盟原來在英格蘭倫敦港設一個很大的商站，稱爲鋼院商站（Steelyard），有自己的碼頭和倉庫，漢薩同盟最興盛的時候，還曾經由倫敦鋼院借錢給英格蘭國王。但是在我出發來東方的那一年一月（一五九八年），我們的女王伊莉莎白一世，因爲和西班牙作戰，下令逮捕、沒收和西班牙做生意的六十艘漢薩同盟商人的船，還關閉了倫敦鋼站，嚴重打擊漢薩同盟。我聽說，漢薩同盟最近這幾年逐漸沒落了，各國的船都往美洲、非洲和東方來了……」

三浦按針看著海圖自言自語，愈說愈小聲，是在感嘆漢薩同盟逐漸凋零，抑或回想起他二十年前來日本之前的年少時光？

「原來如此！」我恍然大悟，原來西方國家不光是船堅砲利，海上貿易已經如此發達，各國人民往來密切，猶如以前宋朝、元朝時期，海上貿易昌盛，泉州還設有市舶司。相較大明朝，片板不許下海的嚴格禁海令，阻擋了南方廣州、潮汕和廈門港商船，北上和浙江、蘇州、山東青島、直隸天津各港口做生意的機會，也扼殺貿易商販生機。

「尼可拉斯，你們的皇帝爲什麼不許我們去做生意？」三浦按針問我。

「因爲這一百年來，發生好幾次日本海盜侵入我們大明國沿海城市打家劫舍的事件，甚至還攻到內陸城市。大明朝的官兵打退日本海盜，可是沒幾天日本海盜又捲土重來，或跑去打劫另一個城市，像蒼蠅一樣消滅不盡又趕不走，皇帝才下令封鎖沿海港口，還下令所有人民『片板不許下海』。」我嘆口氣說，「結果日本海盜一樣來騷擾，卻苦了原來出海做生意的平民百姓，不能出海，生計無著，只能冒著被殺頭、砍斷手腳的危險，偷偷摸摸出海捕魚，以及和你們做生意，也連帶影響你們不能跟我們大明國正大光明地做生意。

「還有，語言不通。」我繼續發表我的看法，「你們來了，我們的官老爺要你們的船長、水手磕頭和跪著說話，你們拒絕磕頭，只願握手和站著講話，雙方禮節不同，加上語言不通，大家話不投機就打起來了，怎麼做生意？」

「原來如此，原來如此。」三浦按針高興地拍手擊掌說：「沒錯，沒錯，語言不通是一個重要因素。我們需要中國通事（翻譯），像你和Andrea Dittis（李旦），既通曉漢文又會荷語，但是……信任，但是……」他時而搖頭時而點頭，說了一句：「再說吧！」他朝我點頭致意，拉起披風包住身體，逕自走開。

❖ ❖ ❖

有時候我找卡隆聊天。

他用日語教我荷語，我用日語教他簡單的河洛話。

他說，蘭醫尚貝格不是荷蘭人，其實是克森邦人（現今德國境內），尚貝格少年時在一個叫萊比錫的城市向外科醫生巴赫特（Christph Bachert）拜師學醫，二十歲通過醫生資格考，就到荷蘭東印度公司工作，上船當船醫，或到東印度公司各地商館看診。

「老實說，他說的荷語我有時候也聽不懂，但是他很厲害，他說人死後，只要解剖死者就可以知道死因。」

「人都死了，知道死因也救不回來，有什麼用？」我說。

「說得也是。」卡隆大笑，「不過，尚貝格說，知道死者的死因是研究醫學的第一步，讓以後的人不要死於同樣的病。解剖要救的是其他還活著的人跟後代子孫，不是爲了死者，這是一切醫學的基礎。」

「原來如此，我對尚貝格和蘭醫們更加敬佩。」我恍然大悟：「尚貝格不僅要救眼前的病人，還要救後代、救蒼生，他看的是更高更遠的未來。」

❖　❖　❖

李旦在出發後第一天晚上受風寒，輕微發燒，我抓些退燒溫補的藥材，煎了湯藥讓他喝下，他躺在船艙休息，精神好些時才會上甲板走走，有時也會來湊一腳，聽我和卡隆在聊什麼，聽到我們日、荷、河洛話交雜著講，一會兒搖頭，一會兒又很有興致地加入我們的行列。

「李員外，」我向李旦拱手請教：「您的荷語和葡萄牙話都非常流利，是不是有訣竅？」

「發音和模仿。」李旦拍著我的肩說：「一般港口商人只會模仿音調，猜測意思，時而講對了可以溝通，就自認精通，其實是牛頭馬嘴亂湊一通。真正重要的是要學拉丁字母的發音，抓到發音要訣，很快就可以掌握他們的拼音文字。學日語也一樣，就我的觀察，你做得很好，葡文不但會講還會讀，這就對了，荷蘭文也一樣，你聰明機靈又好學，繼續這樣學下去就對了。」

「多謝李員外指教。」

「我在澳門有一個徒弟兼合夥人許心素，葡萄牙和西班牙語講得好又會讀，可以跟西洋番仔簽契約，所以負責我在南洋的事業。」聽到許心素的名字，我心生警戒，默然不答話。

李旦抬頭，看著收起翅膀停落在帆架上的海鷗，忽而嘆氣：「唉！但是我在廈門的兒子什麼都不想學，我正擔心後繼無人，沒人幫我照料東洋的生意。我很欣賞你，如果有緣，我們可以一起做生意，不知你意下如何？」

「啊！」我一時受寵若驚，不知該如何回答，因爲他所說的一起做生意，沒有明講是邀我入股或要我當他的夥計，我只得先拱手鞠躬，一面尋思該如何答話，「自從一官到平戶島，受員外照顧，承蒙員外不棄嫌，若能爲員外效力軍前，一官盡心盡力，萬死不辭，只是……」

「有話，但說無妨。」

「只是，古人說，成家立業，小人現在只是混口飯吃，還沒成家，還稱不上成人，可能承受不起員外的厚愛，不知能爲員外效勞什麼？」

「嗯，一官勿妄自菲薄，你知書達禮，兼通曉日、荷、葡語，又能以西洋數字計算，是不可多得的經商人才，需要用到你的地方太多了，不過你的顧慮亦是事實。」李旦圓圓的臉微笑著看看我，眼瞇成一條線，「也是啦，古人造字，家中要有女人才『安』定，一官是不是有心上人？」

我想到田川松，臉上一片熱。

「一官是兩間店鋪的少東，想成家綽綽有餘，只欠有人幫你提親合媒。」李旦捻鬚而笑：「一官若不棄，我就來當個東風使者吧！」

此時，「噹！」船首敲鐘，三浦按針大喊：「駿河灣到了。」

我和李旦不約而同抬頭看前方。

船緩緩駛進港口，夕照下駿河灣出現一座白頭山倒影，山形像倒扣的碗，只有山頂一圈白。

「好美！」我看得出神。

「這就是幕府將軍退休後進駐駿府的原因。」三浦按針在甲板眺望景色。

「這是什麼山？」李旦問。

「富士山。」三浦按針回答。

12 小裁縫見大御所

次日一早，朝覲團從驛站出發，沒多久就看到白牆黑瓦綠屋頂的駿府城矗立在遠方，背景襯著富士山。

我走到城邊才驚覺，有綠屋頂的天守閣看似近，實是遠。三道護城河層層環圍駿府城，護城河邊宮室的地基石牆高聳，長廊迤邐蜿蜒，呈長方形環水而築，端正莊嚴，整齊肅穆。

第一道城門口有穿甲冑佩刀的武士守衛，到處飄揚三葉葵旗幟，三葉葵是德川家康的家徽。

騎馬的三浦按針下巴抬了抬，我順著他示意的方向抬頭往城牆上看，箭垛的守兵除了背弓佩箭，手上還多了一把火繩槍，這是三浦按針引進並牽工匠開模製造的得意之作。我朝他豎大拇指，兩人相視一笑。

進入城堡後是一片廣大的空地，侍衛官過來牽馬，引導大隊人馬列隊，再穿過第二道護城河進入內院。內院花木扶疏，石板步道旁種植高大挺拔的松樹，周圍種楓樹。

朝覲團被帶到一處鋪著榻榻米的大房間休息，房屋轉角掛著畫有三葉葵圖案的燈籠。茶几、窗櫺、瓦當都有三葉葵徽紋。

一盞茶的工夫，侍衛官傳令覲見。

平戶藩主松浦隆信和武士三浦按針爲首，率隊走過第三道護城河，我才看清楚最高的天守閣是一座七層五簷式建築，下方兩層大堂沒有屋簷，堂外有紅欄杆，七樓頂的天守閣披綠瓦，十分醒目，閣樓內有士兵駐守瞭望戒備。

一行人被引導到一間大堂，堂內潔淨素雅，木地板擦得光亮，呈馬蹄形擺了九張茶几，中間爲首的方形茶几又寬又大，几上擺放一盆松枝與劍蘭的插花，茶几後方牆壁中央有巨大的三葉葵木雕圖案。

松浦隆信和三浦按針分坐首席茶几兩旁的座位，再來是平戶島官員、英國商館館長柯克斯、荷蘭商館館長史佩克斯，蘭醫尚貝格和田川大夫同坐，最後是李旦。卡隆坐在史佩克斯後方的蒲團上，我坐在李旦後方的蒲團，全部的人都採臀部跪坐在雙腿的正坐姿。

又等了一盞茶時間，我腿痠腳麻之際，侍衛喊：「大御所到！」所有人都轉身朝向首席茶几，德川家康戴著黑色小帽子，帽子像大明朝官員的烏紗帽但小很多，帽緣僅夠蓋住頭頂，帽後緣豎直，還有一個翹起來的布條垂在後方，布條隨著頭部擺動而晃動。

他大步走進大堂就座，大家一起正坐俯身磕頭行最敬禮。

他笑著回禮，要大家喝茶，和三浦按針聊了幾句別來無恙之類的話，看得出來兩人超過將近二十年的老交情，感情深厚。

德川家康今年七十三歲，聲如洪鐘，精神爽朗，拍掌大笑，鼻子很大，眼大而圓，眼神炯炯，兩道濃眉夾雜白毛，說話時眉毛一挑一挑，嘴上留髭，四方而略圓的臉，臉頰有黑斑，下頷留灰白山羊鬍子，講話時山羊鬍子隨著抖動。

平戶藩主松浦隆信一一介紹朝覲人員，說明平戶島與各國貿易的現況，再獻上平戶土產和貢品。

英國商館仗著三浦按針當靠山，排第二位獻上禮物自鳴鐘，三浦按針介紹自鳴鐘的功能，德川家康專心聽著，不住點頭微笑。

接著，荷蘭商館館長史佩克斯率蘭醫尚貝格、卡隆獻上長槍和木屐。尚貝格搬出木偶解說最新醫術，先講解人體內臟位置，再示範用刀子割開皮膚，摘掉內臟的腫瘤，或用針線將破裂的皮膚縫合。

尚貝格講解精彩，我第一次看到人體構造，聽得興味盎然，德川家康也是，多次走到人偶旁，指著器官問東問西，不時發出讚嘆聲。

卡隆則翻譯得直冒汗，十分緊張，一直擦額頭和臉上的汗，還好有田川大夫協助，碰到不會講的醫術用語或解釋，田川大夫會適時幫腔。

「如果，我們的大夫都會這種縫皮膚、止血的醫術，就可以救回大量傷兵，不會有那麼多士兵枉死。」家康半請求半下令：「請蘭大夫到江戶，召集全國大夫學習蘭醫，請蘭大夫傳授醫術，好嗎？當然我會好好感謝貴國的幫忙。」

尚貝格聽了卡隆的翻譯後，與史佩克斯向家康鞠躬，史佩克斯說：「這是敝國的榮幸。」

接下來，換唐商代表李旦捧著血紅珊瑚樹獻給家康，小心翼翼地放在茶几上，跪行向前細細解說，家康仔細端詳，不住點頭讚嘆。

「將軍，還有珍貴養生漢方藥材獻給您滋補養身。」李旦回頭向我示意，進獻藥材*。

我從容地向德川家康行三跪九叩首大禮。行完大禮，六名侍衛抬著三個內襯紅絨布的竹簍，排列在家康前面，他站起來走向竹簍，拿放在最上方用紫檀木盒子裝的人蔘聞聞嗅嗅，「嗯，這是上等的人蔘喔！」又拿起靈芝把玩，「這個硬硬的，像大香菇的東西是什麼？」

「這是靈芝。」李旦回答。

「有什麼功能？」

「靈芝能補元氣，暢行血脈，強精壯骨。」李旦說：「它甚至比人蔘更珍貴。」

「喔，靈芝長在哪裡？」

「這……」李旦答不出來，望著我。

「啟稟大將軍，靈芝跟木耳一樣長在樹上。」我跪坐回答：「生長緩慢，像這麼大朵的靈芝要費時五年以上，而且以長在牛樟樹的靈芝最珍貴。」

「這麼珍貴的靈芝一定很昂貴，產量又少。」家康問：「如果想讓我的子民、軍隊士兵吃了強壯，產量多又便宜，可有這種藥材？」
「有的。」我靈機一動，跪行到竹簍翻出山藥。
「這是什麼？像甘藷但是比較長。」德川家康自言自語：「嗯，比較像樹根。」
「這叫山藥。」我說，以前在唐國內地，有藍國和紅國打仗，兵強馬壯的藍軍追逐人少疲弱的紅軍，將紅軍逼進一處山谷，谷口有一道深溝溪流，紅軍砍斷深溝溪流上的索橋，抵擋藍軍進逼。藍軍進不去，紅軍出不來，藍軍將紅軍圍在山谷內，欲讓紅軍食盡人亡。不料，一個月後，紅軍不但沒有食盡人亡，反而個個變得強壯，趁夜架繩索木板橋，越過溪流衝出谷口，發動突襲殺得藍軍猝不及防，血流成河，潰不成軍，還俘虜了藍軍的將領。
藍軍將領好奇地問：「你們怎麼沒有餓死？」
「我們靠這個。」紅軍拿出這個像樹根的東西說：「山谷內遍地長滿這種樹根，煮熟了鬆軟好吃，吃了一個月，人人精神旺盛。我們叫它山藥。」
「眞的這麼神奇？」家康大樂。

＊德川家康言行錄〈駿府記〉：「慶長十七年（一六一二）八月十五日，明國人鄭一官以御藥數種呈獻……雜談唐土風俗趣事。」與本書設定時間有出入，此為劇情安排。

四周有人笑出聲，又壓抑著音量。

「我可以教御廚煮法，烹煮山藥暖暖將軍的胃。」

「好。」家康在簍子裡東翻西看，興趣盎然，拿起一串黃黃扁扁的塊狀草根說：「這個我認得，是老薑。」

李旦看了看，皺眉向我示意。

「將軍，它跟老薑很像，但它叫三七。」我說。

「三七？多奇怪的名字。」

「稟告將軍，因爲這種藥草是止血良藥，但是草要長到三年以上才有藥效。」我說：「以前有個軍人，演習行軍時摔倒，手臂被樹枝扯破一個大傷口，軍醫用這種草藥的根搗爛了敷傷口，很快止血。」他回家後種植這草藥備用。後來，村子裡有錢的富翁女兒不小心被破裂的尖銳陶器割破大腿，血流不止，這軍人趕緊採了草藥根搗爛敷在小姐的傷口，結果竟血流不止死亡。富翁將軍人告進官衙裡，軍人說是軍醫教他的，「不信，請縣太爺傳軍醫來問。」

軍醫來了，一看敷在小姐傷口的草藥說：「沒錯，是這個草藥。」

「草藥沒錯？」縣太爺問：「那爲什麼沒有用呢？」

「因爲這種草藥要長到三年以上才有藥效，這草只長一年當然沒有用。」

縣太爺爲了提醒大家，這種草藥要三年以上才能採，且便於記誦，就命名爲「三七」。

四周又傳來陣陣笑聲。

我餘光瞥見卡隆忙著低聲翻譯給史佩克斯和蘭醫尙貝格聽。

「眞有這種事?」家康笑著說,「止血藥是軍隊最需要的草藥,很好,你們送的藥材很有用。」

「是的,小人們都送有用且名貴的藥材給將軍享用。」李旦大聲回答。

「唉!」家康突然嘆口氣,厲聲說:「你們誤會了,我不是要自己吃,我要我的軍隊、人民都吃,全國強壯,全民強壯。」

空氣一下子凝結了。

李旦臉頸滿是汗。

「是的,大將軍,山藥可以讓軍人吃了強壯,三七可以止血救護。」我跪著說:「但是有一種藥軍人用不到,所以沒有進獻。」

「什麼藥?」

「急性子。」

「什麼?」家康板起了臉孔,「你說我急性子?」

我趕緊解說,有一個名醫出遊數日未歸,一個男子一天連跑名醫家三次,急得不得了,名醫兒子問他有什麼事,他說:「我內人要生產了,卻生不出來,醫生又不在,急死我了。」

名醫兒子就到花圃採了許多鳳仙花籽，用紙包好，吩咐男子：「這個拿回去用水煎了給產婦喝。」男子照做了，產婦果真順利生下嬰兒。男子連忙跑來道謝，並問：「請問，剛剛我內人吃的是什麼藥？」

名醫的兒子回答：「此藥材名叫急性子。」

家康眼珠子轉了轉，喃喃自語：「哈！哈！哈！急性子，急性子，原來是藥名，眞有意思。」

四周也跟著傳出笑聲。

冷空氣瞬間融化，李旦鬆一口氣。

「你很有趣。」家康看著我，「你叫什麼名字？你剛剛行的是什麼禮？」

「我叫鄭一官。」我俯首：「我行的是三跪九叩首。這是唐人覲見皇帝陛下的大禮。」

「我不是天皇陛下。」

「您在我心目中就如同皇帝陛下。」

「嗯！」家康笑著彎身看我，「晚上我想嘗嘗山藥的滋味。」

「是。」我回答：「小人會告訴御廚料理的方法。」

他轉身下令：「平戶藩、三浦按針和兩位館長，李旦和鄭一官，一起參加晚宴。」回座時又吩咐侍衛：「通知茶阿、於梶也參加晚宴。」

在廚房裡。

我向御廚說明山藥燉雞的烹調方法，順便打聽方才大御所下令參加晚宴的「茶阿」、「於梶」是誰。

❖　❖　❖

御廚和助手看著一旁的內侍家臣，欲言又止。

田川大夫打圓場：「一官是想了解大御所和夫人的口味喜好，烹調她們愛吃的味道。」

「喔！」內侍笑著說，大御所有元配、繼室和十五個妾，共十七妻妾。其中，繼室旭姬是豐臣秀吉之妹。侍妾茶阿本名於八，是大御所在打獵時碰到她哭訴，地方官員覬覦她的美貌，殺其夫逼她下嫁，大御所一怒殺了官員，納於八為妾，並改名茶阿。茶阿後來生了家康的六子松平忠輝、七子松平代，是大御所側室中較受寵的侍妾之一，因為她出身低微，她生的兒子沒有冠德川家姓。

御廚接著說，大家公認大御所的衆妾中，於梶最美。

大御所四十九歲娶於梶為妾，那年她才十三歲，因為她最聰明機智，最受寵愛，在大御所稱霸政壇的關原之戰，於梶女扮男裝跟在大御所身邊隨行，多次在緊要關頭拉大御所一把，或以身體保護大御所倖免於難，救了他的命。

「你們想想，這樣一來於梶夫人等於是大御所的情人也是恩人。」御廚粗著嗓音說。

「所以啊！」內侍搶著說：「關原之戰獲勝後，大御所替她改名『於勝』，對她既感恩又疼愛，自然是寵愛有加囉！」

話匣子打開後，內侍和御廚爭著講有關於梶的故事。

有一天，大御所和多位大名（諸侯）在賞花時，大御所突然問大家：「食物中最好吃的東西是什麼？」

內侍問：「這是一個很主觀，依個人口味才能回答的問題，對不對？」

我和田川大夫都點頭稱是。

「不過在旁邊煎茶的於梶夫人回答，最好吃的東西是鹽。」御廚搶著說：「於梶夫人說，因爲如果沒有鹽的話，食物就沒有任何味道。」

大御所又問：「那麼最不好吃的東西又是什麼？」

於梶夫人回答：「最不好吃的東西也是鹽。鹽沒有搭配食物，太鹹沒辦法下嚥。」

❖　❖　❖

傍晚時分，晚宴開始。

晚宴在木地板擦得光潔閃亮的會客堂舉行，牆壁中央三葉葵家徽的左、右邊各掛著一把倭刀和一把短銃，據說是德川家康指揮關原之戰的隨身武器。

一樣馬蹄形的主客分席，只是正中央是三張茶几。家康坐中間，左茶阿，右於梶，她們都穿著長禮服，袖口繡著三葉葵。

「嗯，好香，鬆軟黏稠，有點像芋頭但又不同。」茶阿轉頭輕聲問：「這是什麼？」

「又有點滑膩，是蓮藕嗎？」三十七歲的於梶風華正盛，左右張望一回，像是在尋找答案。她細細的嗓音夾雜著氣音，跟田川松的聲音好像，我與她的眼神接觸霎時一陣暈眩。

「我知道，這叫做山藥，是養生食材。」德川家康面露微笑，轉身看著於梶輕聲回答，「吃了會令男人強壯。」態度和上午接見賓客的威風簡直判若兩人，眼神透出愛意，猶似溢出罐子的蜂蜜，臉上的線條顯得柔和。

德川家康的表情，令我想起他的綽號「狸親父」（意指好色狡猾的老頭），心中竊笑。

「大御所吃了能夠強健長壽，是萬民之福。」於梶來回掃視了眾人一遍，「我想知道的是，如何烹調這麼好吃的山藥，我想親自料理給大御所吃。」

「鄭一官！」德川家康轉身喝道。

「是，草民鄭一官。」我匍匐出位跪伏稟報，「稟報夫人，這山藥可以搭配雞肉、豬肉或豬排骨熬煮，山藥的精髓融入湯汁，細火輕燉山藥仍呈片狀，湯鮮味美；久煮則山藥化泥，入口濃郁也是一味。」我盯著榻榻米說，「重要的是鹽。」

「鹽？」於梶身子微微前傾，微笑著說：「鄭一官，起來說話。」

「是。」我起身正坐，挺身回答：「鹽乃所有食材美味與否的祕訣，下得恰到好處可以逼出食材的甜味，湯鮮味美；給得太少淡而無味，下得太多味鹹難以下嚥。」

「嗯！」於梶與家康相視而笑，家康點點頭看著我。

「鹽是天下最好吃也是最難吃的食物。」我笑著對於梶說。

於梶的笑容瞬間僵住，「啊！你聽說了我的故事。」隨之雙眉豎立，兩眼圓睜怒道：「你這狡猾的年輕人，想這樣取悅我。」

「啊！夫人恕罪，草民不敢。」我嚇得俯身磕頭，驚覺自己多嘴，畫蛇添足。

「好，你既然打聽了我的故事，也顯示你有用心。」於梶板起臉冷笑，「我倒要考考你這個唐人，除了獻給大御所吃了會強壯的食材，有沒有給我們女人吃了養生的藥材？」

「有的，貢品有調經順血的藥材當歸。」汗從我的額頭滑下，滴溼榻榻米。

「這個不稀奇，我早就吃過了。」

「這……這……」我霎時口吃，說不出話。

「大御所！」於梶轉身向家康怒氣沖沖指著我：「原來，這個唐人只會耍嘴皮子。」

家康轉頭瞪我，橫眉豎目怒喊：「來人！把他抓起來。」

「是！」三名帶刀侍衛低吼應答，鎧甲發出聲響走向我。

「啟稟夫人，啟稟夫人，」我嚇得魂飛魄散，趕緊說：「有一味藥材，貴國應該也有，只是不知道此地婦女有沒有使用，故不敢進獻。」

「哪一味藥材？」於梶舉手向侍衛武士示意止步，「說來聽聽。」

「這一味藥要用蠶砂、望月砂、夜明砂三種藥材合成，叫三味砂。」我戰戰兢兢地說。

「望月、夜明，嗯，好美的名字。」於梶問：「這三味砂是什麼藥？」

「它是一種眼藥。」我結結巴巴地說：「它……它的來源跟婆媳相處，和女人的戰爭有關。」

「哦！女人的戰爭？」於梶顯得十分有興趣，臉上表情沒有那麼生氣了。

我說，有一對父子出外經商，將各自的妻子留在家中，但婆媳不合，常因小事計較。有一天，媳婦患「火眼」，兩隻眼又紅又腫像爛掉的桃子，眼睫毛被膿黏住，怕光畏風，只好求婆婆帶她去看醫生。

醫生開了藥方，婆婆心想，「這個壞媳婦平常對我不孝，得了眼疾算是報應，還想吃藥！」她沒有去抓藥，從蠶鋪掃些黑色的小米粒，到山坡撿一些黑色小果子，鑽進山洞拾幾粒黑色小石塊，全摻在一起泡了熱水，端給媳婦說：「藥煎好了，喝了吧。」

媳婦喝了問：「沒有藥味，媽，這是什麼藥？」

「大夫說，有一味叫望月砂，吃了眼睛能看到月亮裡的仙女和大樹。」

「只有一味藥？」

「喔，還有一味夜明砂。大夫說，吃了眼睛在黑夜視物如白晝。」婆婆說。

媳婦連喝數天，眼睛慢慢不流膿，紅腫漸退，後來居然痊癒。眼睛好了之後，媳婦才發現什麼是望月砂、夜明砂，氣得留下證據。等到公公和丈夫回家後，她拿出來告狀，哭訴被婆婆欺侮的慘狀。

公公和丈夫弄清楚了原委，不生氣反而說：「原來這三味砂可以治火眼，一定有人需要，既可以做生意又可以幫助人。」於是開了家眼藥鋪，專賣三味砂致富，婆媳也了解這因禍得福的緣分來之不易，盡釋前嫌和好。

茶阿和於梶都掩面笑了，我聽見笑聲，心中放下一顆大石頭。

茶阿笑問：「說了老半天，這望月砂和夜明砂到底是什麼？」

「草民斗膽，請夫人猜猜。」我心跳緩和了一些。

茶阿歪著頭，喝了一口茶；家康雙眉緊蹙；於梶閉目沉思。

我偷瞄了沉思的於梶，眞美，我深深呼吸，吐氣。

於梶良久才開口：「夜明砂能黑夜視物如白晝，且產自山洞，應該跟蝙蝠有關……啊……難道是……」雙手做出鳥拍翅的動作。

「是的。」我趕快接口：「夫人猜對了，夜明砂是蝙蝠糞。」

「哈！哈！哈！」家康爆出笑聲，四周的人也跟著笑，茶阿雙手掩面笑個不停。

「所以，望月砂是跟兔子有關囉。」於梶興致高昂繼續猜，「啊，我知道了。」她雙手比了長耳朵。

「沒錯，是兔子便。」我俯首拜下：「夫人睿智聰敏，名不虛傳。」

「哈！哈！於勝（於梶）的聰明人盡皆知。」家康大樂說：「我也猜到了，蠶鋪中掃下的黑色米粒是蠶屎，對吧！」他用力拍了大腿，又問田川大夫：「這三種糞便真的有藥效嗎？」

「稟告大御所，」田川大夫說：「根據漢籍醫典記載，乾燥的蠶砂能祛風燥濕，活血定痛，用於爛弦風；乾燥的望月砂，性平，味辛，能明目，殺蟲解毒，用於目障生翳、疳瘡，但只有野兔的才有藥效，家兔糞便沒有藥效；乾燥的夜明砂，性寒，味辛，能活血消積，清熱明目，安神止驚，用於青盲雀目、內外翳障、目赤紅腫，這三味砂確有治眼疾的療效。」

「喔！哈！哈！」此時三浦按針笑著說，「原來你們東方人喜歡吃屎治病。」

此語一出，滿屋哄堂大笑。

「稟告大御所，唐人鄭一官遊歷過南洋，會講葡萄牙、荷蘭語，日語也講得好，是不可多得的人才。」三浦按針走到我身邊向德川家康行禮，「尤其這次用心準備獻給您的漢方養生藥材，甚有功勞，卑職建議酌予獎賞。」

「大御所，鄭一官進獻的山藥燉雞，湯鮮肉美，十分可口，婆媳戰爭的故事有趣又動聽。」於梶看著我說：「妾也認爲該給賞賜。」

「鄭一官，你喜歡什麼？」家康問。

死裡逃生，受寵若驚，我一時不知該如何回答，盯著他身後的牆壁思索。

德川家康與於梶同時回頭看了一眼，於梶向家康點點頭。

「好，賜你刀和火繩槍各一把。」家康大聲說：「刀槍配英雄，鄭一官不要讓我失望。」

內侍馬上送來倭刀和火繩槍，刀身、刀鞘和槍柄都刻著精美的三葉葵。

我接下賞賜，俯身磕頭，行最敬禮致謝。

「來，大家盡情喝酒！」大御所豪邁吆喝大家舉杯暢飲。

❖　❖　❖

朝覲團在駿府城盤桓了五天，期間德川家康已命二代將軍德川秀忠召集全國醫術精湛的大夫赴江戶學習蘭學，由蘭醫尙貝格傳授外科手術，卡隆和田川大夫受命隨行擔任通譯三個月，命我和李旦在半年內提供山藥種子，分種日本各地。

這幾天雖然到處有人恭賀我獲得大御所和於梶夫人的賞識，但我卻悃然若失，變得小心謹慎，深怕多言惹事。

第五天清晨，尙貝格、卡隆及田川大夫搭船去江戶，三人與朝覲團告別。

田川大夫託我照顧田川松，「告訴小松，我會儘快回平戶。」卡隆則託我帶信給他的日本妻子。

同日下午，朝覲團的船揚帆啟程，駛離駿河灣，直到富士山只剩一個朦朧的山形，我才鬆了一口氣。

「唉！有道是天威難測啊！」李旦站在船舷遠眺富士山，風帆振振，衣襟翻飛，緊繃多天的臉色終於放鬆：「我終於知道什麼叫伴君如伴虎，講錯一句話就可能被殺頭。」

「請李員外海涵。」我欠身作揖：「原諒我的井蛙之見，擅耍嘴皮差點連累您老受罪。」

「哪裡，哪裡，我還要謝你在大御所面前講了急性子藥方爲我緩頰。」李旦摸摸脖子：「否則這條老命就算沒死，也去了半條，當時一聽大御所發怒，我心中一片空白哪。」

「我也是。於梶夫人一動怒，大御所馬上翻臉喊來人，光聽他的聲音和看他的氣勢，我魂都飛了，心想小命不保，情急中想到婆媳不合的故事。」我擦掉額上的汗，「還好有田川大夫背書，否則恐將命喪扶桑。」

我倆盯著波浪，由遠而近拍擊船身。

「唉！我們終究是在別人的地盤上討生活。」李旦打破沉默說。

「要感謝天主和聖母的保守，我們才能躲過一劫啊！」我掏出掛在脖子上的念珠祈禱，默念：

主耶穌，請寬恕我們的罪過，助我們脫離地獄永火……

禱畢，李旦拍拍我肩膀說：「一官啊！你眞的是虔誠的教徒，我信天主，只是爲了跟佛朗機人混熟，你還眞的信……」

此時三浦按針走過來：「你們這兩個唐人又在聊有趣的漢方藥材故事嗎？」

「我們在聊一官的機智救了我們，還有您最後出言緩頰，幫我們撿回小命。」李旦帶我鞠躬致謝，三浦按針則分別與我們握手。

「我很好奇，尼可拉斯那些藥材故事是哪來的？」三浦按針問。

「我從小不學無術，讀正經書沒興趣，倒喜歡看些稗官野史、傳奇小說，還有藥典和本草經，閒時看看打發時間，沒想到會派上用場。」

「機智可以扭轉危機，但是想在海上經商自保、到異國探險闖蕩，還是要靠武器和熱血。」

「武器和熱血？」

他笑笑，走到主桅下方拍拍大砲砲管，又指指自己。

13 征夷大將軍的草

回到平戶，迎接朝覲團的人潮出乎意料地擠滿碼頭，我在駿府的事已被大肆宣揚，說我有多麼機智，獲得大御所與最美夫人於梶的讚賞和喜愛，讓平戶藩主領隊的朝覲團獲得空前的成功。

「一官大哥。」人群中田川松高興地又叫又跳，朝我揮手，郭懷一站在她後面。

我站在船舷朝小松和郭懷一揮手，拎起行李走下船板，瞥見人群中一個戴斗笠、黑衣白襟的唐人男子，在碼頭邊抬頭看我，我們眼神接觸的剎那他迅速低頭，轉身與一旁的人講話，我覺得好眼熟，似曾相識卻又想不起來在哪裡見過。

「你機智和風趣的故事我們都聽說了，大御所還賜你禮物。」小松跳過來，「你好威風喔！」

「一官，名震東瀛。」郭懷一豎起大拇指，「唐人之光。」

「咦？」她在人群中搜尋。

「小松，大御所命蘭醫尚貝格到江戶教授蘭學和醫術，田川大夫奉命陪同講解三個月。」

我提著行李，故做喪氣地說：「田川大夫要我照顧你，他會儘速回來。」

小松瞅了我一陣子，低頭說：「如果你覺得麻煩，我會照顧我自己，他上次出海遠行好幾個月，我也是一個人生活。」

「喔！不是，你誤會了，照顧你一點都不麻煩，能天天和你……」我拉著郭懷一和小松，示意先走再說，將「能天天和你見面簡直是夢寐以求、美夢成眞」的話硬生生吞下肚。

我回頭，又看見戴斗笠的唐人在身後不遠，臉龐罩著陰影看不清，然後斗笠突然轉了方向，從反方向離去。

回到金閩發吳服店，月娘攜杏娘、郭桐跑跑跳跳迎了出來，郭桐跑過來要我抱，瞬間我竟紅了眼眶，「我……出門這幾年，第一次有回家的感覺。」我哽咽著說不下去。

「怎麼了？又不是沒有出過遠門。」郭懷一不解。

小松默默遞來一杯熱茶，我的眼眶又紅了。

「唉，你們有所不知。」我喝了茶：「我這趟去駿府，其實是死裡逃生，根本不是什麼機智又風趣。」我將晉見德川家康的過程講了一遍。

「啊！好驚險喔。」小松驚嘆。

「還好一官想到婆媳戰爭的故事，用猜謎語方式不露痕跡褒獎了於梶夫人，讓她轉怒為笑。」月娘抓郭桐小手指著我說：「否則你一官叔就回不來了。」

「在回程的船上我想了很多。其實最聰明的是大御所，他心胸寬大，懂得學習別人的長處，以前用慈愛號上的大砲、洋槍在大阪城打贏豐臣家族，要三浦按針建造歐式大帆船用來出海貿易，要三浦招來英國商館促進貿易；這次看到荷蘭醫術進步，就留下蘭醫講授荷蘭醫學和外科手術；聽我報告山藥是養生食材，又命我和李員外半年內提供山藥種子，要分種全日本，讓所有人民都能補充營養。」我愈講愈激動，改用河洛話吼著：「反觀我朝，萬曆帝二十年不上朝，任由宦官橫行把持朝政，官員貪汙腐敗只管搜刮民脂民膏，不管人民死活，不知西洋人的大砲都打到門口，日本人也能製造火繩槍，萬曆帝還下令沿海居民片板不許下海，不准靠海維生，是要我們餓死嗎？現在的天啟帝也一樣封閉愚蠢，逼得我們只能偷偷摸摸做生意。」

聽得郭懷一、月娘面面相覷；小松雖然聽不懂，卻也臉色凝重。

「一官大哥累了，先休息吧！」小松小聲說。

「不，小松，我要照顧你到田川大夫回來，我要天天看著你。」我霍地站起來，抽出德川家康送我的刀，豪氣地說：「我要練刀法、武術和火繩槍射擊法，保護你和保護我們金閩發吳服店。」

❖　❖　❖

到駿府一遊，令我聲名鵲起，不僅在平戶、長崎的唐人圈出名，連九州日本人都知道我獲得大御所頒賜刀槍。我雖然盡可能低調，但每天都有慕名而來的顧客或同業店家、小販藉機要我展示大御所賜我的刀和槍，帶著欣羨的眼神細賞刀鞘和槍柄上的三葉葵。剛開始我覺得不勝其煩，爾後發現吳服店和中藥鋪的每日進帳金額大增。

「喔，原來這刀和槍可以帶來人潮和錢潮！」我心想，放眼整個九州博勝一帶，只有我獲得大御所當面誇獎和賞賜，三浦按針獲封武士都是二十年前的事了，我又何必躲躲藏藏？刀法、槍法要練，錢也要賺，好吧，我樂得順應要求，乾脆將倭刀和火繩槍裱框起來，掛在大堂中展示，有時再講幾段中藥材的故事。

對女顧客我常講專治中暑，可祛暑解熱的草藥藿香、佩蘭，藥名來自一對感情融洽的姑嫂名字。還有一位九十二歲的婆婆因爲喜歡吃枸杞，一年四季以枸杞爲生，春吃苗、夏吃花、秋吃果、冬吃根，結果愈活愈年輕，宛如四十歲婦人；不喜吃枸杞的五十歲媳婦，外貌卻有如七十歲的老嫗。

枸杞的銷路明顯大增。

枸杞是否養顏美容，我不知道，至少補肝腎，益精明目，吃了對眼睛好。

對男顧客則講紅軍、藍軍對抗的山藥故事，強調養生和好體力，對於務農或搬重物幹體力活的男性特別受用。如果山藥賣完了，我會小聲說：「但是人蔘和靈芝也有同樣的效果喲！」

「眞的嗎？」

我點頭默示。

只是人蔘和靈芝價高，不是人人買得起的，幸好還可以促銷其他許多補中益氣的藥材。

❖　❖　❖

除了錢潮廣進，人潮也讓我人面大開。

唐人、日本人接踵而至，尤其平時不易接近的日本大名、領主和巨富商賈，都曾來金閩發漢方藥材店逛逛，我刻意殷勤接待，甚至奉上刀、槍供其把玩鑑賞。因此熟識長崎的有馬、村山、島津、加藤家族，尤其是長崎的有馬直純和村山秋安，以及長崎唐人甲螺顏思齊，均時常來訪。

有一天，有馬直純到訪平戶藩主松浦隆信，順道購買十兩人蔘和五兩靈芝，要我送到松浦府邸。

我首次進入松浦宅邸，地點就位在最近靠近平戶港口的山丘平臺上，要先下一段斜坡道，接著是一道寬闊的百級石板階梯，中間的階梯級距較小，供人行走；兩側的階梯級距大，中間階梯三格等於外側階梯的一格，專供馬走。

走上階梯，寬廣的平臺座落著松浦家族的大宅，有好幾間大房子。

我進入正廳時，松浦隆信正說到平戶唐人從兩千人急增至六千餘人，「平戶唐人區人口激增，居住環境雜亂，許多唐人常就地小便，小童更是當街蹲著小便、大便。」松浦問長崎藩主有馬直純：「長崎唐人區是否有此問題，藩主如何解決？」

「唐人喜與豬爲鄰，人豬共處，豬糞騷味經久不散，我年少時偶經唐人區，聞到此味噁心欲吐，凡此後只要提到唐人、看到唐人就想到此味。」有馬直純捏著鼻子一臉鄙夷的神情，「後來家父(有馬晴信)在十餘年前下令，長崎唐人不得在家中養豬，養豬者需離城圈養，唐人區才杜絕此豬糞尿騷味。」

我在一旁聽得很尷尬。

「當然，一官是獲大御所賞識的唐商，自與一般唐人不同。」有馬直純看出我神情有異，趕緊打圓場，但不說還好，說了令我更尷尬。

「啟稟兩位藩主，唐人自古卽與豬共存，故漢文『家』字，取屋頂下有隻豬才成一個家之意。」我正坐跪稟：「這是古時候的事，在我大明朝現在城內的人家也不能養豬，只許住在城外的村民才能在家裡養豬。不過，有馬藩主說的豬糞尿騷味，我也曾在馬尼拉城外聞過，雖然令我想起家鄉的味道，但也感到噁心，這是陋習，應該革除，令尊有馬晴信大人的決斷力令我欽佩。我身爲唐人的一分子，自當爲平戶的生活環境盡一分心力，小人自願擔當籌組一支清潔隊，每天打掃唐人區街道，規勸唐人革除隨地便溺陋習，可否請藩主授權小人以藩主名義發起籌組唐人區清潔隊？」

「太好了，我正煩惱如何解決此事，既然一官自願擔當，我就放心了。」松浦隆信說：「准一官以本藩名義發起籌組唐人區清潔隊，由一官擔任清潔隊召集，所需經費可向商家勸募，人員、支用等雜費造冊報府備查，不足的經費由本府撥補。」

「謝藩主大人！」我跪坐叩首。

❖ ❖ ❖

打著平戶藩主的名義組清潔隊灑掃街道，很快就向唐人區商家勸募到每月發給清潔隊員的薪資，李旦也慷慨解囊贊助經費，不足的由我補齊。每月所需銀兩不多，剛好安插從福建老家來平戶投靠我的堂兄鄭明、鄭興，鄭明的兩個兒子鄭彩、鄭聯，以及姪子鄭泰等九人。

他們初來乍到，人生地不熟，不通日語，清潔隊剛好給他們一個暫時的棲身之所，每天有一筆微薄的收入，也解決我要供養他們的花費。同時，他們也是我最好的幫手，人多勢衆讓我格外有安全感，一舉數得，陶朱公范蠡和三浦按針說得沒錯，「能做到互蒙其利，才是好商人」。

因爲募款和主持清潔隊的關係，我因此認識更多唐商和唐人。

論財富，我遠遠比不上李旦、顏思齊；論人面，我則是家喻戶曉的人物。我曉得人和萬事通的道理，下足了工夫做好敦親睦鄰。我要求每個隊員佩戴紅色臂章、戴上有紅色布罩的斗笠，打掃途中遇人要問候，鄭明和鄭興等九人花了一個月徹底打掃唐人區，煥然一新。

事畢，我辦桌犒賞他們的辛勞，藉機邀請平戶藩主松浦隆信親自蒞臨檢視成果，並邀李旦、顏思齊等唐商做陪。

「一官做得很好，唐人區不臭了。」松浦隆信說：「我這一路走來，仔細看、仔細聞，果然乾淨清爽，但是有些商家門口和住家屋簷下堆滿雜物，有礙觀瞻。」

「藩主好眼力，觀察入微。」我向松浦行禮：「這個月先打掃街道，下個月起將依藩主指示，協助商店及住家整理環境，務必使唐人區潔淨清爽。」

「而且要持之以恆，保持下去。」

「是！」

「一官年紀雖輕，組織能力及執行力倒是很強，是難得的人才。」顏思齊笑著說：「說來慚愧，我來平戶這十年，只忙著經商，忽略替唐人鄉親盡一份心力。感謝一官為鄉親效力，來，這杯酒我先乾為敬。」

「不敢，顏大哥言重了。」我乾杯還禮，為顏思齊斟滿杯：「我是依藩主的指示辦事，還有李員外一言九鼎，一聲吆喝下，眾商家莫不答應每月分攤清潔費用，李員外還率先贊助前三個月的清潔隊薪資，任誰來辦都會成功，我只是幫忙跑腿。」

「大家客氣了，我等只是盡自己的本分，最該感謝的是藩主大人，庇蔭草民等眾在平戶經商。」李旦說著，率領眾人向藩主行最敬禮，再舉杯：「我等眾人感謝藩主庇護。」

❖　❖　❖

餐宴畢，我等人送走松浦隆信，李旦留下來，在正廳看著懸在牆上的倭刀和火繩槍，我意會他有話要說，邀他入內室。

我們跪坐在榻榻米，我再把酒斟滿。

「唉喲，跪坐著還眞不習慣，我們還是隨意坐吧，就不拘禮數了。」李旦把腿伸長，背倚著梁柱，捶打雙腿，「還記得在駿河灣的船上，我跟你提過合夥做生意的事嗎？怎麼都沒有給我回話？」

「當然記得，能讓李員外看得起是我的榮幸，高興都來不及。」我點頭說：「只因我想到自己年少人輕，資本不足，替李員外跑腿辦事有餘，不敢有跟您老合夥的念頭，而且我不知道有哪方面能效力軍前，是以不敢貿然回話。」

「你從唐山進口的中藥材生意做得有聲有色，現在又有狸親父（德川家康的綽號）背書保證，將來生意一定會更好。」李旦手撫酒杯，「我建議你，用中藥鋪爲股本併到鼓浪商號，繼續讓你負責中藥材進口。」他輕呷一口酒，「其他貨物，例如生絲、布料、瓷碗、花瓶的買賣你也做過，重要的是學習如何調度船隊，如果做得順利，我打算將來把廈門到平戶的航線讓你負責，但你得先去認識和了解這些開船掌舵的水手習性。」

李旦的話在我腦中轉啊轉，一切來得太快，我得好好想想。

❖　❖　❖

兩天後，我到鼓浪商號回話，向門口的書記說明來意。

「老爺有客人，請您稍候。」書記端來一杯茶。

鼓浪商號位在平戶港碼頭邊，一幢兩層樓的日式建築，進門後不是一般榻榻米，而是鋪石板的中式大廳，廳裡兩側各有一排櫃檯，幾位夥計在櫃檯上撥打算盤和收發送貨單。

商販三三兩兩進去，有的前來領貨，有的來寄運貨品，在這裡辦理登記拿貨單，再由專人領著去隔壁的倉庫秤寄運貨品的重量，或去領貨品。

過了許久，後堂傳來李旦送客的聲音，他和英國商館館長柯克斯一起走出來，李旦說：「館長，感謝您，有任何需要小店的地方敬請吩咐。」

柯克斯向我用日語打招呼，揮揮手坐馬車離去。

「英國人也向員外租船運貨？」

「不是。」李旦向內堂指了指，示意我跟隨，「柯克斯館長是來續約，三年前三浦按針介紹柯克斯向我租房子開商館。」

「您是英國商館的房東？」

李旦點點頭：「英國商館是好房客，從不欠租。」

內堂仍是中式家具擺設，五對太師椅中間擺著一張茶几，李旦邀我入座，一名夥計端上兩杯茶。

「考慮得如何？」李旦笑著問。

「啟稟員外，實不相瞞，我那裁縫和中藥小店並非我一人獨有。」我起立作揖：「郭懷一和郭嫂是裁縫店的股東，我在泉州老家的那幾位堂兄弟則是中藥鋪的股東，我無法自作主張以商鋪淨值折算入股金，請員外見諒。」

「他們不肯嗎？」

「不是不肯，讓員外看重，有機會合夥營生，哪有不肯之理？」我腰彎得更低：「只是幾經思量，員外邀的是晚輩入股，晚輩豈可隱瞞實情，擅自挾帶一夥人入股；退萬步言，縱然員外寬容大量允我代表股東入股，我又如何向其他股東保證一定能獲利？此事干係太大，晚輩承擔不起。」

「那該如何是好？」

「晚輩以爲，我願投身鼓浪商號，爲員外跑腿辦事，分憂解勞，兩間店鋪則交給其他股東經營，兩店願爲鼓浪商號的下盤商，承接進口的中藥材和布匹銷售。此爲兩全其美之計，不知員外以爲如何？」

「你的考慮也不無道理。」李旦沉思良久，喝口茶說：「所以，你想以兩家店鋪的老闆身分委身當我的夥計？」

「員外言重了。」我躬身作揖：「應該這樣說才是，我是鼓浪大商號的夥計，私下兼任兩間小店鋪的股東。」

「哈！哈！哈！好。」李旦站來拍我肩膀，「好吧，你先來當買辦，薪水每月五兩銀，如何？何時上工？」

大明國一般百姓一年生活費約二十兩銀，這工錢已屬高薪。

「謝謝員外，請給晚輩幾天料理些許雜事，八月初一上工。」

❖　❖　❖

「才五兩銀一個月？」田川松吃完早飯，放下碗跟筷子嬌嗔道：「雖然比一般人的薪水來得多，但是一官哥在自家做生意都賺得比五兩銀多，爲什麼要去當人家的夥計，聽人使喚差遣？」

「小松有所不知。」郭懷一夾了塊醃鹹魚嗅一嗅，咬一口，扒一大口飯下肚才說：「一官此去不是爲了那五兩銀，是爲了學習做大生意，他一直無法忘懷那段跑馬尼拉、麻六甲和澳門做生意的時光。對不對？一官。」

醃蘿蔔甘甜鹹苦的滋味在嘴裡化開，我喜歡這樣光嚼著醃蘿蔔，苦澀鹹味後面接著甘甜香氣，正像品嘗著甜蜜時光。

每天看著田川松，是我人生最美妙的時刻。

看她早起打扮停當之後和我道早安，她會在梳得整齊光亮的頭髮上插朵小花，用苦茶油輕輕抹上臉龐，在嘴唇塗上一層薄薄朱粉，穿上和服紮緊腰帶，黑髮襯托皎白的臉龐和細頸，如出水蓮花。眞希望田川大夫不要回來，我願意照顧小松一輩子。

「沒錯。」我卡滋卡滋咬著蘿蔔干，「以前我只是喜歡出海做生意，看看各地風土民情，逍遙自在又能賺錢。直到遇見三浦按針，聽了他的故事，看到李旦經營這麼龐大的船隊，才知道我的想法多麼微不足道，興起『有爲者亦若是』的想法，我要向三浦按針、李旦看齊，當個呼風喚雨的大商人。

「所以，我要去學，學習如何調度船隊，如何掌握行情商資，如何掌控管船、船員，和了解經商的風險。」我放下碗，把玩一根筷子：「我要像個好奇闖入龍宮的孫悟空，四處翻動龍宮寶貝，尋找屬於我克敵制勝的金箍棒。」說著，將筷子夾在手指上轉動。

「看你講得眼睛都發亮，像個看到海底龍宮寶貝的小孩喲！」小松發出銀鈴般的笑聲說：「可是那有什麼好的，海上風浪大，波濤洶湧。我光是坐船從川內浦到平戶都會暈船，我才不要坐那麼久的船去外國呢。」

「我也是。」月娘說，「前年和一哥從廈門來平戶，是我第一次坐船哪，途中暈船嘔吐，吐出綠色的東西，兩個小孩也是一直吐，沒有胃口吃東西，一哥竟高興地說，綠色的是膽汁，膽汁吐出來就好了。」

「如果早知如此辛苦，我想月娘還是會隨一哥來平戶，對嗎？」

「是的，我會。」月娘看看郭懷一和兩個小孩：「爲了愛，再遠也要一家人在一起。」

「和相愛的人一起浪跡天涯，愛相隨。」小松摸著杏娘的頭髮說：「好羨慕喲！」

我看著小松，她看著我，愛相隨，愛相隨，如果可以，小松，我願意留在平戶陪你。

「其實去鼓浪商號當買辦，只須偶爾出海押貨，不用常常遠涉波濤動輒數個月，但是可以了解船隊調度，學習經營大商號的內情。」我解釋：「此事不涉入其中，無法一窺堂奧。」私下沒說出口的是，如此又可以一圓我想守著小松的願望。

❖ ❖ ❖

「一官！一官！」傳來一陣拍門聲，是鄭明的聲音。

每天早飯後，鄭明會帶著眾兄弟上工打掃街道，之後再到平戶碼頭當挑夫。

「來囉，阿明。」我喜歡用河洛話回應他。

我打開門板，赫見平戶藩主松浦隆信的姪子兼侍衛長松浦平山，和兩名士兵站在門口。

「一官，你隨我去見一個人。」松浦平山年紀與我相仿，身材比我略高，精壯結實，皮膚黝黑，平常跟在松浦藩主身邊，沉默寡言，一手總握著插在腰際的倭刀柄，兩眼炯炯有神掃視全場，好像隨時要拔刀應敵的架式，這是我第一次聽他說話。

「誰？見誰？」我全身僵硬。

「去了就知道。」

我不想去，又無法抗拒，只好一路隨他走到平戶港南側的巡捕衙門，屋前有一大片空地栓著馬匹，門口有士兵把守。

這是我剛抵達平戶時被囚禁的地方，看到這棟房子就有一股莫名的恐懼襲上心頭。

松浦平山帶我走進一間房間，向一名和德川家康留著同樣髮型的年輕男子敬禮：「將軍，他就是鄭一官。」

將軍身後有七、八名穿甲冑的武士，殺氣騰騰瞪著我，我趕緊彎腰行禮。

「嗯。」將軍輕哼一聲，問我：「聽說你是會講荷語、葡語的唐人？」他的眼光上下打量我。

「是，將軍。」

「好，告訴他該做的事。」

「是。」松浦平山對將軍再鞠躬後，轉頭對我說：「一官，這位是松平將軍，代表征夷大將軍總管全國草的事務，各地草頭可以直接向松平將軍報告所見、所聞，今天找你來就是命你當草，以後你每個月要將平戶唐人區、荷蘭人和英國商館的各種動靜向我報告。」

什麼是草？什麼是各種動靜？我心裡納悶，抬頭看看將軍，但見他身後那群如狼似虎的侍衛瞪著我，當下將各種疑問吞回肚子，「是，將軍。」

「我聽說你會講多國語言，是唐人區的名人、清潔隊召集，機靈又沉穩，才特地召見你。」松平將軍站起來走向我，指著松浦平山：「以後他是你的草頭，你要聽松浦的指揮，蒐集各種消息，尤其是信仰天主教的平戶、博勝、長崎的大名和領主的動靜，切記。」他踱了兩步，「如果聽到葡萄牙商館的消息，也可以報告松浦平山。」他看了我一會說：「不要辜負三浦武士對你的栽培。」

「是。」我打躬作揖，心想：「原來是三浦按針的推薦。」

松浦平山帶領我再次鞠躬，倒退走出房間，走進另一間四面無窗，點著油燈，地面鋪木板，房中擺著茶几的房間，松浦平山示意我脫鞋坐到茶几旁。

「你一定有很多疑問，」松浦平山：「說。」

「草是什麼?」

「草是大御所創辦用以監視、蒐集各地大名和領主舉動的組織。」松浦平靜地說:「大御所要求組織的每個人都要像草,耐苦易生,低調不張揚。命名來自你們的一首唐詩。」

我懂了,草就是東廠特務。

「將軍這麼年輕?」

「松平忠輝將軍是二代征夷大將軍德川秀忠的胞弟。」

啊!我想起來了,原來是德川家康寵妾於八夫人(茶阿)的兒子松平忠輝。

「以後如何向您報告我所知道的消息?」

「每月初一日晚上,來這裡見我。臨時有事,我會去你的店鋪找你。」松浦說:「以後在其他地方看到我,就如同以前一樣,不用多言。」

離開巡捕衙門,雖是七月熱暑,我的脖子卻是涼的,「離離原上草,一歲一枯榮。野火燒不盡,春風吹又生。」我莫名其妙成爲日本幕府將軍的一株草。

我不想當草,無奈沒有我拒絕的餘地,這是福還是禍?

《老子》說:「禍兮福所倚,福兮禍所伏。」我想只要心存正念,不妄害人,不公報私仇,協助幕府治理地方,維護唐人區的治安,應該也不是壞事。

14 努爾哈赤

到了鼓浪商號，才知小巫和大巫的分別。

李旦有二十二艘船，短程航線從平戶到浙江的象山，或到福建福州、泉州、廈門、廣東潮州、珠江、澳門折返平戶；長程航線則從澳門再往南到馬尼拉，或穿越南洋到廣南、麻六甲、巴達維亞和暹羅再返回平戶。

安排調度這二十二艘船的航程、靠泊港口、卸貨或採購貨品都是一門學問，我之前在澳門跑單幫的生意，根本不值得一提。

海上不靖，隨時要防備海盜船劫掠，每艘船都要配備大砲、火藥和槍枝，水手人人佩刀，要能搏擊，會射箭，船長不但要指揮行船，遇海盜打劫還要指揮作戰。

「咦！」我順著航線指指平戶島西南邊的山東半島和朝鮮之間的黃海、渤海灣，「這裡沒有我們的船？」

「以前有。」李旦搖搖頭：「自從關外的建州女真努爾哈赤幾年前宣告對大明朝的七大恨，雙方開始打起來，女真不僅奪下遼西，還打到遼東，拿下大連和旅順兩個港口，甚至越過鴨綠江打到朝鮮義州，將義州靠近鴨綠江這一帶，以及遼西、遼東劃爲勢力範圍，建立『後金』國並稱帝，對商船課重稅，逼繳半船貨物，太不合理了。但是若不給，貨搶光，人殺光，船商既然無利可圖，漸漸地就斷了線。」

「七大恨？」我不解地問。

「第一，大明朝殺死努爾哈赤的祖父覺昌安、父親塔克世；第二，大明朝欺壓建州女真，偏袒葉赫、哈達女真；第三，把與努爾哈赤有婚約的葉赫女子轉嫁給蒙古喀爾喀部……」李旦仰著頭思索了一會：「唉呀，誰知道努爾哈赤有幾大恨，是眞是假？反正要打仗總要有個藉口，師出有名嘛！」

「但是，女眞人不和大明做生意可理解，難道也不和朝鮮人、日本人做生意？」

李旦搖頭：「誰敢去做殺頭生意？」

「女眞人的長白山可是人蔘和貂皮產地，他們也一定很想將人蔘賣出來。」我嘆息：「離這裡那麼近，不能去做生意太可惜了。」

「北大荒、長白山的人蔘和貂皮現在都走陸路，穿越山海關到葫蘆島、天津才有辦法再往南送，或走海路出渤海灣往南方走。」李旦說：「但山海關戰事頻繁很難走，價格大漲不說，貨源還常常中斷。」

「難怪，現在從浙江跟福建都批不到人蔘。」我這才了解人蔘斷貨的原因。

隔了幾天，楊耿的船從澳門回來。

下工後，我備了酒菜，請楊耿一家人到金閩發漢方藥材店小酌，聽聽楊耿講閩南、廣東和澳門的最新消息。

楊耿說，天啟皇帝跟他老子萬曆皇帝一樣不喜上朝，喜歡窩在皇宮內做木工，北方遼東半島和關外的戰事日益頻繁，女眞人南侵的態勢明顯，朝廷連年用兵，不斷從江南徵軍餉榨軍費，老百姓苦不堪言。

聽了大夥搖頭嘆息。

酒足飯飽之後，楊耿說：「我最近學了一首歌，唱給大家聽聽。」

人種的菜瓜長閣大，咱種的菜瓜飼袂大；

人的婧某是白泡泡，咱的是憨某紅目猴。

聽得大家興味盎然，轉頭看楊嫂。

楊嫂不甘示弱，回敬一首：

人種的番薯爬過溝，咱種的番薯像魚鉤；
人的尪婿遮緣投，咱的尪婿瘦皮猴。

「我若是紅目猴，你就是瘦皮猴！」楊嫂戳楊耿的額頭：「半斤八兩，誰也不用笑誰。」

「哈！哈！哈！」聽了令我捧腹大笑，大夥笑成一團，稍稍沖淡剛才憂國憂民的傷感，大家拍手爲楊耿夫婦叫好。

「還有，還有，」小杏娘突然來一句：「阿母叫爹死老猴。」

滿屋人哄堂大笑。

郭懷一尷尬大笑，指著杏娘：「你是一個小潑猴。」

「我若是小潑猴，」杏娘機伶回稱：「阿爹就是死老猴！」

月娘漲紅臉摟著杏娘，哭笑不得。

小松不解大夥爲何發笑，我用日語解釋，她聽後掩口吃吃地笑。

這就是福建閩南人茶餘飯後的小小娛樂。

大夥笑鬧了一陣後，楊嫂、月娘收拾碗筷，用河洛話輕快聊著，小孩子自成一國到後院戲耍打鬧。我和楊耿、郭懷一、堂兄鄭明、鄭興，以及堂姪鄭彩、鄭聯、鄭泰繼續把酒淺斟。

「到澳門時得空，去拜訪黃老闆，把你託的信和銀子都交給他。黃老闆說，他很好，要你放心。」楊耿說：「許心素已經知道你還活著，曾經上船向我打聽平戶的鄭一官是不是澳門的鄭一，還問平戶鄭一官的長相。許心素說，李旦寫信告訴他在平戶找到一個會講葡語的好幫手鄭一官。我回答他，我在平戶沒有見過鄭一官，這幾年前從澳門去馬尼拉跑船，也不認識叫鄭一的人，因爲我要看針路，作息日夜顛倒，沒留意船上的客人。」

「他相信了嗎？」

「半信半疑吧！」楊耿說：「許心素又去問其他水手，有的水手說看過平戶的鄭一官，粗眉毛、大圓眼、白臉、紅薄唇，不高不矮。許心素追問，右頸下方靠近琵琶骨的地方有沒有痣一樣的黑斑？水手說，過年大寒冬，棉襖加圍巾的，哪裡看得到脖子？」

「不過那個水手形容的倒滿像一官叔的容貌。」鄭彩看著我說。

鄭彩、鄭聯兄弟分別小我五歲和七歲，雖然輩分上小我一輩，但從小跟著我玩，感情也像兄弟一樣。兩兄弟雖然只是少年，卻都長得高大，十八歲的鄭彩圓頭圓臉，兩眼炯炯有神，曾經隨我去私塾讀幾年書，喜歡背唐詩、宋詞，不喜歡四書五經；十六歲的鄭聯高而胖，左嘴角有一顆小小的痣，喜歡按指節按得嗶啵響。兩兄弟都喜歡武藝，鄭彩還想考武秀才。

鄭泰十四歲，五歲啟蒙讀書識字，天資聰穎，四書五經、唐詩、宋詞皆能背誦，也能寫簡單的書信，是我文書上的助手。他年紀尚小，我不准他喝酒，只能在一旁隨侍，幫各位伯叔、堂兄斟酒，補充下酒的醃魚、小菜。

「事隔多年，他難道還不放過我嗎？」我不自覺握緊拳頭：「只因想自立門戶，不在他手下做事，就該受他追殺嗎？」

「很難講喔！」郭懷一說：「他誣陷你，而你竟然沒有死，還混得不錯，他或許會擔心你有朝一日反撲，戳破他的謊言，才積極打聽你的行蹤。」

「反撲？我之前的確有這種報仇的想法。」我嘆了一口氣：「但是現在分隔天南地北，只要他不找我麻煩，他發他的南洋財，我賺我的東洋錢，兩不相干，過去就算了。」

「希望他也這麼想。」鄭聯按壓指節嗶啵兩三響，「否則一官叔要強過他，他才會甘心罷手。」

「我在平戶僅是個店鋪小老闆，他是腰纏萬貫的鼓浪商號股東，哪能相提並論？」我突然想起遼東：「現在重要的是，人蔘斷貨，我想去遼東採購人蔘、紫草等中藥材。李員外將澳門以北的六艘船交給我調度營運，我想去旅順、大連買人蔘。楊兄你不是去過嗎？」

「在下去過。但是天啟帝正跟後金國在遼東、山海關打仗，遼東半島大部分已被金人拿下，大連、旅順兩港據說已經落入金人手裡，地區不靖，沒人敢去，唯獨有個叫毛文龍的總兵官繞到遼東半島背後，屯兵鴨綠江出口的安東和九連城，不時給金人背後一擊。」楊耿手沾茶水，在桌上畫出黃海周圍地形，指著遼東半島、渤海灣說：「我三年前隨船去過一趟煙臺、天津，我們的船回程想接近旅順，卻碰到海盜欲攔船打劫，只好掉頭逃走，原想逃往南方的煙臺或蓬萊，卻被風勢吹回渤海灣，莫名其妙登上覺華島避禍。覺華島在山海關外頭幾里遠，島上居民說女眞人不會駕船，但是會指使朝鮮人駕船，女眞人扮海盜在渤海灣劫掠殺人，商船幾乎停擺。」

「愈是沒人敢去的地方，愈有利可圖。」我指著大連：「我可以扮成日本人試著與女眞人貿易，或去安東試試看，你可否帶我去？」

「一官，你瘋了嗎？要和女眞人做生意？」郭懷一滿臉驚恐：「要冒著殺頭的危險！」

「紅頭髮、綠眼睛和金頭髮、藍眼睛的人都可以做生意，女眞人爲何不行？」我看著楊耿和郭懷一說：「難道女眞人是三頭六臂，頭上長角的怪物？」

楊耿皺眉，遲疑了一會說：「可以是可以，但要有萬全的準備。」

「何謂萬全的準備？」

「第一要李員外答允，第二要找管船陳暉帶你去，他熟悉黃海和渤海灣航路，人頭也熟。陳暉喜歡人家奉承，拍他馬屁，只要他高興，赴湯蹈火都會去。」楊耿沾了茶水寫個九，「要去，最晚九月初出發，九月下旬南風息，十月初北風颸，快去快回。」

「這好，九月初乘南風北上，十月初乘北風回來。」我認爲時間安排得剛好。

我以金閭發漢方藥材店近半年的人蔘銷售量爲基準，預估未來一年的人蔘預期銷售量和獲利，以及提出「戰地是沒人敢去的地方，也代表貨品運不進去，當地產品運不出來，一定有利可圖」的論點，終於說服李旦答應讓我帶一船米、麥、雜糧去大連，以物易物或銷售，尋找商機。

「讓陳暉帶你去，讓他先去煙臺安排大連的接頭人。」李旦說。

❖ ❖ ❖

回到家，田川松竟然反對我去大連，「父親託你照顧我，你卻要遠行，放我一個人，你放心嗎？」她語音急促，泫然欲泣。

「小松，這陣子你住在裁縫店，生活起居都有郭懷一和月娘照應，我很放心。」

「他們和你不一樣。」她搖頭。

「有什麼不一樣？」我不解。

「就是不一樣嘛。」田川松低頭說：「他們是一家人，我是一個外人，因爲你的關係他們才收留我，你不在，父親不在，我又變成孤兒。」

「郭懷一一家人是我的家人，也會待你如同家人。」我好言相勸，「月娘還有楊嫂，都會將你當成家人照顧。」

「不一樣，不一樣。」田川松紅了眼眶，「遼東、朝鮮在打仗，你如果回不來，我就沒有家人了。」

原來小松擔心我的安危，我心中竊喜，鼓起勇氣輕輕拉起她的小手：「小松，我答應你一定回來，回來，回來以後……」我靠近她的耳畔細語：「生意如果做成功，交易順利，我想向田川大夫提親，把你娶回家，以後我們就是真正的一家人。」

「眞的？」紅霞飛上她臉龐，臉頰掛著兩行淚，嬌豔惹人憐。

「眞的。」我輕咬她的耳垂，「不論遇到什麼危險，我保證一定回來。」

❖　❖　❖

船在九月初九揚帆啟椗，用的是大鳥船「鼓浪六號」，船上三十名水手全是漢人，其中一半的人包括我，理光頭部中央的頭髮，兩側蓄髮，綁後髻，腳打綁腿，穿日式寬大上衣，打扮成日本人的模樣。

鼓浪六號船艙裝載稻穀、麥子、五十桶酒、三十桶醃肉和醃魚、一百匹布，只帶一千兩銀子。我隨身帶了一簍中藥材，有暈船藥方和兩副人蔘、一件貂皮。

管船陳暉，三十五歲，漳州海澄人，家住九龍江口小漁村，自稱：「還沒學會穿褲子，先學會海裡漂。」長年在海上討生活，飽經風霜，井田般的皺紋爬滿棗紅色的臉，看起來比三十五歲還老成。方臉上掛著兩條稀眉，下方一雙長細眼，紅紅圓頭鼻，體型矮壯粗手臂，見人先嘿嘿笑兩聲，鼻眼皺成一團，瞇著眼上下打量人。

「一官爺，此行我們直接去大連，或先到煙臺、威海衛，再找門路去大連？」

「管船大人，請叫我一官，論年齡我年幼少不經事，論資歷我是剛到鼓浪商號的買辦，您是海上老手，看得多，經驗足，此行一切我都聽您的。」我向他拱手作揖。

「哼！哼！好吧！」他揩揩鼻子，露出滿意的微笑：「依我的經驗，先從高麗順著海岸接近大連，如果可以登岸就登岸，如果遇朝鮮海盜，則往南到煙臺或威海衛先避一下，再找人帶路去大連。」他用力捶了捶稻穀包，「我只管開船，這些雜糧我可不負責。」

「這自然，買辦的事由我負責。」我拍拍胸脯，壓下暈船噁心想吐的感覺，這會兒船剛離開港口，駛入波濤洶湧、一望無際的大海。

從平戶走對馬海峽很快就到釜山，再往西南方沿濟州島沿海岸線走。這是我第三次搭鳥船，比較有時間好好了解鳥船的構造，鼓浪商號船隊中有一半是鳥船。

管船陳暉和火長楊耿告訴我，中國船仿鴨子造船，故船首窄，船尾寬；西洋船仿魚的造型，船首寬，船尾窄。

鳥船頭小身肥，船身長直，狀如梭體，船頭呈尖形突出，狀似鳥嘴，所以叫鳥船，它是從浙江、長江以北的平底沙船綜合廣船的尖底改良成爲圓底，不怕風浪，適合遠洋，其中以福建同安縣的同安梭最有名。

鳥船依大小有單層、兩層和三層甲板，這艘鼓浪六號是三層甲板的三百石中型船，由下往上看，底層用大石巨木壓艙，第二層住人和水櫃，第三層是貨艙以及船舷砲，甲板上的船尾樓是管船、舵工和火長工作室。

「鳥船有多少船員？」我看著水手忙進忙出。

「四百石以上大船有五十人到六十七人，這艘六號是中型船，共有三十七人。」楊耿像順口溜似地念著：「管船、火長、副舵工、總管、副總管、阿班、頭椗、大繚、押工、直庫、香公、總鋪、副總鋪、副阿班、一阡、二阡、三阡、二椗、二繚、三板工、副直庫、目梢等共三十七名。」

楊耿說，總管和副總管就是西洋船的大副和二副，綜理船上的一切大小事；阿班是瞭望工，頭椗管錨，大繚管二繚三繚操作帆索，直庫管貨艙，香公計時，總鋪和副總鋪管吃食煮飯，三板工管救難與登岸的小船。楊耿說一項，陳暉就叫一人來讓我認識，經三數日我就能依人辨識他的工作，了解操作船隻的方法。

鼓浪六號有主、副二桅，可以掛篷或帆迎風借力做爲船的動力來源。篷帆是以草蓆或竹篾（竹片）編織，以棉布代替的則爲布帆。

「別以爲西洋船的白色大帆船看起來威風雄壯，那種橫向船帆只能走順風船，碰到逆風只能原地打轉。」楊耿指著船上的梯形縱帆：「你看這篷帆上窄下寬，用竹爲桁（橫木），桁與桁間距小，可以保護帆幕免受撕裂，風大時可以捲起來，減慢速度，風小時就舒展帆幕，增加航速，就算帆幕破損仍可有效受風行船，比西洋帆船實用多了。」楊耿得意揚揚指著斜掛桅桿其貌不揚的篷帆。

「這麼一大把竹竿綁在這裡，有特殊的用途嗎？」我走到船尾，船舷外側斜綁著一束竹竿。

「篷帆用竹爲桁，折斷了要替換。」楊耿說：「竹子眞空，可浮水，鋸開可裝水盛湯，用途很多，每艘船都要準備兩束備用。」

主桅和副桅下方各有兩具佛朗機砲。

「爲什麼都用佛朗機砲？」我走到主桅下方。

「這是五尺長的三號佛朗機砲，射程五里，每門佛朗機砲配九門子銃，優點是射速快。」他指著砲管和砲管後方的提把：「母銃是發射管，子銃是火砲的火藥室，用來放火藥和彈丸，發射時將九門子銃輪流放進去就可發射，比重新裝塡彈藥快。你看，砲管前有準星，後有照門，可從照門孔內進行瞄準，有砲架用來上下左右轉動。銃身中段鑄耳軸，用來提換砲管架在砲架上。

「但是它有個缺點，每發射四十發，要休息冷卻砲管，否則砲管會過熱爆炸。」楊耿侃侃而談：「只是一旦接戰，敵我互擊，常常忘了數發射彈數，打到忘我，膛炸時有所聞。」

我眞佩服他懂那麼多火砲知識。

❖　❖　❖

第三天，船停靠漢江口仁川補給飲水，僱用一名略通日語的朝鮮水手兼通譯金喜。

「再往北就進入女眞人的勢力範圍，船不能靠岸邊太近。如果發現來船不善，我會先後撤，躲不過就是一場硬仗。」陳暉看一眼我佩在腰際的倭刀，輕蔑地說：「到時候一官爺可要用大御所賜的小刀保護自己。」

我握了握倭刀柄，向他點點頭。大御所賜的倭刀當然是供奉在平戶，這把是我另外打造的。

第四天清晨，天光破曉，白霧籠罩海連天，霧似白紗在船的四周飄蕩，風弱得扯不起篷帆，拍擊船身的浪也有氣無力，海面異常安靜。船在霧裡漂蕩了幾個時辰，我好整以暇踞坐船首看霧，享受這難得的寧靜。

陳暉緊繃著臉，時而站到船首眺望，時而進入楊耿的針路房大呼小叫：「我們到底在哪裡？我怕會撞到暗礁。」陳暉研判船已經到鴨綠江口附近，此處小島、礁岩密布。

又過了一個時辰，霧漸散。

「咻！」一支響箭越過我的頭頂，射進篷帆，我嚇得跌落甲板，連滾帶爬躲到船舷下方掩蔽。

「咻！咻！咻！」連著幾支箭射來，落在甲板，桅頂阿班敲鑼，鳴金示警，全船騷動，陷入一陣忙亂，我不知道發生了什麼事。

我蹲著身子偷偷伸出脖子張望，右舷不遠處白霧中出現一艘船的黑影，船首前方也有一艘只見船首不見船身，箭從這兩艘船射來。

「咚咚咚！咚咚咚！咚咚咚……」楊耿不知何時出現，使勁敲鼓，船上的水手執刀和盾牌羅列船舷，四個水手分成兩人一組調整主桅下方的佛朗機砲砲口，另外四人抬砲彈和火藥，忙著裝彈填火藥。

我抽出倭刀，半蹲著跑到楊耿和陳暉身邊。

右舷的敵船靠近，一艘三桅帆船上的人全拉著弓，下艙間伸出一排長長的槳，火把在灰

暗不明的船上閃耀著光芒。

「朝鮮人的船。」楊耿說。

「他們要幹什麼？」我問：「我們快走呀！爲何在此坐以待斃？」

「不知道。」楊耿搖頭：「沒有風，走不動。」

對方放下一艘小船，四槳飛轉頃刻到鼓浪六號船下，一個穿盔甲戴帽的男子向船上喊話。

金喜拿著藤牌，露出半顆頭向小船回話。

「管船大人，朝鮮軍爺在問，什麼人、什麼船，去哪裡？」金喜翻譯並回報。

「告訴他，我們是日本人，平戶來的商船，要去大連。」陳暉說。

金喜回了朝鮮話。朝鮮軍爺又問一串話。

「軍爺說，我們已經進入鴨綠江口，懷疑我們趁黑夜和大霧掩護，想溜進鴨綠江。」

「告訴他，遇霧被海浪漂流到這裡，霧散起風就走。」陳暉接著喊：「一官爺和日本倭寇站到船舷給他們看。」

金喜回話的時候，我領著其他日本人打扮的弟兄站到船舷。

小船上的軍爺東張西望，一個原本坐著的槳手突然站起來，手指船上急切地說話。

軍爺手圈在嘴上大喊：「日本國船上爲什有日本人和明國人？跟我們回港檢查。」

金喜說：「軍爺看你們一半日本人、一半漢人，懷疑是明兵要偸襲義州或大連，要我們隨其回港檢查。」

陳暉和楊耿對望一眼，「進去就出不來了，不能去。」

陳暉大喊：「划手就位，我們走！」船首向左急轉。

我們的船甫伸出划槳，朝鮮小船也飛快轉回母船。

接著一陣箭雨從天而降，叮叮咚咚，有一枝正中我的藤牌。

朝鮮兩艘船也划漿急追而來，原來在我們船首的那艘敵船射出一陣火箭，多數落進海裡，一支射中右後舷，我趕上用藤牌敲落箭，踩熄了火。

「砰！」一聲巨響，右舷那艘朝鮮船首先發砲，砲彈落進鼓浪六號左後舷下方海裡，雖然沒有打中我們的船，卻震得我摔倒，滾進船舷躲避。

「後面那艘不要管，先打前面這艘。」陳暉指揮砲手瞄準並抬高砲口仰角，他看著兩船的距離，直到鼓浪六號向左迴旋，對方也往我們的左前方移動想橫欄，相對運動之下兩艘船變成平行之際，陳暉才大吼：「發砲！」連射兩發砲彈，但砲口太高，砲彈越船桅而去，沒中；對方回敬一批火箭，火光四閃。

陳暉吆喝：「滅火！裝塡砲彈。」

兩船更靠近，「砰！砰！」再射兩發，一發打中對方下艙，撞破一個洞，損壞兩門划槳，一發落進甲板副桅旁撞出一個洞，令副桅歪斜。

「砰！砰！」原來在右舷的朝鮮船從後方追上來，連發兩砲，一發落海，一發打中鼓浪六號後艙上層甲板，炸得木屑紛飛。

陳暉急調弓箭手到後船舷，連射五批火箭，那船多處著火，船速頓減。

「快划，走！快走！」所有人全下艙划槳。

我接手划槳，才知槳竟如此沉重，用盡全身力氣才將划槳拉向自己的胸口，往上推高，向下拉回，我感覺到槳面被海水攔阻的力道，幾乎拉不動，但聽到朝鮮船的砲擊聲和箭矢射中船板的叮咚聲，力量瞬間湧現，隨著大夥的節奏划船，「嘿！喲！嘿！喲！」

「有風了，繚手，快！」楊耿到下艙大喊。

幾個繚手棄了槳，衝上甲板升篷帆。

沒多久感到船變輕，船速快了許多。但兩艘朝鮮船仍在後方追趕，我的手沒有停頓過，繼續奮力划槳，一次又一次推開海水的阻力，船一寸又一寸地前進，這是船在競速，是生命的搏鬥，汗水和槳是保護我的武器。

不知道划了多久，楊耿下艙叫大家休息，我累得癱坐起不了身。

休息夠了，才用倭刀支著身子起身，緩慢走上甲板。

陰天，天空灰濛濛，遠方的海和天變成同一種藍青混合的色調，兩艘朝鮮船不見蹤影，甲板到處是火箭燒灼的黑汙痕跡，除了後艙甲板被鐵彈撞破一個洞，鼓浪六號損傷輕微。

我倚著船舷坐下來，享受海風的吹拂，手握刀柄，累得不能講話。

❖　❖　❖

「一官。」有人輕搖我肩，我一驚倏忽跳起來，拔刀出鞘。

「好快的刀。」楊耿說著跳開三步遠。

「是快刀。」陳暉在一旁笑著說：「沉睡的快刀手，只怕刀還沒出鞘，頭就在夢中被砍啦。」

我尷尬地笑了笑，眺望遠處，海天仍是迷濛一片，「我睡多久了，這是什麼時候？」

「晌午，快黃昏了。」楊耿說：「看你累成這樣，沒叫你吃午飯，餓了嗎？」

我搖搖頭。

「咕嚕嚕——咕嚕——」肚子卻不爭氣地發出一陣咕嚕聲，令我尷尬地點頭。

「第一次在海上遇到這陣仗，緊張到全身緊繃，頭昏腦脹，划槳眞重，讓我划到虛脫。」我虛弱地說：「剛剛還不感到餓，經你一提醒，現在餓了。」

「多遭遇幾次這種場面，你就知道該如何應付，不會那麼緊張了。」楊耿說：「走吧，先吃點東西塡塡肚子。」他領我到管船室吃飯。

「你們常在海上打鬥？」我問。

「不是每趟船都會碰到這種場面。」楊耿搖頭笑著說：「一年大約碰上個兩、三次就夠頻繁了，我們終究是商船不是兵船，這些弓箭、四具佛朗機砲僅能自保，談不上戰力。」

談不上戰力？我回想雙方交戰過程，不由得對陳暉和楊耿升起敬意，他們才是在風浪裡打滾討生活的眞英雄。

我捧著飯碗狼吞虎嚥，一面聽陳暉、楊耿和金喜討論接下來怎麼走。

「看樣子旅順和大連已經落入女眞人手裡。」楊耿啞著嗓子說：「我們這半倭半漢的打扮的確啟人疑竇，沒有接頭人帶路，船無法進港，更別提做生意。」

「我們先到山東的煙臺或蓬萊暫歇，找與大連、旅順有往來的商人先去打聲招呼，再進去。」陳暉轉頭看我：「如果找不到接頭人，無法保證安全，我們就在煙臺把貨賣了，不去了，我不做殺頭生意。」

田川松的身影襲上心頭，平戶有人在等我，我也不做殺頭生意，把貨賣了，也是一個方法。我點頭同意，放下筷子：「朝鮮船還會來嗎？我可沒力氣划船。」

「哈！哈！哈！誰知道？」陳暉大笑：「如果朝鮮船再來，你一定要幫忙划船，因爲我們只剩一半彈藥，不到五百支箭，只能逃不能再打了。」

❖　❖　❖

夜空雲淡風輕，夜涼如水，海面波平如鏡，我坐在主桅頂端的瞭望臺充當阿班遠眺四方，看著閃爍的星光。銀河迤邐由東向西橫亙中天，像一條璀璨項鍊鋪在黑絲絨。這條燦星項鍊倒映在水中，一時分不清哪邊是天哪邊是水，船在水中輕輕晃蕩，令我陶醉在天上、水裡都灑滿星子的美景，「醉後不知天在水，滿船清夢壓星河」。

星光像田川松的眼睛，我彷彿聽見她如銀鈴的笑聲，哀怨的低語，細細的啜泣縈繞耳畔；甜甜的微笑，如同嘴角掛著春風；生氣時，兩道劍眉襯著一張小臉，英氣逼人……想到這裡，一股落寞消沉的哀愁湧上心頭，我好怕再也見不到小松。

「二官。」楊耿爬上桅杆吩咐道：「換更下哨後，睡覺時不要脫鞋襪，以防朝鮮船來襲。」

我點點頭，回想起白天接戰的情景，令我不寒而慄。

下哨後，我跪在吊床下，手握念珠祈禱朝鮮船不要再來，今夜好眠。

我將倭刀掛在伸手可及之處，然後和衣躺下。

「鏘！鏘！鏘！鏘！」我穿著大紅袍，騎在高高的馬上，後方跟著一頂轎子，四周結彩喜氣洋洋，人群列隊對我歡呼，我意氣風發地回頭看一眼，我知道轎中坐著我的新娘，小松。

鑼鼓隊又敲又打，「鏘！鏘！鏘！」我回頭時，一張飄飛的紅紙黏到我臉上，遮住了眼睛，我使勁撥開紙，睜眼看見好多人跳下吊床。

「鏘！鏘！鏘！」、「鏘！鏘！鏘！」鑼聲急響，有人喊：「朝鮮人又來了。」我猛然驚醒坐起，原來我在做夢。

我抄起倭刀，跳下吊床衝上甲板，其他水手早已各就各位，天色未亮，濛濛天光中，船尾後方不遠處有兩艘船的黑影。

「朝鮮船？」

「應該是。」陳暉放下千里鏡嘆了一口氣：「何苦又來糾纏？」繼而大喊：「除了繚手，其他人下艙划槳，升尾帆。」尾桅升起一片小帆，用來加快船速。

我快步下艙撈起划槳使勁划，一回生兩回熟，這划槳雖無昨天沉重，划沒多久依然汗溼衣衫。

一名划手在槳吃水拉回時低吼「嘿」，其他划手也跟著吼「喲」，我跟上節奏，隨著低聲吼「嘿！喲！嘿！喲！」划槳，這情景像端午競渡划龍船，卻是逃命的心情。

「砰！砰！砰！砰！」四聲砲響後，船身連著兩次震動，甲板險被砲彈砸穿，發出迸裂的巨響，夾雜船員的尖叫聲。

楊耿衝下艙大吼：「戰鬥，都上去戰鬥，逃不過了。」

我衝上甲板頂著藤牌，天亮了。

兩艘朝鮮船在船尾一左一右相距一箭射程，兩船都多了一片大帆，快速追上來，陳暉指揮船上四門砲左右開弓，分別射擊左右舷的敵船，但都沒有射中，陳暉急得大喊：「子銃，再裝彈！裝彈，快！快裝彈，快！快！快啊！」

來不及了，一艘朝鮮船從左舷靠上來，拋來繩鉤勾住船舷，一排穿著紅鎧甲、光頭、後腦勺綁辮子的士兵，個個身材高大，怒目圓睜，長相嚇人，張口大聲吆喝、吼叫，揮刀舞劍，扣箭拉弓，站在船舷作勢要跳過來，一副凶狠模樣，我急衝向前，斬斷勾住鼓浪六號船弦的鉤索。

「咚！」我的藤牌上多了一支箭。

「咚！咚！咚！」我身旁兩名水手的藤牌也多了好幾支箭，一人被射中大腿慘叫倒下。

兩船在波濤中一下分開、一下又靠攏，朝鮮船上的士兵依然想跳船攻進來。

楊耿指揮弓箭手強力反擊，一口氣射了一百多支箭，箭雨讓朝鮮水手縮回艙裡。

「射帆布。」我大吼：「帆布著火了，他們才追不上來。」我找到箭頭纏繞煤油的火箭，點火後使勁朝帆布射。

其他人見狀，也紛紛朝左舷的朝鮮船大帆射火箭，有三支火箭射中大帆，引燃熊熊大火，朝鮮船上的人亂成一團，急著滅火，船速頓減，漸漸地遠離鼓浪六號。

此時右側的朝鮮船趁勢靠上來，兩名穿紅鎧甲的光頭武士跳上船，一聲大吼，使把大刀連番劈砍，聲勢嚇人，幾個水手與他們交鋒，刀都被打落，一個紅甲武士舉刀朝我砍下，被我用藤牌擋下，正待跳開舉刀刺出，耳畔「咻！」一聲，一支箭沒入他的心臟，我轉頭一看，是陳暉射箭救我。

陳暉接著扣上第二支箭射第二個紅甲武士，但被他躲開，陳暉扔下弓與紅甲武士對打，陳暉的刀被打落，空手左閃右躲，危急萬分。

我甩了藤牌，雙手掄刀從紅甲武士身後劈砍，刀砍進他的肩膀，他大叫回頭，想舉刀後刺，我撥開他的刀，再劈，劈下他的左臂，血噴了我一臉，我登時一愣，他朝我倒下，嚇得我用腳踢開他，連忙朝後退，頭使勁撞上船舷，看著掉在甲板上的手臂，在血泊中掙扎的紅甲武士，我一時腿軟站不起來。

又有幾個紅甲武士竄上船，隨即被我方的水手刀箭交攻，逼著他們又拉著繩子盪回船去，他們射了一批火箭過來，射中甲板和篷帆，我到處滅火拔箭。

「這個不像朝鮮人。」金喜和一個水手將被我砍死的紅甲武士屍體抬起來扔進海裡，金喜說：「應該是女眞士兵。」

烏雲密布，天漸漸昏暗，颳起強風，海浪洶湧，兩船劇烈擺盪，猶如浪濤中的兩片葉子，距離時遠時近，浪大得令兩船都沒有能力攻擊對方。

陳暉趁機下令舵手和繚手轉舵調篷，順風而進，希望儘速擺脫朝鮮船的追逐。

朝鮮船則卸下大帆，用小帆吃風穩定船體，亦步亦趨，不遠不近地跟著我們，沒有放棄的跡象。原來在左側、大帆著火的朝鮮船，已不見蹤影。

大夥兒趁機輪流休息，吞些乾糧、喝口水果腹，繼續備戰。事實上，在大浪顛簸中根本無法進食，也只能吃乾糧。

總管和副總管忙著幫受傷的水手止血療傷。

我見狀，趕快從吊床下的中藥簍裡找出止血用的三七，將三七在缽裡搗爛，敷在傷口。

忙了一陣子，我冒著風浪攀上瞭望哨眺望遠方，對方的船在滔天大浪中忽隱忽現，想必也是跟我們一樣正在吞乾糧，包紮傷口和休息吧！就算這樣，他們還不放棄追逐，令我感到佩服又煩躁。

我離開瞭望哨爬下主桅，跪在甲板上掏出念珠默禱，感謝天主保守，助我逃過一劫又一劫。

「喂！一官爺。」陳暉拍了我的肩膀：「救你的不是天主，也不是聖母，是它！」他揚起手中的弓，指著我的倭刀：「和它。」

我看著刀刃上的血，這是我第一次主動殺了一個活生生的人，回想剛才打鬥的場景，雖然歷歷在目，我還是不敢相信這是眞的。

❖　❖　❖

陳暉和楊耿討論，如果女眞人的朝鮮船再追來，如何退敵。

「木船最怕火。」我說。

陳暉和楊耿臉上露出「這是三歲小孩都知道的事，然後呢？」的表情。

「火箭的著火點小，易被撲滅。」我提議：「將煤油裝進竹筒裡，筒頭小洞塞布條當引信，做成煤油彈。煤油彈一經點火爆燃大面積著火，難以撲滅。」

「好，就這麼辦，你去鋸竹筒。」陳暉拍拍我的背。

下午我在甲板鋸竹筒，在傾斜滾動、風浪搖擺中，逐一將煤油倒進竹筒裡備用。

傍晚，天色灰暗，狂風越來越強，朝鮮船突然張帆快速衝來，兩船行將接觸之際，他們先拋船鉤勾住鼓浪六號船舷，再射一波箭掩護，想趁我們躲在藤牌後面時跳船殺過來。

陳暉早已料到，突將篷帆轉到與風順向，帆不吃風，船速頓減，導致朝鮮船擦撞我們的船舷又彈開，幾個站在船舷的紅甲女眞人被這猛力一撞，站不穩都掉進海裡，接著朝鮮船又盪回來擦撞著鼓浪六號的船舷。

我抓準時機大喊：「點火、點火，快扔！快！」

大夥將點燃布條的竹筒扔進朝鮮船，朝鮮船摩擦著鼓浪六號的船舷繼續往前飆，十多個煤油竹筒在甲板上四處滾動，「砰！」、「砰！」陸續爆燃，噴出橙黃火球。風助火勢，火焰四散燃燒，連帆也著火，全船霎時陷入一片火海，黑煙衝天，船逐漸失速。

陳暉再調整風帆，吃逆風斜行逐漸遠離朝鮮船，只見朝鮮船後半段火光熊熊，大帆布燒毀一半，船員忙著打水滅火。

「幹得好，一官爺。」陳暉走過來抓住我的肩膀用力搖晃：「這招竹筒煤油彈很管用。」

我看著火光，對於自己初次獻計以火攻退敵感到自傲，「在海上只有武力能夠退敵保命，這就是三浦按針說的武器的力量！」

這兩次接戰，我感到增長了不少閱歷，特別是面對生死和作戰的勇氣，好像少年一夕之間長大成人，充滿自信，有了躍躍欲試想挑戰未知將來的勇氣。

❖　❖　❖

兩船愈離愈遠，當朝鮮船只剩一個光點和一道黑煙時，天降大雨。

狂風掀起巨浪，船瞬間被捲進像山一樣起伏的浪濤間，浪不斷撲上甲板。每一個湧起的大浪都像一座雄偉的山，連綿不盡的大浪，形成連綿不盡的山。剎那間，這大山似的大浪猛然從天而降，欲覆蓋鼓浪六號。

「天啊！老天爺不想放過我們嗎？」楊耿披著蓑衣，指揮船員封閉艙口，我在下艙被大浪拋上拋下，忍不住吐了。

船在狂風暴雨中漂蕩一夜，全船的人吐得體力不支。

翌日中午，即從平戶出發的第六天中午，雨停風未歇，好消息是海中有個小島，船正往小島駛去。

「覺華島，又是漂到覺華島，可眞有緣。」楊耿認出覺華島的海灣，「咦！有沉船。」

離港灣入口處有一艘船半沉，船首沒入海中，有人在海中抱著木板漂流，許多人擠在船尾朝我們揮手。

「管船大人，要救嗎？」楊耿問陳暉：「船首碎裂進水，看樣子是撞上礁石。」

「船馬上入港登陸，救人送上小島應無妨。」陳暉躊躇了一會兒說：「但是恐有礁石，只能拋繩或放小船救人，船不能靠近。」鼓浪六號的三板工陸續放下三艘小船，每船可乘十個人，划向沉船，拋繩拉起落海的人。

「且慢！」我指著幾個陸續被拉起的人：「他們和朝鮮船上的人一樣，穿紅鎧甲、後腦勺綁辮子，金喜說是女眞人。」

「是一樣，」陳暉在船舷張望，「但是這艘船型跟那兩艘不一樣，不是同一批人。」

「我們要小心爲上。」楊耿說：「不要下船跟他們接觸，送他們上岸就好。」

從海上拉起十二人，其中四人與金喜一樣穿朝鮮服，透過金喜翻譯，他們是鴨綠江畔義州的朝鮮人，被女眞人徵召到遼東，駕船載一批女眞士兵出海。

一個高大的女眞士兵突然衝過去，賞了跟金喜講話的朝鮮水手耳光，並凶惡地拔刀叫罵，朝鮮水手跪地求饒，其他三個朝鮮人也跪下磕頭，女眞士兵突然嘔吐，吐到流淚蹲下身用刀支著身體，其他七、八個女眞士兵也吐出綠膽汁。

這個女眞人身材高大，但臉龐卻似稚嫩的少年，有一雙亮晶晶的眼睛，警戒著四處張望，透出不符他年紀應有的成熟眼神和表情。

陳暉將船停在海灣深水處。三艘小船划向沉船，讓沉船上的人換乘小船划向岸邊，共四十二人獲救。

獲救的四十二人中有十人穿朝鮮服，其他三十二人是女眞士兵。女眞士兵一上岸就圍坐一圈，個個刀出鞘、臉和身體朝外坐警戒著，將一個頭髮斑白的老人圍在中央，有幾個人到海岸樹林裡找樹枝升火，陸續脫衣烤火。

陳暉從千里鏡看到四名士兵抽刀押著六名三板工。

「太卑鄙了，他們居然扣住小船和我們的船員，不知打什麼主意？」陳暉跳腳，連罵了好幾句粗話才放下千里鏡：「怎麼辦？上岸等於自投羅網，不上岸，六名三板工恐遭不測。」

「先靜觀其變。」楊耿說：「這批落海的女眞人只剩隨身刀劍，一時還奈何不了我們，先看他們的下一步。」

等了一刻鐘，一艘小船划向鼓浪六號，船上有一個蓄山羊鬍子的女眞人、一個朝鮮人。

陳暉要金喜與小船上的朝鮮人對話。

「管船大人，女眞人說感謝您救了他們，他們現在又冷又餓，要您再給他們乾的衣服和食物。」金喜翻譯：「不然將殺了六個划手，再攻擊本船並俘虜所有人當奴隸。」

「哼！」陳暉聞言拉長了臉：「恩將仇報，女眞人果然是恬不知恥的野蠻人，告訴女眞人，沒衣服沒食物，有本事就打上來……」

「且慢！」楊耿說：「管船，他們看樣子是後金官兵，惹毛了他們，好嗎？」

「就算是後金官兵又如何，一群落水狗，又餓又冷，我看他們吐得連射箭的力氣都沒有，憑三隻小船，奈何得了我們？」陳暉怒氣沖沖：「來求我，我還給點兒食物，竟敢來威脅恁祖公？」陳暉飆罵河洛話。

「管船大人，我有個建議，可否聽我講完再做定奪。」我搶上前一步，拱手作揖：「我們來此是爲了做生意，當與人爲善，管船大人救了他們，對他們有恩，他們是人不是畜牲，一定會報答，或許這是我們與女眞人做生意的機會。」

「報答？」陳暉怒氣未歇：「威脅殺三板工、打上船來，這是報答？」

「他們又餓又冷，一定是怕我們撒手不管一走了之，凍死灘岸，才出此下策，應非本意。」我說：「如果我們能再給點食物和衣服，釋出善意，或許能將本船載的稻穀、麥子高價賣給他們，管船也可以多分得些分紅，我們行船吹大風忍受日晒雨淋，不就是爲了賺錢？這樣對李員外也有交代，大家皆大歡喜。」可能是「分紅」打動了陳暉，他的臉色和緩了下來。「賣稻穀、麥子是我的事，這事由我來，請管船大人讓我跟他們交涉，試試看。」

「嗯！」陳暉點頭同意：「但是要安全地進行，船不靠岸，他們的人也不能上船。」

「是！我會小心。」

我臨時在船上找些乾衣服和布匹，請總鋪師趕緊做飯，帶金喜攀下繩梯，搭小船到灘岸，發送乾衣給女眞士兵，替換溼衣褲。

我透過金喜與女眞人的朝鮮水手，和蓄山羊鬍子的女眞人溝通，我猜他大約五十歲。

「你是日本人嗎？我們有四十二個人，需要食物。」他瞪著我，用命令語氣說：「趕快從船上搬過來。」

「稟告軍爺，我是來自日本九州平戶島的田川一官，我們想到大連做生意，但被大風漂打到這裡，我是商人，船是商船，沒有與軍爺爲敵的意思。我已經吩咐船上做飯，做好會送下來。」

山羊鬍軍爺轉回去向坐在中央的白髮女眞老人回報，老人已經換穿寬大的日本和服，身前有嘔吐穢物，臉色極端蒼白，剛才在船上毆打朝鮮船夫的少年，正幫他擦掉嘴上的穢物。

山羊鬍子畢躬畢敬下跪磕頭，說話時不敢抬頭，我看這白髮老人來頭一定不小。

老人聽完山羊鬍子回報，向我招手。

我走過去，兩個女眞兵示意我停步，眼神晶亮的少年對我搜身，拿走倭刀，示意我向老人下跪。

我依照指示，跪下磕頭。

「你說你是日本商人，怎麼隨身攜帶鋒利的刀？」老人問話，透過朝鮮水手告訴金喜，金喜再用不流利的日語轉告我，一句話要經兩次轉譯，雖然往來費時，但我正好可以仔細觀察老人和女眞人的表情，試著揣摩他們眞正的想法。

「出門在外，不知道會遇到什麼危險，攜刀自保而已。」我回答。

「你們救了我們，給我們乾衣服穿。」白髮老人說：「還答應提供我們食物，我要感謝你們。」

「我們是商人，自當處處與人爲善，廣結善緣，遇險救難也是我們的本分，不足掛齒。」

「你們既然對我們好，爲何不敢下船？怕我們抓了你們？」

「是的。」我據實回答：「我們是商人，船上載的是米、麥、布匹，沒有足夠的武力，爲了自保，只好先停在海上……觀察……自保。」

「你爲什麼敢來？」白髮老人問。

「爲了要救我們的六個船員，他們是我的兄弟。」我抬頭看著老人說：「還有，我覺得您是好人，是一個講道理的好人。」

「哈！哈！哈！」他大笑喘著氣說，「我攻打征服那麼多地方，殺那麼多人，第一次有人說我是好人。」

我說錯話了嗎？嚇得不敢喘氣。

「你到大連想做什麼生意？」白髮老人接著問。

「我想賣掉船上的米、麥、布匹、雜貨。」我回答：「再買人蔘、貂皮和藥材回銷日本。」

「人蔘？」老人面露慈善，溫和地說：「我年輕時挖過很多人蔘，好，我跟你做個生意，你送我們回大連，我不但買下你船上的貨，還讓你買到一船又一船的人蔘和貂皮。」

有生意可做，我先磕頭感謝：「送您與軍爺到大連的事，我不能做主，還要與管船商量。」
「如果你能說動管船送我們回大連，我再封你當固山額眞。」白髮老人說。
固山額眞？我心中納悶，這是什麼意思？
我回船與陳暉、楊耿商量後，又上岸與女眞人對談。
如此來回三趟談判，方才談妥人、刀分離的援救方式，女眞士兵和朝鮮水手上船，刀劍、弓箭、戟槍等武器放在小船上，繫在船後拖著走，以確保雙方安全。

❖　❖　❖

在船上。
我端了一碗暈船藥給老人，山羊鬍子突然臉色大變，怒問：「這是什麼？」
「暈船藥，止吐暖胃。」
「你先喝。」
「我以前也常暈船，每次上船我都帶著藥材。」我喝了一口：「你們一定不常搭船。」
山羊鬍子沒有答話，警戒地盯著我，過了一會兒看我沒事，才拿給老人喝。
其他人見狀，也各喝一碗。
那個高大的少年喝完一碗又來要，我笑著再盛一碗給他。

我待大家都止吐才放飯，讓他們飽餐一頓。
我特別給那個高大的少年多盛兩碗飯和加肉塊。
老人吃不多，喝了湯精神好轉，走到下艙，在其他士兵圍繞下沉沉睡去。
鼓浪六號船上的人也折騰了一天一夜，除了值更的人，大夥各自補眠。

❖　❖　❖

次日中午。
「喂，田川一官，大汗找你講話。」吃過午飯，已可見大連遠貌，山羊鬍子指著我講話。
大汗？元朝蒙古皇帝稱汗，唐太宗被尊爲天可汗，難道這個老人是後金的王？我看著金喜，金喜搖頭表示不知道。
「年輕人，你幾歲？爲什麼要買人蔘？日本人懂得吃人蔘嗎？告訴我平戶是什麼地方？」
老人講話時，高大少年站在他身後，像忠犬護衛主人，用晶亮的雙眼瞪著我。
我逐一回稟：「日本幕府將軍喜歡吃人蔘，各地領主和大名也都喜歡吃人蔘補身，人蔘銷路很好。」我攤開海圖，指著渤海灣、大連與平戶的相對位置：「但是大明國天津供貨來源中斷，朝鮮也買不到，才會找到大連。」
「原來不只漢人知道人蔘的功效，連日本人都知道。」老人笑著說：「我年輕時常常帶著兩個弟弟一起到長白山裡採人蔘，一次進山常常是十天、半個月才回家，除了人蔘，我還會採松子、拾蘑菇、撿木耳，然後帶著人蔘到撫順的關馬市集賣給漢人和蒙古人。唉！那時苦呀，後母待我們兄妹刻薄，苦呀！」

「聽說老人蔘成了精會變成娃娃，找到人蔘要用紅線綁著，才不會跑掉？」我投其所好，繼續問人蔘的事。

「喔，那只是傳說，這些都是採蔘人爲了拉抬蔘價編的傳奇，我們採蔘時成天在山裡轉，找蔘叢，刨土挖根，生活苦悶，編些故事哄哄外人找樂子，也可以自抬身價，抬高人蔘價錢。」老人說：「不過再苦，也比不上暈船辛苦，簡直要了我的命，更甭提用船運送軍隊……」此時山羊鬍子突然低聲講了兩句女眞語，老人哼了兩聲，閉目不講了，過了好一會才問：「年輕人，你好像很懂人蔘。」

「我是藥材商人，自然懂一些。」我接著問：「漢文藥典還記載人蔘又分成白、黃、赤、黑蔘？」

「我也會漢文和蒙古文，年輕時到關馬做生意學的。」他說：「我喜歡看《三國演義》和《水滸傳》。」

「我也是。」我附和道。

「你喜歡哪個人物？」

「三國諸葛孔明，人在茅廬就已經定計三分天下，眼光深遠，謀策宏大，是眞英雄。」

「嗯！我也是，佩服他謀定而後動，果然將天下三分，更佩服劉備有容乃大，慧眼識諸葛，採其謀略才掙得天下三分之一，否則兵少將寡，哪裡是魏吳敵手。」他睜開眼問：「船上爲什麼有漢人水手？」

「漢人水手是我在平戶僱用的，現在大約有六千漢人住在平戶。」

「六千漢人？家鄉不好嗎？爲什麼要移居日本？」

「據說是大明皇帝昏庸無能，治國無方，令他們在家鄉難以生存，才到異國討生活。」

「南朝皇帝昏庸無能也不是一天兩天的事，皇帝把自己關在紫禁城，對外面的世界不聞不問，任由那些不是男人的太監把持朝政，文臣武將爲了升官拚命巴結太監，綱紀如何不亂，怎會不貪汙？」女眞人稱大明爲南朝。

我閉起雙眼，感到心跳加快，他都說對了，這正是我在外面這幾年，對大明朝的感覺。

「人心思變，既然紫禁城裡的皇帝不知變化，就讓我來改變。」老人語氣鏗鏘。

我聞言驚乍，睜開雙眼，他正注視著我。我一時慌亂，不知如何答話。

「你不是日本人。」老人輕輕地說：「我聽到你和漢人講漢語，又如此熟悉《三國演義》。」

「大人恕罪，小民乃南……南朝福建人氏鄭一官。我……」我伏首磕頭，擔心金喜無法翻譯講淸楚，說明白，急搬筆墨直書：「草民鄭一官福建人氏，移居日本平戶經商多年，此番遠來確爲經商，別無他圖，絕非南朝間諜。若非南朝天子不知民間疾苦，不能體恤民情發展經濟，致小人無以爲生，何必遠渡重洋淪爲異鄉人。船上物資俱爲米糧雜貨，刀槍砲彈僅足自衛，僞冒日本人是爲經商方便，大人明察。」

老人看完點頭含笑，寫下：「余之侍衛已查明船上物資俱爲雜糧，汝言不假，吾觀汝等亦無欺誑或別有所圖，念汝等善心救難，送余歸途，恕汝無罪且將報汝以專權經商。」

此時，楊耿來說：「船將入大連港，管船認爲應先派小船入港知會一聲，避免誤會又生事端。」

老人點頭同意，吩咐山羊鬍子派人隨小船先行入港。

老人要了一張白紙，又令我去計算船上所有米穀、麥子、雜糧要賣多少錢，他都買了。我轉告陳暉，他聽了大樂，喜孜孜地說：「多謝一官爺周旋得當，大家發財。」

「大家想要發財，得等船回到平戶，銀兩落袋才算數。」我低聲說：「我們仍在虎口，勿樂昏頭，步步爲營，小心爲上才是。」

❖　❖　❖

鼓浪六號駛進大連灣。

「天呀！這是什麼陣仗？」楊耿和我一起站在船舷，看到碼頭排滿密密麻麻的女眞士兵，紅衣黑鎧甲，馬兵擎著紅、黃、白、藍各色旗幟，旗正飄飄，精神抖擻。

「至少有三千人吧！」陳暉說：「這老人是何方神聖？」

船緩緩靠岸，老人在侍衛圍繞中走上甲板，站到船舷，「嘩！」地一聲，女眞士兵全員單膝下跪，馬兵舉旗致敬。

接著，一隊穿著長袍、文官模樣的女眞人上船，將一個金色盒子交給山羊鬍子。

「你，過來。」山羊鬍子指著我，「跪下接旨。」他打開金盒子，拿出一張黃紙。

我與楊耿、陳暉下跪。

山羊鬍子拿著一張白紙念念有詞。念完後我們才磕頭謝恩，接過黃紙，女眞文和漢文並排直書，女眞文在左、漢文在右：

奉

天承運

皇帝詔曰著南朝人氏鄭一官、陳暉、楊耿護駕有功，各賞銀一百兩，封鄭一官固山額眞，賜大連港專權貿易三年。

欽此

覆育列國英明汗天命八年

這老人是後金皇帝努爾哈赤*，我連忙拉著陳暉和楊耿磕頭謝恩，「臣等不識陛下，陛下恕罪。」

努爾哈赤抬抬手，臉色蒼白，看來仍在暈船，指指我又指指山羊鬍子，山羊鬍子單膝下跪，恭送努爾哈赤下船。

陳暉、楊耿跪著不敢動，看來跟我一樣嚇傻了。

「後金的王剛才指示這位大人負責你往後經商的事。」金喜靠過來，悄聲指指山羊鬍子。

努爾哈赤下船，上馬，率大批人馬離去，我才鬆了一口氣。

❖　❖　❖

---

* 萬曆四十四年（一六一六年），努爾哈赤在赫圖阿拉城（今撫順附近）正式建國，國號「後金」，年號天命，群臣尊努爾哈赤為「覆育列國英明汗」，從此稱明朝為「南朝」。費英東是開國功臣之一。

「請問大人，我們何時卸貨點交貨物？」我單膝下跪請示山羊鬍子。

山羊鬍子說：「大汗封你為固山額眞，我們是同僚，你隨我下船辦理後續經商、貿易事項。」

下船後，一個會講女眞話的山東人跟在我們身後，捧著硯墨紙筆與我筆談，因為我不會講山東話，也不會講南京官話。

「請問大人貴姓大名？」我用筆快速寫下第一個問題。

「我是滿洲鑲黃旗瓜爾佳氏信勇公費英東。」費英東指著跟在他身旁的高大少年：「他是我姪子鰲拜。」

兩乘馬車來接，費英東坐一車，我和鰲拜、山東人坐一車進大連城。

在車上，我透過筆談問：「鰲拜，你幾歲？」

「十四歲，我已經打過六次仗，我殺過人，你們南朝人。」

「英雄出少年。」我解下倭刀：「這個送你。」

鰲拜接過刀的剎那面露欣喜，眼睛發亮，這種欣喜之情一閃卽逝，隨卽恢復不苟言笑的表情，將刀抽出、送回刀鞘反覆把玩，愛不釋手。

「我也暈過船。」我輕描淡寫地邊說邊寫在紙上，交由山東人講給鰲拜聽。

「眞的？」鰲拜驚訝轉頭看我。

「眞的，第一天坐船出大洋，暈船連吐三天。」我看著窗外景色：「下船後我都忘了船上長什麼樣子，只記得我發誓再也不坐船。」

「我也是發誓不再坐船。」他終於笑著說，搖晃身體做嘔吐狀，「坐船搖來搖去，剛開始沒有什麼，後來愈來愈噁心，暈得很難受。」

「我看你很勇敢，雖然吐了，還一直守在大汗身邊。」我豎起大拇指誇他。

「當然，我是大汗的貼身侍衛，當然要以身捍陛下。」他的眼睛又亮起來：「不要說搭船渡海，就算陛下往火裡跳，我也會跟著跳。」

「佩服！好個以身捍陛下，勇猛無敵。」我寫完交給山東人翻譯，豎起大拇指：「大汗有你這麼忠心的侍衛，眞是幸運。」

「不，我只是盡心效忠陛下。」鰲拜說：「伯父說，我家和陛下是血肉之親，我們有陛下的照顧才叫幸運，士兵有陛下才是幸運。」

「爲什麼？」

鰲拜透過筆談表示，陛下帶領他們東征西討，打敗敵人就將房子和奴隸分給所有旗人，這幾年攻打南朝的山海關不順利，有人向陛下建議，先打下遼東，再從遼東渡海打山東或天津，或是乘大船載運兵馬，從山海關以南登陸，南北夾擊山海關，「不怕打不下山海關！」

「陛下拍桌子說，這是好計策。」鰲拜話匣子一開，說得口沫橫飛：「但是陛下問，誰會行船？每條船可以載多少人？馬可以上船嗎？下了船怎麼打仗？那獻策的人說不清楚，陛下決定自己先試試看。」

「陛下身先士卒？」

「對，就像他帶我們打仗一樣，總是衝第一個。」鰲拜說：「上個月，陛下暗中帶我們侍衛隊和馬上船，去山海關南方海邊。不料，行船到一半，大家都吐了。找到山海關南方海邊，船夫說是沙灘，船不能靠岸，要放小船划到岸邊。夜裡，陛下和我們一起划小船，結果翻了三艘船，死了六個侍衛，我也掉下水，哦，海水又苦又鹹，我被嗆昏了。我醒來才知道是陛下拉我回小船上，否則我也淹死了。」

鰲拜抽出倭刀，摸著晶亮的刀刃說：「陛下認爲，山海關南側難以登陸，馬也無法上岸，所以這次就從大連渡海，想去山東探路，不料中途遇到暴風，把船吹到那座小島。」

「覺華島。」

「對，船在覺華島撞到礁石，船身破洞，海水一直灌進來，船漸往下沉。」鰲拜回想，露出驚恐的表情：「我在陛下身邊看著船傾斜，水淹進船，船夫說要改搭小船，我怕又落水，堅不上船，陛下知道我害怕，抱著我說他會陪我一起搭小船。我們換乘小船沒多久，一個大浪打來，又把小船打翻了，陛下教我緊抓著翻船的邊緣，我泡在海裡冷得打顫，幸好你們來了，救我到你的船上。」

「我記得你上船以後吐了，但還是很勇猛。」

「哈！哈！」鰲拜打哈哈強作鎮定：「那是小事，我上岸又大吐特吐，我吐完換陛下吐，伯父也吐，侍衛隊大夥全吐得站不起來。」

「我看到你擦拭陛下的嘴角。」我笑著誇他：「你貼心又細心。」

「陛下就像是我爺爺。」他羞赧地說：「我願意為他做任何事。」

「暈船可以克服，只要多坐幾次習慣了就好。」我安慰他：「你已搭兩次船，第三次就不會暈了。」

「不！」他搖搖頭，「我和陛下這次是搭第三次船，一樣吐得很慘，第二次搭船的事不能講。」他看了一眼山東通譯，停頓了一下：「總歸一句話，陛下後來在岸上被我們圍著取暖時，他問，『你們冷嗎？頭暈嘔吐嗎？有沒有力氣提刀殺敵？』」大夥都搖頭，人人臉色慘白。

「敵人來了，小子們，站起來！」陛下下令。

「結果，只有我勉強用刀撐著站起來。」鰲拜說。

陛下嘆了一口氣說，「如果我帶著五萬八旗子弟兵渡海，結果全在沙灘岸邊暈船吐昏了，不就等於縛手就擒，任敵軍宰割？」

「因此陛下打消了渡海作戰的想法？」我說。

鰲拜點點頭。

我看著他，小小年紀已經是努爾哈赤的貼身侍衛，家世與努爾哈赤如此親近，待他長大成人，非王親大臣莫屬，前途無可限量。

我解下火繩槍和一包子彈，「鰲拜，這個也送你。」

「哇！火銃，我早就想要有一把。」他眉飛色舞：「謝謝固山額眞大人。」

「不要叫我固山額眞大人，我們是好朋友，你叫我固山額眞一官吧！」

「好，謝謝固山額眞一官。」

「你知道『鰲』的漢文意思嗎？」我寫下「鰲拜」兩字。

鰲拜搖頭。

「鰲是海中大海龜，具有神力，可以頂起很重的東西，相傳女媧補天，用鰲的四隻腳當柱子，頂住塌下來的天。」我在紙上畫圖：「所以，你是大力龜鰲拜，以後我就叫你大力龜鰲拜。」

「大力龜。」鰲拜覺得新鮮有趣，拍手叫好：「我是大力龜鰲拜，你是固山額眞一官。」

「這是我們的祕密哦！」我故作神祕：「以後有人這樣叫我，我就知道是你。」

「好！」

「一言爲定！」我伸出手。

「一言爲定！」鰲拜伸手與我交握。

我在大連停留三天，賣出載來的稻麥雜糧，買進四百多兩人蔘，兩千兩百條貂皮和長白山產的各式藥材，順便考察平戶和大連往後可以買賣互市的物資。

在努爾哈赤頒令後，費英東指示大連城守，每月供我不定數的人蔘及貂皮，我方則按月載運米、麥、雜糧和布匹到大連交易。

我也弄清楚「固山額眞」原來是後金八旗每一旗的最高長官，就是旗主，掌管該旗人民、土地、管教的事，但我這是虛位，沒有旗人讓我管轄，副旗主叫「梅勒章京」。

我藉機宴請信勇公費英東，在他引見下，我又見了許多念名字舌頭會打結的滿洲王爺、貴人和將軍，但他們絕口不談努爾哈赤爲什麼坐船。

第二天晚上，問了在驛館打雜的漢人才知道，努爾哈赤十個月前打下遼東半島，有一場漢人、朝鮮人大屠殺，戰局底定後，努爾哈赤撥兵屯田，將漢人全當奴隸趕到田裡種莊稼，漢人恨他入骨。

楊耿聽了吐吐舌頭：「請固山額眞大人，率領草民快逃吧！」

「是啊，固山額眞尼可拉斯大人、一官爺，請率小民快走吧！」陳暉也加進來打趣說：「我行船這麼多年，從沒在海上碰到皇帝又給賞的，全因爲跟著您固山額眞尼可拉斯大人遇上了。」

「管船大人客氣了，是你慈悲答應救大汗，後來才有賞的。」我挖苦他：「如果你當時不讓我做生意，一走了之，我們現在應該已經回到平戶了。」

「說得是，說得是，我的眼光沒有固山額眞尼可拉斯大人看得遠。」陳暉故意打揖拱手：「以後我要跟著您一起發財，有什麼事吩咐一聲就是。」

「好，那就啟程吧！」我也裝模作樣地用日語下令：「航向平戶港！」

15 抱得美人歸

回到平戶，人蔘和貂皮著實讓李旦大賺一筆，為了慶祝平戶、大連航線開通，李旦賞我一百二十兩白銀，等於兩年的工錢；陳暉和楊耿各分紅五十兩白銀。

領到錢時，陳暉歡喜地抱著我親臉頰，嚇我一跳，他抱著我直嚷著：「我的財神爺啊！楊耿說跟著你會發財，果然沒錯。」與九月初九日啟程去遼東時對我的態度判若兩人。

「財神爺不是我，是李員外。」我笑著婉拒他的擁抱，用袖子擦去臉頰上的口水。看著喜孜孜的陳暉，我發現，李旦的做法和荷蘭人海上搶掠競賽勝者分紅的手法如出一轍，做對有獎，做好有賞，「即刻的獎賞是最佳的鼓勵」比什麼都有效的道理大家都懂，難就難在捨得，捨得給予出人意外、打動人心的賞金。

從此，陳暉開口閉口都稱我是他的好兄弟，嚷著要跟著我做買賣。

接下來我可沒有閒著，我在鼓浪商號埋首多日，才規劃出每年六月到十月、每半個月一班船往返平戶—大連航線，物色到大連代表我「固山額眞」身分的駐點代辦人選，辦理買賣事宜，並搶在北風大盛前趕緊再派兩艘船去大連採買。

隨著大連航線開通，人蔘貨源穩定，李旦亦依約將人蔘全部委由金閩發漢方藥材店販售。來自長白山的人蔘迅速打響名號，購蔘者眾，令我信心大增，下重本再開新店，擴大營業。

我先用努爾哈赤的百兩賞銀，買下與裁縫店相隔一條街的兩間相連店鋪，擴大中藥鋪店面；再用李旦給的分紅，買下平戶港旁三間連棟舊屋，拆除後興建倉庫，存放金閩發商號的藥材和布匹，尤其是人蔘和貂皮。

我那一千泉州來的堂兄弟全派上用場，由鄭明當領班，大家分工合作，有人督工裝修中藥鋪店面，有人加入興建金閩發倉庫的行列，大家除了清潔打掃的基本工錢，又額外有一份收入，有自己的親人辦事，我也安心。

❖　❖　❖

正忙碌於這兩件事期間，一天夜裡，松浦平山突然走進店裡，我即刻延請他入內室，屏退其他人，沏一壺好茶。

他盤腿而坐，靜觀我泡茶的一舉一動，沒有開口。

「稟報草頭，我前些日子去了一趟大連。」我遞給他一杯茶，主動開口。

「我聽說了。」松浦平山冷冷地說。

「我探知一個很重要的情報。」我壓低聲音，「中國北方的女眞人，已經打垮朝鮮，從大明手中奪下遼東半島以及朝鮮北部，但不會攻打日本。」

「爲什麼？」

「我此行遇到女眞的皇帝，他偷偷帶人搭三次船，想了解用船運兵渡海作戰的可行性，結果遇到暴風雨，他和整隊士兵暈船嘔吐，體力不支倒在沙灘，因此打消渡海作戰的想法。」

「他想用船將軍隊運去哪裡？」

「山海關以南的大明國。」我指著海圖上的遼東半島：「如果女眞人懂行船，可以從已經征服的遼東半島大連或旅順，用船運兵直撲天津或山東半島，不再受阻於山海關，但是……」

「但是，女眞皇帝暈船，所以不會從海路攻打大明。」松浦平山露出難得的笑容：「女眞人既不會航船，就不會打到日本。」

「對，女眞人的皇帝說，就算軍隊運到灘頭，士兵卻因暈船吐得一塌糊塗，個個癱在沙灘，馬也軟腳，沒有戰力等於任人宰割，決定不渡海作戰。就像以前的蒙古人，只會陸戰。」我抽出一份文稿：「請草頭過目，我將此行經過以及女眞軍隊在遼東半島部署情形和企圖寫成報告，請您參考。」

「嗯，這可是一份難得的海外情報，我會上呈松平將軍。」松浦平山滿意地點頭，接著問：「除了經商，唐人區和各商館可有什麼動靜？」

「稟報草頭，唐人區經過清潔隊整頓，比以前乾淨，松浦藩主也正式下令，唐人不得在住宅養豬、羊、牛等畜牲，豬圈、牛舍必須遷往郊外另覓地點，引起唐人不滿，輒有怨言。」

「原因爲何？」

「平戶島腹地不大，沒有適合的地方興建豬圈、牛舍，就算有適合的地點，也要花錢購買土地，唐人迭有抱怨。」

「知道了，還有呢？」

「英國和荷蘭商館的動態，待近日探聽再回報草頭。」

「好。」松浦平山說：「今天來找你，就是要你特別留意荷蘭商館的動靜，聽說荷蘭的國王派了一支龐大的特遣艦隊來東方，目的不明，你去打聽清楚。」

「是。」我恭謹地回答，在夜色中送他離去。

第三天，我找荷蘭商館初級商務員卡隆小酌一番，說說我去大連遇到後金國皇帝努爾哈赤的奇遇記。

卡隆則說，荷蘭商館近期的大事，是準備接應派來東方的特遣艦隊，「這支艦隊是我們荷蘭國王派出來的，目標是建立與中國貿易的據點，希望能像葡萄牙人有澳門當貿易據點，要求中國皇帝給一座小島，讓我們開商館和建倉庫。」

當晚，我將此消息回報松浦平山。

「知道了！」他冷冷地回答。

❖　❖　❖

不久，田川大夫回到平戶。

我備辦兩份厚禮，懇請李旦當我的長輩，與我一同請求松浦藩主當媒人，向田川大夫提親，請求娶田川松爲妻。

「我僅一女，惜如心頭肉，平戶、豐後地主、大邑富豪多有向我提親者，我皆婉拒，非平戶、豐後子弟不優秀，而是小女年未及笄，我又私心希望她多陪我幾年。」田川大夫以罕見的語氣說：「若非你我相識四年，亦師亦友，我待你如義子，且見你勤奮好學，聰明機靈，經商有成，我怎忍心將小女嫁給外國人。」

「大夫待我如子，小松待我如兄，讓飄零異鄉的我有如住在家鄉的溫暖，對小松的愛是我更勤奮經商的動力。」我跪坐下拜：「如能迎娶小松爲妻，定當照顧她一輩子，盡我所能給她幸福，也請大夫與我等同住，奉養天年。」

田川大夫緩緩點頭同意，我感激地伏首磕頭。

我抬頭時，恰見田川大夫偷偷拭去眼角的淚水，鄰房傳來田川松低低的啜泣聲。

十一月，我迎娶田川松。

婚禮依平戶傳統習俗和唐人傳統辦理。當天清晨，我穿漢服長袍、戴新帽，身披大紅綵帶騎白馬，在迎親隊左擁右簇下，敲鑼打鼓到川內浦迎娶田川松。

田川松穿紅袍戴白帽上轎，回到唐人區中藥店鋪舉行拜堂儀式，由松浦藩主擔任主婚人。拜堂成婚後，我依閩南習俗「辦桌」大宴賓客。

平戶島、豐後和長崎島有頭有臉的人物，荷蘭、英國和葡萄牙商館館長都是座上賓，卡隆也帶著他的日本太太和一子一女來吃喜酒。

大夥吃著佳餚，把酒言歡，大家的臉紅通通，臉上掛著笑容，時而大聲吆喝著問候、致意或交談，日語、荷蘭語、河洛話此起彼落；時而大笑相互敬酒，用不同的語言喊酒拳助興；桌下丟滿雞腳、豬骨頭，引得貓狗鑽進鑽出覓食；楊亮、楊星、楊蘋和郭杏、郭桐幾個孩子，與卡隆的小孩在桌子間打鬧追逐嬉笑。

我好得意，開懷大笑，大口喝酒，一掃這幾年流離失所、惶惶度日的鬱悶煩憂，同時心想，可惜武士三浦按針去南洋沒能來，否則一定更熱鬧。

草頭松浦平山依舊沉默地坐在離松浦藩主不遠處，冷靜地觀覽全場，護衛藩主的安全。

婚宴結束前我已經醉倒，不省人事。

完婚後，我與小松暫住新購的店鋪後方房間，因爲田川大夫堅持住在老家，小松希望與田川大夫比鄰而居，方便照顧，因此另在川內浦靠近田川家宅附近的濱海處購地，興建宅院，預計次年六月完工。

❖　❖　❖

十二月底，倉庫首先完工，先存入先前積聚的一批長白山碩大人蔘和數批貂皮，還有來自蘇杭、浙江的布匹和中藥材。現在正是北風如刀面如割的時節，往北方的航運皆停止，等待來年四、五月南風興起再啟航。島上的居民都窩在暖暖的屋裡避寒過冬，迎接新的一年。

寒風刺骨，颼颼冷風從門縫鑽進屋裡，撲得燭火明滅不定，好像想趕走房裡的暖意，卻又捨不得溫暖而留下來似的。

屋裡只有我和小松。小松點了一盞油燈在織布，我把杯獨酌，看著纖弱的小松，聽著機杼聲，思緒像風呼溜溜地在房中盤旋，愈來愈高，滲入黑夜。

回想這半年，駿府、大連兩次驚險又驚奇的旅行，讓我死裡逃生，應驗了「大難不死，必有後福」的說法，生意一帆風順，身分更上一層樓，又娶得美人歸，與當日躲在布匹堆裡的亡命之徒有天壤之別，用「意氣風發」四字形容也不爲過，這都要感謝天主的庇佑，如果能讓泉州的親人知道我的成就，分享這份喜悅該有多好？我是否該寫封信向父親稟報這一切，以及我娶妻的事……

「喂！」小松輕聲叫著：「在做什麼白日夢，發呆時嘴角還帶著微笑。」

「喔！」我回神笑說：「我在想，去年到駿府晉見大御所，去大連遇女眞皇帝努爾哈赤，兩次差點丟了性命，在那千鈞一髮的瞬間，我第一個想到的就是你。」

「眞的？」小松笑得甜，俊俏的臉兒更美。

「眞的，那時我發誓，若能回平戶，一定要娶你，還有……」我起身貼近小松：「後來，果然平安逃離險境，回平戶娶得美人歸，所以笑了。」

「你騙人，你剛剛說除了娶我，還有呢？」

「還有，我暗自警惕，人生猶似小舟沉浮大海，有順風也有逆風，處順風之境不能得意忘形，要防逆風之苦。」我跟小松並肩坐著：「這趟大連之行讓我學習到好多海上作戰的事，海上駕船作戰和陸上行軍作戰一樣都是一門大學問，沒有身歷其境就無法學到其中三昧，還有就是深深了解三浦按針所說的武器與熱血的意思。」

「武器與熱血？」

「三浦按針去年在駿府回程時告訴我，想在海上經商，除了語言，還要武器與熱血。我現在知道武器和熱血，就是要有以武力痛擊敵人的能力，讓敵人付出血的代價，也就是有武力才能生存。」我一手摟住她的細腰：「我爲了加強自己的武功，已經透過松浦平山安排，讓我跟著侍衛隊操練，學刀法、學火繩槍射擊。」

「學刀、學槍？」小松說著拉起我的手，撫摩手掌的粗繭：「你想改行當武士嗎？」

「我要保護你，保護我們的家。」我握住她的手往前伸，撫摸織了一半的布：「我是經線，你是緯線，我像經線千里迢迢從南方福建跑到北方平戶與你的緯線相逢，兩條線緊緊地交織在一起，從一條線織成一面布，從一段線織成一卷連綿不絕的布，拆不開，割不斷，永不分離……」小松緊握我的手，兩眼迷離有溼溼的淚痕。

我抱起她輕輕放在榻榻米，輕咬她的耳垂：「我要跟你織在一起。」

昏黃燈光將溫暖滲溢透出紙窗，隨風呼嘯著捲過屋脊，深入無盡的黑暗。

❖　❖　❖

度過寒冷的冬天，現在是大明天啟四年（一六二四，日本元和十年）三月初，寒風稍歇，乍暖還寒，櫻花盛開，紅花白花滿枝頭，街道一片花海，走在街上花瓣飄零如雨，儘管還吹著北風，花兒已迫不及待喊：「春天來了！」

春天來了，北風漸稀，晒著白天陽光好溫暖。

平戶碼頭兩艘船正在趕工裝貨，趁著最後一道北風南下，李旦的鳥船鼓浪八號要去福建、澳門，藩主松浦隆信和長崎代官末次平藏合夥的日本朱印船（出洋貿易特許狀蓋紅印章，謂之朱印），要去巴達維亞和荷蘭人做生意，回程有一個重要任務，探勘——福爾摩沙。

入夜，氣溫驟降，北風依然呼呼作響，我和小松依偎在暖融融的棉被裡酣睡。睡夢中，我似乎看見火光閃爍，黑影幢幢，我翻個身想繼續睡，卻嗅到一股淡淡的焦味，焦味轉濃，我掀開棉被跳起來，四處張望大喊：「屋頂著火了！」

橘紅火舌在屋頂橫梁和桁架之間四處蔓延，眼看著即將燒穿屋頂，帶著閃爍星火的木屑灰燼不斷從屋頂掉落。

我大喝：「小松快走！」抓了外套穿上。

小松急忙穿上外套、繫上腰帶，快速衝到梳妝臺，將細軟全兜進一個小箱子，剎那間，一段屋頂橫梁掉下來，我急忙將小松往後方拉，兩人雙雙跌坐鋪在榻榻米的棉被上，我翻身趴在小松身上護著她。「轟！」一聲，著火的木頭砸到我倆身旁距離一步的棉被上，「啊！」小松尖叫，火星點點飄散，接著棉被也著火燃燒，我急忙拉著小松起身往外衝。

我拉著小松衝到店鋪大廳，伸手從牆上摘下大御所賜的倭刀和槍，此時大火燒穿屋頂，鋪在屋頂的瓦片少了屋梁桁架和木板的支撐，霎時大片崩落，小松用力把我推開，接著飛撲到我身上，我眼見一團火光和瓦片落下，抱著小松往旁邊翻滾閃避，「轟！轟！碰！碰！」我們避開瓦片，但小松被一小段灰黑的木梁砸到，背部全是火，「啊！」我大喊一聲，立時翻身趴在小松身上壓熄火花，我想起身，腳卻突然不聽使喚，站不起來，在煙塵火光中我只能抱著、護著小松。

待一切火光灰燼落盡，我才有力氣拉起小松往後門走，跌跌撞撞，好不容易跑到戶外，回頭一看，灰燼、火花不斷從屋頂落下，店鋪全面陷入火海。

「小松！」我摟著小松，慶幸劫後餘生，又不禁生氣罵道：「你趴在我身上護著我，這樣太危險了，太危險了！」

「你還不是一樣！」小松說著用袖子擦掉我臉上的灰，我也用手抹掉小松的眼淚和臉上的灰塵，淚都變成灰色的，兩人相視一笑，這才發現兩人都成了灰撲撲的人。

此時，四周鄰居已經驚醒，拿著水桶、水瓢協助滅火。

一會兒，郭懷一趕到，正要加入滅火行列時，有鄰居驚叫：「那棟也著火了！」

我轉身眺望火光沖天處的方向。

「啊！」郭懷一大叫：「吳服店！」

我和郭懷一同時扔掉水瓢，拔腿衝往金閨發吳服店。

衝到吳服店，火正燒著前門，月娘和郭杏、郭桐已逃出來，瑟縮在一旁啼哭。我和郭懷一用水淋溼全身，衝入店內搶搬布匹，一趟、兩趟、三趟……能搬多少算多少。

「一官，快去找鄭興、鄭明他們來幫忙。」郭懷一喊道。

「好！」我連忙打發一個唐人少年，去找鄭明和鄭彩、鄭聯兄弟及姪子。

「不對。」我拉著正要往火場衝的郭懷一：「這火起得奇怪，來得快又猛。你看……」我靠近剛滅火的門板，「地上有油，而且只有我們兩家起火，分明是衝著我們縱火。」

「我拉著孩子跑出來時，」月娘說：「有人告訴我，看見四個穿黑衣的人朝店鋪潑東西，後來就失火了。」

「一官！」小松氣喘吁吁半跑半走，臉色慘白緊拉著月娘的衣服，渾身顫抖。

「倉庫！一哥，如果是縱火，倉庫也可能遭殃。走！」我交代月娘：「小松託你照顧，鄭彩、鄭聯如果來了，叫他們派三個人守著你和小松，其他人去倉庫和我會合。」我和郭懷一帶刀背槍往倉庫跑。

距倉庫還有一段距離，已可見倉庫冒出幾縷白煙和黑煙，夾著橘紅火苗閃爍，我向郭懷一打個手勢，停在離倉庫一箭之遙的一輛板車後方觀察。

果然看見倉庫右方有人影晃動，倉庫門打開，三名黑衣人倒退著走出來，像在倒東西，另一人將手裡的火把扔進倉庫。

郭懷一咬牙切齒，低聲叫罵。

我端槍裝火藥，點燃引信，瞄準舉火把的人，「砰！」命中其中一名黑衣人後背，他往前仆倒，其他三人轉身察看之際，郭懷一撲上前去，拿著柴刀一陣亂劈，三人驚叫大喊，抽刀抵擋。

「是廣東仔！」我向郭懷一喊了一聲，用廣東話問：「你們是誰？為什麼放火？」

三人不答腔，三把刀舞得不透風，邊打邊往碼頭移動，我和郭懷一揮刀堵住他們的去路，三人見一時難以脫身，一人竟說葡語：「是倉庫裡的東西重要，還是我們重要？還不快去搬東西。」

我和郭懷一稍微遲疑，一名黑衣人脫身衝往碼頭，我連忙堵住會說葡語的黑衣人，就地一個翻滾貼近他下盤，刀尖畫出一個圓弧，劃開他的右大腿出現一道血痕，他一個踉蹌摔倒，郭懷一跳上去一刀劈下，深深扎進胸膛，他悶哼兩聲，發出喘息的聲音不動了，另一人趁機跳開，往碼頭逃逸。

鄭彩、鄭聯等四人趕到，倉庫的火勢經這一番折騰，已盛大如營火。

我大吼：「先搶救人蔘！人蔘！」

我將這兩個黑衣人抬到一邊，跟著提桶滅火。

最後，只搶救出零星人蔘和幾簍中藥材、二十一件貂皮，其餘付之一炬。

黑夜裡，我坐在地上，看著祝融吞噬倉庫，火從青藍到橘紅，逐漸轉成橙黃，最後變一縷縷白煙。讓我想起馬尼拉那個著火的小倉庫。

火，吞噬了我的心血、我的財產，燒毀我的美夢和前途。

天亮了。

我拉下黑衣人的面罩，他微弱地張開眼睛，我覺得很眼熟，「這個人我好像見過。」

「啊！」郭懷一驚詫地張著大口，指著他：「澳門，澳門許……許萬……」

「許萬福。」我腦中電光一閃：「去年從駿府回平戶，下船時看到一個頭戴斗笠，站在你和小松後面的人就是他，難怪我覺得那麼眼熟。」

「許萬福。」我用力搖他的肩膀，「許萬福，你爲什麼燒我的房屋和倉庫？」

許萬福微微睜眼，露出似笑非笑的表情，抬抬下巴，我順勢看過去，是被我開槍打到後背的黑衣人，我扯下他的面罩，是一個少年，大約十六、七歲的少年，還有氣息，氣喘得像鐵匠的鼓風機呼呼作響，兩眼緊閉。

「他是誰？你爲什麼來這裡？」我急瘋了，用河洛話問完又換葡語：「告訴我，許萬福。」

「他是……是……廖金順的兒子，來找你報仇。」許萬福聲音愈來愈弱：「廖金順是我舅舅。」

「廖金順是你舅舅，報仇？當時你也在場，是廖金順自己撞我的刀，我沒有殺他，報什麼仇？」我扶起他的上半身：「說，誰指使你們來，說啊！」

「我有看到，劉香踹我舅舅撲向你，你故意伸刀子讓我舅舅撞上去，你是凶手。你……你……可以放下刀或……或閃開，閃開，但你沒有……凶手……」許萬福噓著氣，斷斷續續地用葡語說：「丹尼斯要大家找你報仇。」血染紅他的黑袍。

「丹尼斯，哪個丹尼斯？」郭懷一問。

許萬福笑笑，抬起手指指他自己，手一軟，再也不動了。

「丹尼斯是誰？」郭懷一問。

「丹尼斯姓許，他指指自己，意指姓許的丹尼斯。」我垂頭喪氣：「你忘了嗎？丹尼斯・許就是許心素，他到現在還不放過我。」

我仔細端詳少年的容貌，確實與廖金順很像，廖金順有幾個兒子？這個死了還有幾個會來尋仇？

「救不救？」郭懷一問。

我點點頭又搖頭，「不知道，我與他無冤無仇。」

「你救了他，他還是認定你是殺父仇人，依然要找你報仇。」

「不救呢？」

「不救的話，就給他一刀助他快點走，省得痛苦。」郭懷一厲聲道：「他放火燒我們的房屋和倉庫，燒光一切，我們什麼都沒有了，泥菩薩過江，你還能救誰？」

我站起來，看看只剩灰燼的倉庫。

「一官叔，中藥鋪全毀，裁縫店店面燒掉了，剩後面三間房和廚房。」鄭聯來報。

我看著冒著白煙的灰燼，沒有了，什麼都沒有了，我多年的心血毀於一旦，還差點被燒死。

我大吼：「許心素，此仇不報非君子，我要你血債血還。」牙一咬，雙手握住倭刀往下刺進少年心窩，他腿一蹬，睜眼瞪著我，瞪著我斷氣。

「武器與熱血……」我別過頭，心裡想：「我別無選擇。」

鄭泰慌張跑來，「一官叔，小松嬸這裡出血，這裡。」他比比自己的下襠，「我們送她去田川大夫的診所。」

「她受傷了嗎？」

「沒有。」鄭泰搖頭：「沒有受傷，忽然就流血了。」

我拔腿就跑，一直跑、一直跑，沒有了，什麼都沒有了，但我不能沒有小松，「不能沒有小松」，腦子裡只剩這個念頭。

「小松，小松。」我闖進診間大叫。

月娘走出來攔住我，「一官，等等，別莽撞，小松正在休息，現在是緊要關頭，你要沉住氣呀。」

「小松怎麼了？驚嚇過度嗎？」

「小松有喜了，剛才有小產的跡象，田川大夫已經煎藥讓她喝下安胎，正在觀察。」

「有喜？懷孕了？流產？」我不知該喜該悲。想起方才在屋裡，小松數度冒著生命危險保護我，多次衝撞、摔跌，可能因此動了胎氣，難怪她趕到裁縫店時會臉色慘白，我卻全然不知不覺，我自責地搥胸頓足，抓頭髮，擰耳朵。

「一官，你要沉住氣啊！」月娘見狀拉著我的手。

對，我要沉住氣，我不是什麼都沒有了，我還有小松，可能還有孩子，我要沉住氣。

我解下念珠，跪下向天主、聖母祈禱：

萬福母后！仁慈的母親，您是寬仁的，慈悲的，甘飴的。天主聖母，請為我們祈求，使我們堪受基督的恩許，庇佑小松母子平安。我失去一切，不能再失去小松和孩子，阿門。

❖　❖　❖

第三天。

蒙主庇佑，小松終於轉危爲安，我才有力量再站起來，面對紛擾的善後問題。幸好有郭懷一和鄭明率領鄭彩一幫人相助，問題雖多但陸續克服，就像剛裝進缸的水，渾濁翻騰，靜置一段時間，沙土沉澱自然分明，我的心也冷靜下來，處理紛至沓來的難題。

首先，平常靠記帳往來的米鋪、炭柴鋪子老闆，得知金閩發漢方藥材店和金閩發吳服店失火，趕來慰問之餘，也同時急著收帳。

然後，我派鄭彩、鄭聯和鄭泰去向金閩發批貨的下游中藥鋪收貨款，十家竟有八家要求我方出示他們收到貨的收據才肯付錢。

「賴帳，賴帳。」鄭泰氣得直跺腳：「以前求我們批貨給他是一個嘴臉，現在賴帳竟是另一個嘴臉。」

這些雖是小帳，但積少成多，讓我缺少現金，周轉失靈。

鼓浪商號的帳更棘手，依先前的約定，大連運回來的人蔘、貂皮及中藥材都由金閩發漢方藥材店承銷，貨物直接入我的倉庫，三個月結算一次。

所以在中藥鋪和倉庫燒掉的，都是我向鼓浪商號購入但尚未結帳的貨品，雖然燒光了，我還是要付帳。

「兩千一百兩白銀。」我向正在喝人蔘茶的李旦報告：「員外，我看過清單，沒有錯，就這個數目。」兩千一百兩是天文數字。

李旦沒說話。

「但是，應該要找許心素討這筆錢才對，是他指使許萬福帶人放火，還想燒死我們。」

「你有證據嗎？」李旦不慍不火地說：「四個人逃了兩個，兩個死了，他們死前說的話只有你聽到，怎麼能當證據？」他闔上杯蓋，發出瓷器清脆的碰撞聲：「要不是你隱瞞跟許心素在澳門的過節，早點告訴我，我可以幫你們調停。一官，你是我在平戶的左右手，許仔是我在澳門的合夥人，爲了公平，我不介入你們的紛爭，在還沒有證據證明是許仔派人放火以前，這筆債還是你要還。」

我深吸了一口氣，雖然感到氣憤，但李旦說的也是事實，只能無奈地點頭表示同意。

「白銀兩千一百兩不是小數目，但念在你會在駿府大御所面前爲我解危，開發大連航線有功，店鋪和倉庫遭火焚是被人暗算，而且我相信憑你經商的本事，你會賺來還我，且先讓你掛帳。不過，大連那邊你要再下工夫，開發新的買賣貨品。」李旦站起來背手踱步：「就這樣了，你去忙吧。」

「員外，我有一件事相求。」

「說。」

「我在川內浦的喜相院就快完工，如果此時缺錢斷料，等於功虧一簣，而且小松懷孕了，不能沒有安身之處，請員外再借我白銀五十兩，我會加計利息還錢。」

「好，借你。」李旦轉身對我說：「兩千一百兩銀都記在你頭上了，不差這五十兩銀，但是從今天起，你要努力去幫我賺回來。」

「我會東山再起，報答員外的救命之恩。」我拱手作揖，心想：「大連要開發新產品，也要等到五、六月夏季船運通航才有進帳，唉！」

❖　❖　❖

想東山再起，談何容易。

四年前我剛抵平戶，一人飽全家飽，現在有懷孕的小松、郭懷一一家四口，堂兄弟鄭興、鄭明，鄭明的兩個兒子鄭彩、鄭聯，和年紀最小的姪子鄭泰等共十五人，一百五十根食指浩繁。

爲了節省開銷，月娘帶著小孩暫住田川大夫家，方便照顧小松；鄭明帶著兄弟們退掉租屋，跟著田川大夫出錢僱用的木匠一起整修吳服店，重建店面，但已無布匹可賣，店面暫時先充當房間，我、郭懷一、鄭明等人就棲身吳服店。

鄭明等人還有清潔隊的薄薪可以吃飯，一時還不至於流離失所餓肚子。

其次，七天後，追捕兩名縱火黑衣人仍無下落。

火災後第二天，我即透過人脈和松浦平山動員「草」組織的力量，追查縱火當晚脫逃的兩名黑衣人，竟然如空氣般從平戶島消失。

「不可能，兩名澳門來的外地人，人生地不熟，不可能憑空消失。」我忿忿地說：「一定還躲在哪裡。」

「人，不會憑空消失。除非……有人接應或窩藏。」松浦平山說：「鼓浪商號最近有生面孔？新進工人？」

「沒有。」我搖搖頭：「我特別留意此事，沒有發現異狀。」

「那就代表平戶還有一股更深沉的力量，在你我都看不到的地方運作。」松浦平山低聲道：「可能還是衝著你來的，你要小心了！」

「草頭！」我不寒而慄，「我該怎麼辦？」

「或許先離開平戶一段時間。」松浦平山說：「水靜影自現。」

「我該去哪裡？」

松浦平山搖搖頭，飄然離去。

❖　❖　❖

從此，白天我依然到鼓浪商號上工，夜晚到川內浦探望小松，再回吳服店。

沉默是我的語言，陰鬱是我的表情，酒醉亂語是我的面具，用以掩護慌張失措的臉。酒後咆哮是一種表演，掩飾內心的無能。

黃昏，平戶街上櫻花飄零，點點花瓣點點香，拍掉一朵又掉一朵黏身上，我抽刀對空中劈砍揮舞，大聲咒罵：「可惡的花瓣，不要再黏上來，不要再欺侮我！」

街上行人紛紛閃避，我聽見有人說：「一官瘋了。」

「我沒有瘋，瘋的是櫻樹妖。」我回答：「櫻樹妖灑花瓣捉弄人。」繼續揮刀砍殺空中的櫻樹妖。

忽而，一隻強而有力的手抓住我的手臂，我回頭一看苦笑：「三浦按針大人。」

三浦按針站在小餐館前店面柱子上的火把下方，光影搖曳令他看起來更加高大，臉上五官看起來更加深邃。

「尼可拉斯，你怎麼啦？」三浦按針用日語問：「我聽說你遭遇不幸的事，沒想到對你打擊這麼大。走，進來陪我喝一杯。」說著將我抓進小餐館。

三浦按針點了一桌菜，自顧大吃，我雖然餓，卻沒有胃口。

「你不餓？」他訝異地說：「也好，喝杯酒，告訴我發生什麼事。」

我說了三處房產被縱火的經過，黑衣人許萬福的說法，又訴說數年前澳門丹尼斯・許（許心素）逼我亡命天涯的往事，「幸好我岳父田川大夫慷慨傾囊相救，否則我鄭、郭兩家十五口現在一定流離失所。」

「整件事給你什麼感想？」

「沒有錢萬萬不能。」我頹然盯著桌面：「我嘗過富有的滋味，才知沒錢的痛苦。」

三浦按針微笑，把玩酒杯：「你認爲是丹尼斯・許指使人找你報仇？」

「對。」

「你認爲是丹尼斯・許幹的，但是沒有證據，證人都死了。」

「對。」

「你打算怎麼辦？去澳門找他報仇？」

「我想過，但是我的力量薄弱，無法對抗他，貿然尋仇，如同以卵擊石。」

「所以，你要忍耐。」

「是，我要忍耐，總有一天，我要丹尼斯・許付出代價。」我曾經發過同樣的毒誓，但卻被安逸的生活軟化。

「那一天可能很快就來到，也可能遙不可及，或永遠不會實現，重要的是你現在如何東山再起？」三浦按針喝了一口酒，「跟四年前相比，你擁有了許多，你要善用你的名聲和才能，助自己一臂之力，《聖經》上不是說自助天助？」

我聽了默思良久，沒錯，四年前我會葡文，現在多了荷文，我是獲得大御所誇獎賞賜的唐商，被努爾哈赤封爲「固山額眞」的漢人，「對，我會努力經營大連航線，賺錢償債。」

「除了大連航線可以穩定獲利，我還聽說了一個買賣的好機會。」三浦按針說：「我的老東家荷蘭東印度公司多前年與英國東印度公司結盟，英荷聯盟一起派船巡弋日本到南中國海，阻止大明國商船到西班牙人的馬尼拉、葡萄牙人的澳門貿易。英荷聯盟曾一起攻打澳門，但吃了敗仗。這一年來，荷蘭更派船前往大明國東南沿海港口，尋求與大明國貿易的機會，要求比照將澳門租給葡萄牙的例子，租給他們一座小島建立貿易據點。」

「此事我有聽說。」我豎直耳朵詳聽，並問道：「後來呢？」

「可能是語言不通，或通事的翻譯出問題，荷方的請求一直遭到大明國官員拒絕。去年夏天，荷蘭甚至派五艘增援艦隊到九龍江口，阻止漳州的商船去馬尼拉跟西班牙人貿易，結果竟被通事出賣，艦隊司令法蘭克（Christiaan Franc）與四十三名船員，被通事和大明國的官員以邀宴之名騙下船逮捕，戴上腳鐐枷鎖虐待，遊街示眾羞辱，去年底送到北京斬首。」

「啊！通事與官員勾結，通事是誰？」我訝然：「四十四個荷蘭人被砍頭，荷蘭東印度公司豈不暴跳如雷？」

「沒錯，但不只四十四人，是五十二人，有八個人在船上喝了毒酒死亡。」三浦按針說：「上個月我帶英國商船航行經過廣東汕頭外海，遇到由雷約茲（Cornelis Reijersz）司令率領的八艘荷蘭艦隊，他正要去廈門，希望打開通商口岸，雷約茲告訴我這些事，沒有說通事是誰。我建議他要找好的通事，並推薦兩個人，Andrea Dittis（李旦）和你。」

「Andrea Dittis 是成功大商人，人面廣，由他出面比較好。」我說。

「Andrea Dittis 有他的優點，你有你的優勢。」三浦按針放下筷子，「重要的是，我要告訴你如何談報酬，你現在不是缺錢嗎？」

「當然缺錢。」我點頭如搗蒜，「但是，薪酬可以談判？」

「當然可以。」三浦按針點點頭：「我們歐洲人重視契約，只要雙方是在心甘情願、誠實沒有詐欺的前提下簽約，什麼條件都可以談。」他接著用手指沾水在桌上畫條船，詳細告訴我薪酬的分類和談判祕訣。

「荷蘭艦隊最近可能會到平戶補給，這是一個機會。」三浦按針最後說：「但是這個季節逆風航行十分辛苦，可能要一段時間才能抵達平戶。」

我們走出小餐館，聽見狗嗚咽哀鳴，一條流浪狗到路邊餐桌乞食，被在座的三個醉漢輪流用腳踢著玩，流浪狗夾著尾巴東躲西藏，三個醉漢一時興起，跟著站起來一路踢狗玩，邊踢邊叫罵，還朝狗扔石頭，狗被擊中痛苦大叫，縮到牆角，左轉右轉無路可退，急得發出悲鳴。

「完了，完了。」三浦按針說。

「誰完了？」我問：「狗？」

三浦按針搖頭，正欲啟口，那被逼到牆角的狗，原來畏縮的眼神大變，爆怒瞪大眼，倏忽往牆上衝過去，前兩腳往牆面一蹬反轉，後兩腳再一踢衝上一人高，大吼一聲「汪！」，凌空朝最前面的醉漢飛撲狠咬脖子。

醉漢瞬間嚇醒，用手格開，狗咬了他的手一口，將他拖倒跌個四腳朝天；牠四腳甫落地又一蹬，轉頭咬另一漢子的左大腿，任憑漢子拚命甩動，狗發瘋似地咬住不放，喉嚨不時發出激動的低吼聲，血滲出褲子。

此時，狗鬆口，再一跳撲上第三個扔牠石頭的漢子頸部下口，嚇得漢子雙手護住脖子，踉蹌跌倒，轉身趴地雙手護頭，狗踩著他的背，狂咬拉扯他的頭髮。

最後，狗昂揚地跳上餐桌，叼走一大塊肉，迅速離去。

「我說『完了』，是指人。」三浦按針指著狗：「牠經此一戰，不再是狗，是狼。」

❖　❖　❖

第九天。

我看著荷蘭商船「好望號」（Good Hope）駛入平戶港，荷蘭商館館長史佩克斯陪從船上下來的人走進鼓浪商號。

我藉機與「好望號」的荷蘭水手攀談。

原來荷蘭艦隊到廈門通商被拒，轉往金門等小島抓人當奴工報復，遭島上駐兵抵抗和大明水師驅趕，轉占漁翁島（澎湖島）。雷約茲司令想占漁翁島築堡壘當做通商據點，不肯離開，大明國官員又去驅離，並恐嚇要派兵攻擊。

當晚卡隆來找我，這個月他已由初級商務員晉升中級商務員。

卡隆開門見山告訴我，荷蘭特遣艦隊欲聘我當通事，隨艦隊去漁翁島與大明國官員交涉，日薪二分之一里爾（Real），聘用期是三個月到六個月。

荷蘭也使用西班牙銀元爲交易貨幣。唐人俗稱佛頭銀的西班牙銀元，正式名稱是里爾。里爾的幣值有二分之一里爾、一里爾、四里爾和八里爾。一個佛頭銀是八里爾。換算成銀子，一個佛頭銀是七錢二分銀，一里爾等於九分銀，二分之一里爾是四分五釐銀子，這樣換算下來一個月是一兩三錢五分。大明朝一般百姓一年的生活費大約二十兩銀，一個月大約一兩六錢。

所以，卡隆提的還比普通工資少一點。

我同時想起三浦按針和松浦平山的話，或許可以談談薪水，以及離開平戶一段時間，靜觀其變。

「卡隆，感謝你在我最困難的時候想到我。」我由衷地感謝，「但是我不適合。」

「尼可拉斯，你跟我學了一年多荷蘭文，你是最適合的人選。捨你其誰？」

「我的老闆 Andrea Dittis。」

「不瞞你說，好望號一入港就去拜訪 Andrea Dittis，他已婉拒。」卡隆說：「但是 Andrea

Dittis推薦你，說你的漢文比他好，荷蘭語比他流利，而且你父親是官員，你從小在官府長大，懂大明國官員的想法和禮節。」

「但是你看看我的處境，身負巨債，新婚妻剛懷孕，新屋未成，此時我怎能棄妻於不顧，冒險遠颺海上？如果有個三長兩短，豈不讓吾妻成了寡婦，幼子無父，變成遺腹子，還留下一棟蓋一半的房子和龐大債務給寡妻弱子？抱歉，我無法應聘。」

「你目前的情況確實如此，我十分同情你。」卡隆告辭前說：「尼可拉斯，我希望我能幫助你，你有需要我幫助的地方，請隨時告訴我。」

次日上午，卡隆到鼓浪商號找我，向我比一根手指：「日薪增為一里爾。」

我依然搖頭。

他張開兩指：「二里爾，一個月六十里爾，尼可拉斯，這是最高的薪酬了，連館長都沒有這種薪水。」

「卡隆，你我相識多年，我哪裡在乎多幾個里爾或少幾個里爾？」

「尼可拉斯，就因為我們是朋友，我才一直替你爭取這個賺錢還債的好機會。」卡隆說：

「你當眞不去？」

「如果……如果……條件談得成，我願意去。」

「什麼條件？」卡隆說：「說來聽聽。」

我請卡隆坐下，拿出一張紙，邊說邊用葡文和簡單的荷文註解，再請卡隆用荷文寫出正確條件。我再逐一解釋我的條件和原因。卡隆時而瞪大眼睛，時而笑出聲，露出不可置信的表情，時而閉眼搖頭，表示反對。

「卡隆，請你務必轉告史佩克斯館長，我不是漫天開價，原因我已說明，請貴公司體諒我的處境和考量我提出的條件，我始終敞開心胸，希望能成為東印度公司的夥伴。」

「好，等我的回音。」卡隆拿起紙張快步離去。

下午、晚上，卡隆沒有出現。我看了一段《聖經》，禱告後入睡。

第三天，卡隆還是沒來。

黃昏時，我走到荷蘭商館附近徘徊，走近大門，最後縮回敲門的手。

第四天中午，卡隆和史佩克斯來鼓浪商號找我。史佩克斯攤開我寫的紙張，逐條和我討論。

「好，這點我讓步。」我將協助捕獲大明國商船可分得的財物比例，從什一（百分之十）改為什一的一半（百分之五），並在契約上用荷文簽下「尼可拉斯」、漢文的「鄭一官」兩款簽名。

史佩克斯代表荷蘭東印度公司簽名，卡隆以見證人身分簽名。

「我同意依貴公司的條件應聘當艦隊通事，我保證無私、忠誠盡全力做好我的翻譯工作。」我彎腰鞠躬：「敬愛的史佩克斯先生、卡隆先生，容我代表吾妻向兩位表達謝意。」

❖　❖　❖

「我不要你去海上冒險工作。」小松淚眼婆娑，「而且是隨著荷蘭戰艦去打仗，太危險了！」

岳父田川大夫手烘著火爐，唉聲嘆氣；郭懷一和月娘摟著兩個孩子；鄭興、鄭泰等一夥人或坐或立，將剛裝修好的吳服店大廳擠得水泄不通。

一室無言，只有小松的啜泣聲。

「咔！咔！咔！」鄭聯拗指節，驚醒了所有的人。

「荷蘭戰艦火器精良，其他的船躲它還來不及呢！況且這是只有三個月至半年的工作，運氣好的話，或許我回來還趕得及去大連的船。」我揚揚手中的契約，「而且我拿到很好的條件，才決定放手一搏。」

「什麼條件？」堂兄鄭明問。

我先用日語說明契約內容，再用河洛話重述。

一、荷蘭東印度公司聘用尼可拉斯‧一官為遠東特遣隊通事，日薪三里爾，月薪九十里爾。在鄭一官還活著的時候，每月由平戶商館支付給田川松；若鄭一官死亡，依當月的存活工作日付薪。

二、尼可拉斯‧一官如能促成荷蘭與大明國通商，可分得前六個月每艘船貿易所得淨利的百分之一為紅利。

三、經尼可拉斯‧一官參與並協助荷蘭艦隊捕獲大明國商船，可分所得財物的百分之五。

四、第二條和第三條約定的分紅，先由荷蘭東印度公司記帳，尼可拉斯‧一官結束通事工作離船時發給分紅總額。

五、尼可拉斯‧一官若違背通事工作應有的忠誠，或以詐術欺騙荷蘭東印度公司遠東特遣艦隊謀取個人私利，荷蘭東印度公司官員得解除契約，沒收分紅，依荷蘭法律處置。

「每個月九十里爾，折合約八兩銀，比我現在在鼓浪商號的月薪五兩銀還多。」我說：「八兩銀中，其中二兩是大家的生活費，由郭懷一統籌管理發放，四兩還欠李旦的債務，二兩由小松先存著應急。」

「五月往大連的船回航後，由一哥（郭懷一）負責經營中藥鋪，所有的人蔘、貂皮搬到中藥鋪儲存販售。」我先行分配日後工作，「鄭泰協助一哥經商和記帳，還有，待我出發後，由鄭泰頂替我的位置，與一哥繼續向卡隆學習荷蘭文，我相信以後會用得到。」姪兒鄭泰正學習記帳和算術。

「是，一官叔。」鄭泰挺胸回答。

「其他的，待我出發前再思量分配之。」我接著說：「或是有什麼想法、看法，眾人可以提出來。」

眾人聽罷無言。

事已至此，也只能如此。

待眾人散去後，我輕摟著小松，輕咬她的耳垂：「我很快就會回來，一定回來和你團聚。」並輕撫她的腹部：「還有他，我保證。」她哭得梨花帶雨。